Sarah Glicker

Melody & Scott — L. A. Love Story

Die Autorin

Sarah Glicker, geboren 1988, lebt zusammen mit ihrer Familie im schönen Münsterland. Für die gelernte Rechtsanwaltsfachangestellte gehörten Bücher von Kindesbeinen an zum Leben. Bereits in der Grundschule hat sie Geschichten geschrieben. Als Frau eines Kampfsportlers liebt sie es, Geschichten über attraktive Bad Boys zu schreiben.

Das Buch

Melody ist die jüngste von drei Schwestern und muss sich als Nesthäkchen der Familie immer wieder beweisen. Ihr neuer Job in einer großen Anwaltskanzlei bietet die perfekte Möglichkeit dazu. Doch bereits an ihrem ersten Tag läuft sie auf dem Flur in Scott hinein. Scott, der Sohn ihres Chefs, ist ein echtes Ekelpaket und macht ihr fortan in der Firma das Leben zur Hölle. Am Ende ihrer ersten Woche bietet sich Melody trotzdem die Chance ihres Lebens. Sie darf auf Geschäftsreise gehen und soll einen wichtigen Kunden an Land ziehen. Begleitet wird sie dabei allerdings von keinem Geringeren als Scott höchstpersönlich. Melody ist alles andere als begeistert von dieser Aussicht. Und bereits bei ihrer Ankunft im Hotel erwartet sie das nächste Problem: Es wurde nur ein Zimmer gebucht, das sie sich mit Scott teilen muss …

Sarah Glicker

Melody & Scott – L. A. Love Story

Roman

Originalausgabe bei Forever
Forever ist ein Digitalverlag
der Ullstein Buchverlage GmbH, Berlin
September 2017
© Ullstein Buchverlage GmbH, Berlin 2017
Umschlaggestaltung:
zero-media.net, München
Titelabbildung: © FinePic®
Satz: Pinkuin Satz und Datentechnik, Berlin
Druck- und Bindearbeiten: CPI books GmbH, Leck
ISBN 978-3-95818-914-0

1

Nervös laufe ich in meiner Küche auf und ab und atme dabei immer wieder tief durch. Aber es bringt nichts. Ich bin hibbelig, aufgedreht und mir ist schlecht. Und das wird von Sekunde zu Sekunde nur noch schlimmer.

Langsam macht sich die Befürchtung in mir breit, dass ich gleich durch den Boden breche und bei meinem Nachbarn landen werde. Da meine Küche an der längsten Seite gerade einmal drei Meter breit ist, habe ich nicht allzu viel Platz. Deshalb weiß ich längst nicht mehr, wie viele Runden ich schon gedreht habe.

Seufzend bleibe ich stehen, streiche meine Kleidung glatt und starre auf die hellen Schränke, die an den Wänden hängen.

»Verdammt, wieso habe ich mich bloß darauf eingelassen?«, frage ich mich immer wieder mit lauter Stimme. Dabei atme ich tief durch. Gleichzeitig versuche ich, meinen verspannten Nacken zu lockern, indem ich meinen Kopf von rechts nach links bewege. Aber auch das bringt nichts.

Mir ist klar, dass es egal ist, wie oft ich mir diese Frage stelle, die Antwort ändert sich dadurch nicht. Ich wollte mir selber beweisen, dass ich mehr bin als die jüngste Pink Sister. Vor allem meiner ältesten Schwester Haley will ich zeigen, dass ich nicht länger in ihrem Schatten stehe. Ich muss zugeben, dass sie nie etwas getan hat, womit sie mir dieses Gefühl vermittelt hätte. Aber schon als kleines Kind habe ich mich mit Selbstzweifeln herumgeschlagen, die auch in den darauffolgenden Jahren nie ganz verschwunden sind.

Als mir der Kosename, den unsere Eltern und Nachbarn uns gegeben haben, durch den Kopf geht, beruhige ich mich ein wenig, und ein Lächeln tritt auf mein Gesicht. *Pink Sisters.* So wurden wir früher von jedem genannt, da wir es liebten, pinke Klamotten zu tragen. Es gab sogar Tage, an denen hatten wir alle drei uns von Kopf bis Fuß in diese Farbe gekleidet. Wobei ich zugeben muss, dass ich die Fotos von diesen Gelegenheiten nun eher peinlich finde. Aber trotzdem erinnert mich der Name *Pink Sisters* an eine lustige Zeit. Und noch an so vieles mehr. Er zeigt den Zusammenhalt zwischen meinen Schwestern und mir.

Mit zittrigen Fingern greife ich nach der Wasserflasche, die auf der Arbeitsplatte steht, öffne sie und nehme einen Schluck. Mein Herz rast in einem atemberaubenden Tempo, und mein Mund ist andauernd trocken. Ich habe die Befürchtung, dass ich die meiste Zeit des Tages auf der Toilette verbringen werde, da ich schon so viel getrunken habe.

Als ich mein Studium angefangen hatte, habe ich gedacht, dass der erste Tag am College nervenaufreibend war, aber der Start ins Berufsleben ist noch mal etwas anderes.

Hoffentlich wird es in den nächsten Tagen besser, sonst schließe ich mich in meinem Schlafzimmer ein und gehe nicht mehr ans Telefon.

Ich will mich gerade umdrehen, um noch eine Runde in meiner engen Küche zu drehen, als ich erschrocken zusammenzucke. Mein Herz schlägt mir bis zum Hals und ich drehe mich ruckartig in die Richtung der Küchentür. Der schrille Klingelton meines Handys schallt durch die ansonsten leise Wohnung.

Nachdem ich meine Nerven wieder unter Kontrolle bekommen habe, gehe ich, dankbar über die Ablenkung, mit schnellen Schritten in das angrenzende Wohnzimmer und werfe einen Blick auf das Display.

Oma steht in großen und hellen Buchstaben darauf. Ein letztes Mal atme ich tief durch und hoffe, dass meine Großmutter meine Nervosität nicht sofort bemerken wird, da sie einen Riecher für so etwas hat.

Erst als ich mir sicher bin, dass meine Stimme sich normal anhört, drücke ich auf den grünen Hörer und halte mir das Telefon ans Ohr.

»Du wirst das ganz wundervoll machen, Liebes«, legt sie auch schon los, ohne mich zu begrüßen. Ihre schrille Stimme dringt so laut an mein Ohr, dass ich das Handy einige Zentimeter davon entfernt halten muss, damit ich keinen Hörschaden davontrage.

»Ich hoffe es«, murmle ich, wobei ich mir nicht sicher bin, ob sie das hören soll oder nicht.

Ich habe ein gutes Verhältnis zu meiner Oma, das haben wir alle, und normalerweise freue ich mich über ihre aufbauenden Worte. Aber in diesem Fall habe ich keine Ahnung, ob ich die Sache nicht am besten mit mir alleine ausmachen sollte. Wahrscheinlich wäre es das Einfachste, schließlich muss ich den Tag auch alleine hinter mich bringen. Trotzdem sind Omas Worte gerade das Einzige, was mich davon abhält, einen Nervenzusammenbruch zu bekommen.

»Ahhh«, fährt sie mir mit fester Stimme, die keinen Widerspruch duldet, dazwischen. Schon als wir noch Kinder waren, hat sie so mit uns gesprochen, damit wir anfangen, an uns zu glauben. Bei meinen Schwestern hat es funktioniert, bei mir leider nicht so ganz, wie ich nun wieder deutlich merke. »Sicher wirst du das. Die Rechtsverdreher können froh sein, dich zu bekommen«, fährt sie unbeirrt fort.

Während sie spricht, kann ich vor meinem inneren Auge sehen, wie sie energisch den Kopf schüttelt und mir so zu verstehen gibt, dass ich mich irre.

Bei ihren Worten schleicht sich ein kleines Lächeln auf mein Gesicht. So war meine Oma schon immer: gerade heraus. Sie hat sich noch nie zurückgehalten und sagt jedem ihre Meinung, egal, ob man sie hören möchte oder nicht. Seit ich denken kann, kommt es deswegen regelmäßig vor, dass sie sich mit allen möglichen Leuten streitet. Aber das ist einer der vielen Gründe dafür, dass meine Schwestern und ich sie so lieben. Mit ihr legt sich so schnell niemand an, und aus diesem Grund haben Brooke, Haley und ich uns diese Streitlust ebenfalls angewöhnt.

»Es sind Anwälte«, korrigiere ich sie, obwohl ich weiß, dass es nichts bringen wird. In ihrer Vergangenheit hat meine Groß-mutter keine guten Erfahrungen mit Anwälten gemacht. Seitdem meidet meine Oma sie, als hätten sie irgendeine ansteckende Krankheit.

»Was trägst du?«, fragt sie mich, ohne auf meinen Einwand einzugehen, und wechselt so das Thema.

Langsam senke ich meinen Kopf und lasse meinen Blick an mir hinunterwandern.

»Eine Jeans und dazu meine braune Bluse und die braunen High Heels«, antworte ich, während ich selber überlege, ob es das richtige Outfit für die Buchhaltung in einer Kanzlei ist.

Wahrscheinlich laufen dort alle total normal rum, zumal wir wohl keinen Kontakt zu den Mandanten haben, denke ich, schie-be den Gedanken allerdings schnell wieder zur Seite.

Einige Sekunden ist es ruhig in der Leitung, was dafür sorgt, dass ich direkt den nächsten Schweißausbruch bekomme. Die Klamotten habe ich mir gestern Abend extra herausgelegt, nach-dem ich meinen ganzen Kleiderschrank auseinandergenommen hatte. Wenn meine Oma nun meint, dass es das falsche Outfit ist, habe ich keine Ahnung, was ich sonst anziehen soll.

Zitternd streiche ich mir meine braunen Haare aus dem Ge-sicht und überlege, ob ich sie mir nicht besser zu einem Zopf zusammenbinden sollte.

»Das ist perfekt«, ruft meine Oma schließlich, und ich atme erleichtert auf. »In den Sachen bist du unschlagbar.« Ich bin mir sicher, dass sie gerade von einem Ohr bis zum anderen strahlt. Wenn sie könnte, würde sie bestimmt auch noch begeistert in die Hände klatschen. Bei dem Gedanken vergesse ich meine Nervosität für ein paar Sekunden.

»Ich glaube zwar nicht, dass meine Kleidung in meinem neuen Job die Hautrolle spielen wird, aber danke«, gebe ich lachend zurück.

»So gefällst du mir schon besser. Vergiss nicht, dass es ein neuer Abschnitt in deinem Leben ist, eine neue Chance. Nutze sie.«

»Ich weiß, deshalb kann ich ja kaum noch klar denken«, erwidere ich.

»Du wirst das schaffen«, spricht sie mir Mut zu. »Und nun mach dich auf den Weg, sonst kommst du an deinem ersten Tag noch zu spät. Ich drücke dir die Daumen.«

»Danke, ich hab dich lieb.«

»Ich dich auch, Schatz.« Nachdem sie ihren Satz beendet hat, legt sie auch schon auf, so dass ich nur noch das Tuten höre, das durch die Leitung dringt.

Ich lasse meine Hand sinken und werfe das Telefon in meine Tasche. Als nächstes greife ich nach der silbernen Armbanduhr, die ich im letzten Jahr von meinen Eltern geschenkt bekommen habe, und lege sie mir an. Bevor die Panik mich wieder fest im Griff hat, hänge ich mir meine Tasche über die Schulter und nehme den Schlüssel in die Hand, der ebenfalls auf dem Tisch liegt. Ein letztes Mal schaue ich mich suchend um und überprüfe, ob ich alle Geräte ausgeschaltet und die Fenster geschlossen habe. Dann verlasse ich mit großen Schritten die Wohnung und schließe die Tür hinter mir ab.

»Hallo Melody. Ich wünsche dir heute viel Glück«, begrüßt mich Isabell, die in derselben Sekunde wie ich mit ihren beiden Kindern ihre Wohnung verlässt.

Sie ist etwas älter als ich. Ihre braunen Haare trägt sie meistens offen, was sie ein wenig jünger aussehen lässt. Heute hat sie sich für eine enge Jeans und ein schwarzes Top entschieden. An den Füßen trägt sie ebenfalls schwarze Sportschuhe.

»Danke«, erwidere ich freundlich und lächle sie dabei an.

»Wenn du willst, können wir uns die Tage einmal in Ruhe

unterhalten. Ich muss jetzt die Kinder zur Schule bringen und dann selber ins Büro. Heute sind wir ein wenig spät dran«, erklärt sie mir.

»Klar.«

Isabell winkt mir noch zu, bevor sie ein Kind an jede Hand nimmt und mit ihnen aus meinem Sichtfeld verschwindet.

Ich muss zugeben, dass ich sie bewundere. Schon seit ich sie kenne, kümmert sie sich alleine um die Kinder. Die beiden sind zwar regelmäßig bei ihrem Vater, aber die alltäglichen Aufgaben erledigt sie alleine.

Während ich die Treppen nach unten gehe und durch die Haustür trete, spüre ich, dass sich das Zittern wieder in meinem Körper breitmachen will. Aber ich gebe ihm keine Chance. Fest entschlossen, diesen Tag so gut es geht zu meistern, gehe ich um die Ecke und betrete den Parkplatz, der sich hinter dem Haus befindet. Dort steuere ich auf meinen alten Ford Ka zu, der in der hintersten Ecke steht.

Da es halb acht am Morgen ist und wir uns hier in Los Angeles befinden, kommt es mir wie eine Ewigkeit vor, bis ich mein Ziel erreiche. An jeder roten Ampel muss ich stehen bleiben. Ich habe das Gefühl, als würde ich in jeden Stau geraten, der sich zwischen meiner Wohnung und meinem Arbeitsplatz gebildet hat.

Zum Glück habe ich auf meine Oma gehört, sonst würde ich es mit Sicherheit nicht pünktlich schaffen.

Die Kanzlei befindet sich am anderen Ende der Stadt, und so dauert es fast eine Stunde, bis endlich das Gebäude vor mir auftaucht, in dem ich von nun an arbeiten werde. Es steht inmitten einiger Wolkenkratzer, die es um ein ganzes Stück überragen. Trotzdem hat es noch immer eine beachtliche Größe, so dass mein Herz bei diesem Anblick wieder ein wenig schneller schlägt. Aus meinem Vorstellungsgespräch weiß ich, dass zwei der Etagen zu dem Anwaltsbüro gehören und es dort insgesamt acht Anwälte gibt, von denen aber nur drei Partner sind.

Langsam reihe ich mich in die lange Schlange ein, die sich vor der Tiefgarage gebildet hat, und warte darauf, dass ich endlich hineinfahren kann. Es dauert ein paar Minuten, da ich nicht die Einzige bin, die sich auf dem Weg zur Arbeit befindet. Doch schließlich bin ich an der Reihe und zücke die Parkkarte, die ich per Post zugeschickt bekommen habe. Ich halte sie vor den Scanner, und meine Personalnummer wird eingelesen. Lautlos öffnet sich die Schranke und lässt mich hinein. Auf der Suche nach einem freien Platz wandern meine Augen von rechts nach links. Erst auf der dritten Ebene entdecke ich endlich einen. Mit geübten Handgriffen parke ich den Wagen und stelle den Motor aus.

Doch kaum habe ich den Schlüssel aus dem Schloss gezogen, ist mein Kopf wie leergefegt.

»Du kannst das«, murmle ich immer wieder leise vor mich hin.

Dann schließe ich meine Augen und unternehme einen letzten Versuch, um das unbeholfene Gefühl, das einfach nicht verschwinden will, in den Griff zu bekommen. Aber es bringt nichts. Es fühlt sich eher so an, als würde es von Sekunde zu Sekunde schlimmer werden. Das Gefühl hält mich gefangen und macht keine Anstalten zu verschwinden.

Ich war noch nie sonderlich gut darin, mich auf neue Situationen einzustellen und Kontakt zu anderen Menschen zu knüpfen. Im Hinblick darauf beneide ich meine Schwestern, die keine Probleme damit haben.

Na los, es wird auch nicht besser, wenn du noch eine Stunde in deinem Wagen sitzt, ermahne ich mich selber.

Damit ich nicht noch mehr Zeit verliere, steige ich aus und verschließe den Wagen, und folge dann einigen Leuten, die sich in Richtung der Fahrstühle bewegen. In dem Moment, in dem ich die Menschentraube sehe, die vor den Fahrstühlen steht, höre ich den vertrauten Klingelton, der eine WhatsApp-Nachricht meiner Schwestern anzeigt.

Schnell öffne ich mit der linken Hand meine Tasche und taste darin nach meinem Handy. Im Laufen fische ich das Handy aus meiner Tasche, entsperre es geübt mit einer Hand und drücke das Symbol, um die Nachricht zu öffnen.

Ich wünsche dir viel Glück heute. Treffen wir uns heute Abend bei mir? Dann kannst du uns von deinem Tag erzählen! Wir wollen alles wissen.

Als ich die Nachricht meiner ältesten Schwester Haley lese, breitet sich ein Grinsen auf meinem Gesicht aus. Ich kenne sie gut genug, um zu wissen, dass sie nur nach einem Grund zum Feiern sucht. Aber sie ist alt genug und kann machen, was sie will. In diesem Fall lasse ich mich gerne darauf ein, denn ich habe das Gefühl, als würde ich nach diesem Tag etwas Hochprozentiges brauchen.

Ich bin gegen sechs bei dir!

Während ich schreibe, laufe ich weiter, ohne auf meine Umgebung zu achten. Flink tippe ich dabei die Wörter auf dem Display meines Handys ein.

In dem Augenblick, in dem ich auf *Senden* drücken will, spüre ich, wie ich gegen etwas Hartes stoße. Vor lauter Schreck lasse ich mein Handy fallen, so dass es zuerst auf meinem Schuh landet, bevor es leise klappernd auf den Boden fällt.

»Mist«, fluche ich und bücke mich, um es wieder aufzuheben.

»Können Sie nicht aufpassen? Oder ist das bei Ihnen normal?«, dröhnt nun eine dunkle Stimme in meinem Kopf und lässt mich erschrocken aufschauen.

Der Anblick, der sich mir bietet, verschlägt mir die Sprache und sorgt dafür, dass ich sogar kurz vergesse zu atmen. *Ach du Scheiße*, fährt es mir durch den Kopf, als ich endlich wieder in der Lage bin zu denken.

Vor mir erhebt sich ein mindestens zwei Meter großer Typ in einem schicken Anzug, der eindeutig mehr gekostet hat, als ich in einem halben Jahr verdienen werde. Wie von alleine wandert mein Blick weiter an ihm entlang. Ich registriere, dass seine Haare kurz sind, aber nicht zu kurz, so dass er sie immer noch mit Gel zur Seite stylen konnte. In seiner Hand hält er eine Laptoptasche.

Aus blauen Augen, die so klar sind wie das Meer in der Karibik, schaut er mich an. In diesem Moment bin ich froh, dass ich bereits auf dem Boden hocke, sonst würde ich Gefahr laufen, dass meine Beine nachgeben und ich umkippe.

Ich habe nicht damit gerechnet, einem Mann wie ihm über den Weg zu laufen, weder heute noch sonst irgendwann. Er macht mich sprachlos, so dass ich mich für einige Sekunden nicht bewegen kann und vergesse, was ich eigentlich tun wollte.

Es dauert eine Weile, bis ich mich wieder gefangen habe. Doch das ist der Augenblick, in dem seine Worte in meinem Kopf ankommen. Schlagartig verschwindet die Anziehungskraft, die er gerade noch auf mich ausgeübt hat, und macht der Wut Platz, die ich nun empfinde.

Ohne meine Augen von ihm zu nehmen, greife ich nach meinem Handy und richte mich wieder zu meiner vollen Größe auf. Dank meiner High Heels bin ich ein Stück größer als sonst und komme mir nicht ganz unterlegen vor. Mit einem finsteren Blick starre ich ihn an und stemme dabei meine Hand in die Hüfte. »Was?«, frage ich ihn, weil ich das Gefühl habe, als hätte ich mich verhört. Er kann mich doch unmöglich für etwas anschnauzen, das doch bestimmt jedem schon mal passiert ist.

In diesem Moment vergesse ich alles. Ich denke nicht daran, dass wir von Leuten umgeben sind, von denen einige sicher schon auf uns aufmerksam geworden sind. Und genauso vergesse ich meine Nervosität.

Wir sind nur wenige Zentimeter voneinander entfernet und spüre deswegen die Wärme, die von ihm ausgeht. Auch der Geruch seines Parfüms steigt mir in die Nase. Mir wird ein wenig schwindelig.

Während ich spreche, schaue ich ihn herausfordernd an, um mir nicht anmerken zu lassen, wie weich meine Knie gerade sind.

In Zeitlupe kommt er mir noch näher, bis sich unsere Nasenspitzen beinahe berühren. »Sie haben mich schon verstanden«, faucht er mich an und spannt dabei seinen Kiefer an. Er ist sauer, allerdings habe ich keine Ahnung wieso.

Eine Weile stehen wir uns gegenüber und betrachten uns. Irgendetwas an seinem Blick sorgt dafür, dass ich meine Augen nicht von ihm losreißen kann.

So ein Mist hat mir gerade noch gefehlt, schießt es mir durch den Kopf. Am liebsten würde ich ihn in die Schranken weisen und ihn vor allen zur Sau machen. Aber nachdem ich mir in Erinnerung gerufen habe, dass ich heute Wichtigeres zu tun habe, als mich mit so einem Idioten zu streiten, tue ich es nicht.

Stattdessen beiße ich die Zähne aufeinander und verstaue das Handy wieder in meiner Tasche.

»Wenn man nicht in der Lage ist, auf sein Telefon zu schauen und zu laufen, ohne andere über den Haufen zu rennen, dann sollte man es sein lassen«, erklärt er mir in herablassendem Ton.

Ich würde ihn am liebsten fragen, ob seine Freundin ihn für einen anderen verlassen hat. Ich kann mir beim besten Willen nicht vorstellen, dass eine Frau freiwillig bei so einem Typen bleibt, egal wie gut er aussieht oder was für Kunststücke er im Bett verrichten kann.

Allerdings muss ich im Stillen auch zugeben, dass er recht hat. Aber das ist noch kein Grund, sich wie ein Riesenarschloch aufzuführen. *Vielleicht ist sein Porsche heute Morgen nicht angesprungen und er musste mit dem Fahrrad seines Nachbarn fahren*, überlege ich. Bei diesem Gedanken will sich ein Grinsen auf mein Gesicht stehlen, was ich mir aber in letzter Sekunde verkneifen kann. Stattdessen liegen mir mindestens ein Dutzend

Wörter auf der Zunge, die ich ihm gerne um die Ohren knallen würde und von denen keines jugendfrei ist. Haley hätte das vermutlich in die Tat umgesetzt, aber ich tue es nicht. Ich habe heute Wichtigeres vor. »Es tut mir wirklich leid«, entschuldige ich mich deswegen nur bei ihm. Und während ich das tue, taucht das Gesicht meiner Großmutter vor mir auf, die mich mit einem skeptischen Blick ansieht.

Kaum habe ich ausgesprochen, macht sich ein zufriedener Ausdruck auf seinem Gesicht breit.

Das blöde Grinsen, das sich nun um seine Lippen zieht, sorgt dafür, dass ich meine guten Absichten über Bord werfe. »Das ändert aber nichts an der Tatsache, dass Sie an Ihrem Ton arbeiten könnten. Irgendwie habe ich das Gefühl, dass ich nicht die Erste bin, die Ihnen das sagt«, weise ich ihn laut und deutlich in die Schranken.

Aus dem Augenwinkel erkenne ich, dass sich immer mehr der Wartenden zu uns umdrehen, aber das ist mir egal. Der Typ, dessen Namen ich nicht einmal kenne, schaut mich aus zusammengekniffenen Augen an. An seinem verbissenen Gesichtsausdruck erkenne ich, dass er sich nur schwer zurückhalten kann.

Bei diesem Anblick kommt mir der Gedanke in den Sinn, dass er es wahrscheinlich nicht gewohnt ist, dass ihm jemand Kontra gibt, aber das ist ehrlich gesagt nicht mein Problem. Ich werde mich nicht von ihm kleinkriegen lassen! Die Masche funktioniert vielleicht bei seinen Geschäftspartnern und bei den anderen Angestellten, aber nicht bei mir.

»Wenn Sie andere über den Haufen rennen, müssen Sie sich auch nicht wundern, dass man Ihnen die Meinung sagt«, zischt der Typ zwischen zusammengebissenen Zähnen hervor.

Scharf ziehe ich die Luft ein, als sein Blick mich trifft. Er sieht so aus, als würde er noch etwas sagen wollen, doch er tut es nicht. Stattdessen betrachtet er mich mit einem Ausdruck im Gesicht, den ich nicht zuordnen kann.

Mein Herz schlägt so laut, dass ich mir sicher bin, dass er es hören kann. Ja, ich bin mir sogar sicher, dass die Leute, die sich in einigen Metern Entfernung befinden, es hören können.

Die Schmetterlinge in meinem Bauch fliegen wie wild umher, als mich der Wunsch überfällt, meine Arme um seine Hüften zu schlingen und mich an ihn zu lehnen.

Am liebsten würde ich mir in den Hintern treten bei dieser Reaktion auf seine Nähe.

Um mich wieder zu sammeln, schließe ich die Augen und atme tief durch. Als ich sie wieder öffne, schaut er mich noch immer genauso an. Einerseits wütend und andererseits durchdringend.

Ich will gerade den Mund öffnen, um etwas zu erwidern, als ich ein leises *Pling* höre. Schnell drehe ich meinen Kopf in die Richtung, aus der das Geräusch kam, und sehe, dass die Türen des Aufzuges sich langsam öffnen. Kurz zögere ich. Ich will nicht zu spät kommen, aber genauso wenig will ich, dass der Idiot denkt, dass er gewonnen hat.

»Verdammt«, seufze ich schließlich. Das Einzige, was den katastrophalen Start in den Tag noch schlimmer machen würde, wäre, wenn ich zu spät im Büro erscheine.

Ich werfe ihm einen letzten Blick zu, bevor ich ihm den Rücken zudrehe und mich in Bewegung setze. So schnell ich mit den hohen Schuhen kann, überwinde ich die kurze Distanz zum Fahrstuhl und lasse den unfreundlichen Spinner einfach stehen.

Als eine der Letzten quetsche ich mich in die Kabine. Als ich mich mit meiner Tasche in der Hand umdrehe, sehe ich, dass er ebenfalls losgelaufen ist. Doch kurz bevor er durch die geöffneten Türen hindurchschlüpfen kann, schließen sie sich, so dass er keine Chance mehr hat, noch einzusteigen.

Charmant schenke ich ihm noch ein letztes Lächeln, bevor die Türen mir die Sicht auf ihn verwehren. Innerlich atme ich erleichtert auf. Das Letzte, worauf ich jetzt Lust hätte, ist, mit ihm zwischen all den Menschen eingequetscht zu sein.

Hoffentlich muss ich ihn nicht mehr wiedersehen, und wenn, dann kann das ruhig noch ein wenig warten. Noch bevor ein Ruck durch den Aufzug geht, drücke ich auf den Knopf für die richtige Etage.

In den nächsten Stockwerken leert sich der Aufzug ein wenig. Als wir endlich die sechste Etage erreichen, habe ich das Gefühl, als hätte ich eine Ewigkeit in diesem Teil verbracht.

Ich gehe auf die große Glastür zu, die in die Büroräume führt und werde dort bereits von geschäftigem Treiben in Empfang genommen. Überall klingeln Telefone, und Angestellte tragen Akten hin und her.

Bis jetzt war ich nur einmal hier, und das war, als ich mein Vorstellungsgespräch hatte. An diesem Tag war ich aber zu aufgeregt, was dazu geführt hatte, ich kaum auf meine Umgebung geachtet habe. Nun nehme ich sie komplett anders wahr und konzentriere mich auf die Kleinigkeiten, die mir bei meinem ersten Besuch hier entgangen sind.

Ich befinde mich in einem großen Raum, dessen Wände hell gestrichen sind. Der Boden besteht aus dunklen Fliesen, auf denen helle Teppiche liegen. Auf der linken Seite des Raumes befinden sich überall Schreibtische, an denen fleißig gearbeitet wird. Die Wände bestehen abwechselnd aus Ziegelsteinmauern und Fenstern, die vom Boden bis zur Decke reichen und so das helle Tageslicht hineinlassen.

Für ein paar Sekunden bleibe ich an Ort und Stelle stehen und lasse den Anblick auf mich wirken. Panik macht sich in mir breit. *Das werde ich im Leben nicht schaffen,* denke ich. *War das beim letzten Mal auch schon so hier?*

Hektisch und auch ein wenig panisch schaue ich von rechts nach links, wobei ich mir nicht ganz sicher bin, wonach ich überhaupt suche.

2

∽∾

Gerade als ich auf den großen Empfangstresen zugehen will, hinter dem eine kleine Blondine sitzt, tritt eine Frau auf mich zu, die vielleicht ein paar Jahre älter ist als ich. Ihre roten Haare stechen aus der Menge heraus, und ihr schwarzer knielanger Rock bringt ihre langen Beine zur Geltung. Das enge weiße Top betont ihre schlanke Taille.

»Du musst Melody sein«, begrüßt sie mich mit heller und freundlicher Stimme. Sie befindet sich nun nur noch ein paar Schritte von mir entfernt, während sie mich gleichzeitig freundlich anlächelt.

»Ja«, erwidere ich etwas überrumpelt.

»Ich bin Claire«, stellt sie sich vor und reicht mir die Hand. »Es freut mich, dich kennenzulernen. Mach dir keine Sorgen, so läuft das hier immer, aber da du in der Buchhaltung bist, bekommst du von diesem ganzen Stress hier nichts mit.« Für wenige Sekunden schaue ich mich noch einmal in dem Raum um, bevor ich mich wieder ihr zuwende.

»Ehrlich gesagt habe ich das so gar nicht in Erinnerung«, gebe ich zu, wobei ich den hilflosen Ton in meiner Stimme nicht verbergen kann.

»Das kenne ich. Ich bin mir bis heute total sicher, dass bei meinem Vorstellungsgespräch hier alles ruhig war und alle an ihren Schreibtischen saßen und keinen Ton von sich gegeben haben. An meinem ersten Tag hier wäre ich fast aus den Schuhen gekippt, so geschockt war ich.«

Kurz lasse ich mir ihre Worte durch den Kopf gehen und muss zugeben, dass ich ihre Reaktion sehr gut verstehen kann.

»Bist du auch in der Buchhaltung?«, frage ich Claire schließlich und hoffe inständig, dass sie *Ja* sagt. Sie scheint nett zu sein, und das würde mir den Einstieg hier sicherlich erleichtern.

Als Antwort nickt sie. Erleichtert darüber atme ich tief durch. Einer meiner schlimmsten Alpträume war es gewesen, dass ich irgendeine Zicke neben mir sitzen habe, aber Claire scheint mir nicht so zu sein. In gewisser Weise erinnert sie mich an meine Schwestern, die auch allen einen Knopf an die Backe reden können.

»Weißt du, wo ich Mr. Baker finde?« Mr. Baker ist einer der Senior-Partner, die in dieser Kanzlei arbeiten und der Mann, bei dem ich mein Vorstellungsgespräch hatte. Als ich die Zusage für den Job bekommen habe, hatte er mich angewiesen, dass ich mich an meinem ersten Tag bei ihm melden soll.

»Eigentlich müsste er in seinem Büro sein. Hier entlang«, ruft sie, nachdem sie sich schon ein Stück von mir entfernt hat. Dabei winkt sie mir zu und fordert mich so auf, ihr zu folgen.

Ich werfe einen letzten Blick auf die Menge. Keiner beachtet mich, alle sind mit ihrer Arbeit beschäftigt. Ich folge Claire mit schnellen Schritten, um nicht den Anschluss zu verlieren. Sie führt mich durch das Gewusel hindurch, bis wir einen langen Flur erreicht haben, der sich in einer Ecke befindet. Hier ist es um einiges ruhiger, fast so, als würde man sich plötzlich an einem anderen Ort befinden. Von dem Stress, der vorne herrscht, ist hier nichts mehr zu spüren.

Der Raum ist in einem warmen Braun gehalten, und an den Wänden hängen Kunstwerke. Rechts und links befinden sich in regelmäßigen Abständen Türen, von denen einige offen stehen.

Neugierig werfe ich im Vorbeigehen einen Blick in die offenen Räume und sehe Männer und Frauen, die an ihren Schreibtischen sitzen und wie wild auf ihre Tastatur einhacken. Dabei drehen sie sich immer wieder zu den Akten, die vor ihnen liegen.

»Lass mich raten, als du hier warst, hat er dich in den großen Konferenzraum bringen lassen«, mutmaßt Claire, als sie meinen Blick bemerkt.

»Ja«, antworte ich nur.

»Das hat Mr. Baker bei mir auch gemacht. Keine Ahnung wieso, aber das ist schon seit Jahren Tradition. Da kannst du auch die Angestellten fragen, die schon seit zehn Jahren hier arbeiten. Auf jeden Fall befinden sich vorne die Büros der leitenden Angestellten, also von denjenigen, die hier das Sagen haben. Dann kommen die der angestellten Anwälte und ganz hinten die der Chefs. Alle anderen haben ihren Schreibtisch in dem großen Büroraum stehen, den du vorhin schon gesehen hast, oder oben«, erklärt sie mir, während sie immer weitergeht.

Mit jedem Schritt, den ich hinter mich bringe, werde ich nervöser. Der dicke Teppich, der sich unter meinen Füßen befindet, schluckt die Schritte, so dass man weder mich noch Claire hören kann.

»Hier ist es«, verkündet sie, nachdem wir vor einer der hintersten Türen stehen geblieben sind.

»Danke«, murmle ich.

Mein Herz schlägt mir bis zum Hals, als ich auf den Türknauf starre. Die Angst, etwas falsch zu machen, oder etwas zu sagen, was jemand falsch verstehen könnte, hat mich fest im Griff.

Noch ist es nicht zu spät einfach umzudrehen und wieder zu verschwinden, denke ich. Aber bringen würde es mir nichts. Ganz im Gegenteil, es würde mich zurück an den Anfang meiner Jobsuche werfen, und das würde bedeuten, dass ich notgedrungen wieder bei meinen Eltern einziehen müsste.

Ich brauche diesen Job!

Noch bevor ich irgendetwas tun kann, nimmt Claire mir aber auch schon die Entscheidung ab. Leise klopft sie an die Tür und öffnet sie im nächsten Moment, um ihren Kopf durch den Spalt in den Raum zu stecken.

»Mr. Baker?«, fragt sie, bevor es für einige Sekunden ruhig

wird. Da ich hinter ihr stehe und sie mir die Sicht versperrt, kann ich nicht sehen, worauf sie wartet.

»Was gibt es?«, ertönt schließlich eine tiefe Stimme, ich die noch von meinem Vorstellungsgespräch kenne.

»Melody Brown ist hier«, verkündet sie und greift nach meinem Handgelenk, um mich in das Büro zu ziehen, noch bevor unser Chef etwas gesagt hat.

In dem Moment, in dem ich das große Zimmer betrete, sehe ich, wie er seinen Kopf von den Akten hebt, die vor ihm auf dem dunklen Schreibtisch liegen. Dieser ist so riesig, dass man ihn fast mit einem Esstisch verwechseln könnte, denn an ihm würden locker sieben Personen Platz haben.

An der linken Wand steht ein Sofa, vor dem sich ein eleganter Glastisch befindet. Dahinter erstecken sich große Fenster, durch die man einen wundervollen Blick auf die Stadt hat. An der gegenüberliegenden Wand hingegen befinden sich große Regale, die aus dem gleichen Holz angefertigt wurden wie der Schreibtisch. Sie sind voll mit Gesetzbüchern, und von Weitem kann ich auch ein paar Bildern erkennen.

»Wundervoll«, ruft er im nächsten Moment und klatscht in die Hände, während er sich aus seinem Schreibtischstuhl erhebt. Mr. Baker ist groß, und der schwarze Anzug, den er trägt, betont seinen Bauchansatz ein wenig. Ich schätze ihn auf Anfang fünfzig, womit er das gleiche Alter wie mein Vater hätte. Bereits in meinem Vorstellungsgespräch hat er mir klargemacht, dass er sehr daran interessiert ist, dass sich hier alle gut verstehen. Das hat ihn mir von Anfang an sympathisch gemacht.

»Ms. Brown. Es freut mich, Sie zu sehen. Kommen Sie herein und setzen Sie sich. Ms. Jackson, haben Sie zufällig schon meinen Sohn gesehen?«, fragt er und schaut dabei in die Richtung von Claire.

Als ich mich ebenfalls zu ihr drehe, sehe ich, dass sie sich ein wenig angespannt hat. Von der Lockerheit, die sie noch vor wenigen Sekunden an den Tag gelegt hat, ist nicht mehr viel zu spüren.

»Tut mir leid, bis jetzt habe ich ihn noch nicht zu Gesicht bekommen, und seine Bürotür stand gerade auch noch offen«, erklärt sie und schüttelt dabei den Kopf, wobei sie unseren Chef nicht ansieht.

Mr. Baker scheint über ihre Antwort nicht sehr erfreut zu sein. Er presst die Lippen zu einem dünnen Strich zusammen und fährt sich mit den Händen über das Gesicht und den Nacken.

»Warten Sie bitte draußen und zeigen sie Ms. Brown gleich alles. Ich möchte nur eben ein paar Dinge mit ihr besprechen. Falls mein Sohn endlich kommt, sagen Sie ihm, dass er sofort in mein Büro kommen soll«, weist er sie schließlich an, nachdem er kurz zu mir gesehen hat.

Da ich ihn ebenfalls aufmerksam beobachte, entgeht mir nicht die Schärfe in seiner Stimme, mit der er die letzten Worte ausspricht. Dabei zucke ich kurz, reiße mich aber schnell wieder zusammen.

»Sicher.« Claire nickt und verschwindet dann sichtlich erleichtert. Allerdings kann ich sehen, wie sie ihr Gesicht bei der Anweisung verzogen hat.

»Entschuldigen Sie bitte«, wendet sich Mr. Baker nun an mich. Freundlich lächelt er mich an.

»Kein Problem«, erwidere ich nur.

»Ich bin froh darüber, dass Sie von nun an zu unserem Team gehören«, beginnt er. Mit festen Schritten geht er um den Schreibtisch herum und lässt sich dann wieder in den Stuhl sinken. Auf diese Weise demonstriert er mir, dass er es gewohnt ist, immer alles im Griff zu haben. Dann zeigt er auf die Besucherstühle, die vor dem Tisch stehen und bedeutet mir so, mich ebenfalls zu setzen.

Langsam komme ich seiner Aufforderung nach.

»Ich ebenfalls«, erkläre ich und versuche, meine Stimme fest wirken zu lassen. Ich bin mir trotzdem sicher, dass Mr. Baker das Zittern hört und auf diese Weise merkt, wie nervös ich bin.

Obwohl meine Eltern und meine Schwestern mir versichert haben, dass es ganz normal ist, am ersten Tag nervös zu sein, fühle ich mich doch unwohl in meiner Haut.

Einige Sekunden schaut er mich nachdenklich an. Sein Blick ist prüfend und durchdringend. Ich habe keine Ahnung, ob er weiß, was in meinem Kopf vor sich geht, aber ich bin mir sicher, dass er es auf jeden Fall versucht herauszufinden.

»Falls etwas sein sollte, können Sie sich jederzeit an mich, Claire oder jeden anderen hier wenden. Wir sind wie eine große Familie.«

Überrascht über seine Worte hebe ich meinen Kopf ein Stück und schaue ihn an. Für einen kleinen Augenblick überlege ich, ob ich dazu etwas sagen soll und was. Seine Angestellten als Familie zu bezeichnen ist schon etwas schräg.

Aber da ich nicht weiß, was ich dazu sagen soll, entscheide ich mich dazu, besser den Mund zu halten, schließlich reicht ein Streit am Tag. Aus diesem Grund nehme ich einfach an, dass er damit sagen will, dass sich hier alle verstehen und sich gegenseitig helfen.

»Ich weiß, dass Sie noch neu im Berufsleben sind und Sie sich deswegen daran gewöhnen müssen. Machen Sie sich keine Sorgen. Es wird etwas dauern, aber irgendwann läuft alles von alleine.« Aufmunternd zwinkert er mir zu und nimmt mir so etwas von der Angst, die ich seit heute Morgen verspürt habe.

»Da bin ich mir sicher«, gebe ich zurück und hoffe, dass ich mich wenigstens etwas zuversichtlich anhöre.

Mr. Baker holt gerade Luft, um noch etwas zu sagen, als ich hinter mir das Geräusch der sich öffnenden Tür vernehme.

»Ahhh, Scott. Schön dich auch mal wieder zu sehen.« Die Worte meines Chefs sorgen dafür, dass ich mich neugierig umdrehe. Doch im nächsten Augenblick bereue ich es und verspüre den Wunsch, im Erdboden zu versinken, oder wenigstens unsichtbar zu werden.

Entgeistert starre ich seinen Sohn an und kneife sogar kurz

die Augen zusammen. Doch als ich sie wieder öffne, hat sich an dem Bild, was sich vor mir befindet, nichts geändert.

In der Tür steht der Mann, mit dem ich mich vor wenigen Minuten noch gestritten habe.

Kurz spüre ich die Anziehungskraft, die von ihm ausgeht, aber gleichzeitig kocht erneut die Wut in mir hoch.

»Sie schon wieder!«, ruft er und zeigt dabei auf mich. Seine Augen funkeln wütend und ich kann erkennen, wie er seine Lippen zu einer dünnen Linie zusammenpresst.

In diesem Moment gehen mir viele Gedanken durch den Kopf, aber ich schaffe es nicht, einen davon auszusprechen. Mir ist bewusst, dass mein Chef uns beobachtet, und ich will mich nicht gleich am ersten Tag bei ihm unbeliebt machen. Außerdem ist mein Kopf noch damit beschäftigt zu verdauen, dass dieser Typ der Sohn meines Chefs ist. Dass er zu den Anwälten gehört, für die ich arbeite.

Das ändert allerdings nichts daran, dass ich ihm am liebsten ins Gesicht sagen würde, dass er anscheinend keine Ahnung hat, wann man sich eine Niederlage eingestehen sollte. Doch wieder tue ich es nicht. Es passiert nicht oft, aber in diesem einen Moment ist mir klar, dass es besser ist, wenn ich den Mund halte.

Damit mir nicht doch noch etwas herausrutscht, was ich eventuell bereuen könnte, beiße ich mir auf die Zunge und presse die Lippen zusammen.

»Wie ich sehe, habt ihr euch schon kennengelernt«, ruft sein Vater nun gut gelaunt. Anscheinend hat er nicht gemerkt, wie die Temperatur in diesem Raum drastisch gesunken ist. Sogar meine Brustwarzen haben sich ein Stück aufgerichtet, wobei ich nicht genau sagen kann, ob das von Scotts unterkühlter Art kommt, denn ich kann die Anziehungskraft, die er trotzdem auf mich ausübt, nicht leugnen.

»So würde ich das nicht nennen«, widerspricht sein Sohn und wirft mir dabei einen Blick zu, bei dem ich nach Luft schnappe.

Langsam stehe ich auf, um ihn aus zusammengekniffenen Augen besser betrachten zu können.

Ja, er sieht gut aus und ja, ich fühle mich ein wenig zu ihm hingezogen. Aber seine Attraktivität bekommt einen erheblichen Dämpfer, wenn man sich vor Augen hält, dass er sich wie ein aufgeblasener Arsch verhält, dem man als Baby ein paarmal zu oft den goldenen Schnuller in den Mund gestopft hat. Er benimmt sich wie ein verwöhntes Kind.

Fieberhaft suche ich nach den richtigen Worten, die ich ihm an den Kopf werfen kann, ohne dabei zu unfreundlich zu wirken, aber noch bevor sie mir einfallen können, kommt Mr. Baker mir zuvor.

»Lassen Sie sich von Ms. Jackson alles zeigen«, erklärt er mir und entlässt mich aus unserem Gespräch.

»Danke«, antworte ich mit fester und klarer Stimme, während ich ihn freundlich anlächle. Dann drehe ich mich wieder in die Richtung von Scott Baker und schaue ihn genauso kalt an wie er mich betrachtet. Dabei ziehe ich eine Augenbraue nach oben und gebe ihm zu verstehen, dass er so bei mir nicht weiterkommt. Obwohl ich den Raum so schnell wie möglich verlassen will, kostet es mich sehr viel Überwindung, mich in Bewegung zu setzen und auf Scott zuzugehen. Bei jedem Schritt spüre ich seinen Blick auf mir. Verzweifelt versuche ich, nicht in seine Richtung zu schauen, als ich mich ihm nähere. Krampfhaft sehe ich an ihm vorbei, aber mein Kopf scheint ein Eigenleben zu führen, in dem ich nichts zu melden habe. Langsam hebt er sich, weswegen ich den extrem wütenden Ausdruck erkenne, der sich in Scotts Gesicht geschlichen hat. Er beobachtet jede einzelne meiner Bewegungen. Mir kommt es fast so vor, als wolle er sichergehen, dass ich auch wirklich das Zimmer verlasse.

Wie kann ein Mann wie Mr. Baker, dem anscheinend sehr viel an Ruhe und Frieden liegt, so einen Sohn haben?, frage ich mich. Auch wenn ich seinen Sohn nicht sehr lange kenne, bin ich mir

sicher, dass er sich nicht nur mir gegenüber so unmöglich verhält.

»Darf ich?«, frage ich und zeige dabei auf die Tür, die sich
hinter ihm befindet, als ich nur noch zwei Schritte von ihm entfernt stehe.

Doch Scott macht nicht Platz. Mit einem stoischen Blick
schaut er mich an. In letzter Sekunde kann ich es mir gerade
noch verkneifen die Augen genervt zu verdrehen.

Ich dränge mich an ihm vorbei, damit ich zur Tür gelangen
kann. Dabei streift meine Hand seine. Ein elektrischer Schlag
durchfährt mich. Für einen Augenblick wird mir schwindelig,
und alles um mich herum verschwimmt. Aber durch die unge-
wollte Nähe steigt mir auch sein Geruch in die Nase. In letzter
Sekunde kann ich verhindern, dass mir ein leises Seufzen über
die Lippen dringt.

Als mein Blick sich wieder klarstellt, sehe ich, dass er mich
mustert, als würde er sich fragen, was ich hier zu suchen habe.
Noch immer schaut er mich fragend an. Bevor er mir noch irgendetwas an den Kopf knallen kann, dränge ich mich an ihm
vorbei, betrete den Flur und schließe die Tür hinter mir.

Kaum habe ich den Raum verlassen, kann ich wieder befreiter
atmen. Dann bemerke ich Claire, die mir gegenübersteht und
mich angrinst.

3

»Lass dich von dem Junior nicht ärgern. Der hat immer schlechte Laune. Jeder hier geht ihm, so gut es geht, aus dem Weg. Meistens funktioniert es, aber es gibt Tage, da lässt es sich leider nicht vermeiden. In diesen Fällen hauen wir ihm in Gedanken die Schimpfwörter nur so um den Kopf«, erklärt Claire mir und zuckt dabei mit den Schultern.

»Ernsthaft?«, frage ich sie ein wenig ungläubig, als ihre Worte in meinem Kopf angekommen sind.

»Das funktioniert immer super. Auf diese Weise können wir uns Luft machen und bekommen keinen Ärger.«

Bei ihren Worten lache ich leise.

»Allerdings muss ich sagen, dass ich mir sicher bin, dass sein Verhalten auch den anderen Anwälten gehörig auf die Nerven geht. Aber mach dir nichts daraus. Sein Vater bekommt meistens die volle Ladung ab.«

Kaum hat Claire ausgesprochen, ertönen wie auf Kommando die lauten und aufgebrachten Stimmen von Mr. Baker und seinem Sohn. Sie erfüllen den ansonsten stillen Flur. Obwohl man nicht versteht, worüber sie sich genau streiten, spüre ich doch, dass irgendetwas da überhaupt nicht stimmt. Die beiden lassen einander kaum aussprechen und fallen sich immer wieder gegenseitig ins Wort. Wobei Scott immer wieder neue Schimpfwörter benutzt.

Claire und ich stehen uns gegenüber und starren beide auf die Tür.

»Na komm, lassen wir die beiden mal alleine«, unterbricht sie unser Schweigen und nickt mit dem Kopf in Richtung des großen Büroraumes.

Da ich das Gefühl habe, als würden wir etwas Verbotenes tun, wenn wir weiter hier stehen bleiben, willige ich stumm ein, von hier zu verschwinden.

»Den Aufbau habe ich dir ja schon erklärt. Mit den Senior-Chefs haben wir eigentlich nicht so viel zu tun, trotzdem legen sie großen Wert darauf, dass sie jeden von uns kennen. Das ist einer der Gründe, wieso man hier so gut arbeiten kann«, berichtet sie mir, während wir wieder zurückgehen. »Hier hat übrigens Scott sein Reich. Die Tür solltest du also wenn möglich meiden.« Sie zeigt auf eine Tür.

Aus einem Reflex heraus bleibe ich stehen und riskiere einen kurzen Blick in das Innere seines Reiches. Das Büro wurde mit dunklen Möbeln eingerichtet, die fast schwarz wirken. Das einzig helle in dem Raum sind die Wände und der Boden. Sogar sein Computerbildschirm und die Tastatur, die davor liegt, haben einen dunklen Farbton, dementsprechend kann man sie kaum erkennen.

An den Wänden kann ich keine Bilder entdecken. Auch sonst befinden sich keine persönlichen Gegenstände auf dem Tisch oder in den Regalen. Es gibt keine Bilderrahmen und auch keine Jacke, die über dem Stuhl hängt. Nichts was darauf schließen lässt, dass er jeden Tag von morgens bis abends hier ist.

Der Raum ist genauso kalt und unfreundlich wie er selber. Ich muss zugeben, dass er zu ihm passt.

Als ich mich nach Claire umsehe, bemerke ich, dass sie schon weitergegangen ist. Um sie wieder einzuholen, muss ich beinahe joggen, was in den hohen Schuhen gar nicht so einfach ist.

Nachdem ich sie eingeholt habe, bleibt sie an ein paar Schreibtischen stehen und stellt mir meine neuen Kollegen vor. Bei den ganzen Namen, die auf mich einprasseln, weiß ich, dass es eine Zeit lang dauern wird, bis ich sie mir alle merken kann.

Jeder von ihnen versichert mir, dass ich mich jederzeit an ihn wenden kann, wenn ich mal etwas nicht finde oder sonst eine Frage habe.

Es kommt mir vor, als hätte ich mindestens drei Dutzend Menschen kennengelernt, als Claire mich schließlich zu einer Treppe führt, die sich auf der anderen Seite des Raumes befindet.

Vom Eingangsbereich ist sie nicht zu sehen, da sie von einer Wand verborgen wird, an der sich ein großer Kopierer und ein paar Aktenschränke befinden.

Schweigend folge ich ihr die hellerleuchtete Treppe nach oben. Nachdem wir die obere Etage erreicht haben, sehe ich, dass der Aufbau ungefähr der gleiche ist wie unten. Mit dem einen Unterschied, dass es hier ruhiger ist.

Ich spüre, wie auch ich ruhiger werde, denn ich hatte schon befürchtet, dass es in meiner Abteilung genauso zugeht wie unten.

»Und hier ist unser Reich«, erklärt Claire und ich reiße mich von dem Anblick los. In ihrer Stimme kann ich einen gewissen Stolz hören. »Ich sitze hier, und du hast dort deinen Platz«, fügt sie hinzu und zeigt dabei auf zwei Schreibtische, die einander gegenüberstehen.

Mit langsamen Schritten gehe ich auf meinen neuen Schreibtisch zu und betrachte ihn genau. Es ist das gleiche Modell, was ich hier bereits überall gesehen habe. Nur befinden sich auf ihm keine Gesetzestexte, sondern Tabellen zum Berechnen der Anwaltsgebühren und eine Liste mit Telefonnummer. Daneben stehen Namen, von denen ich ein paar kenne. Es ist eine Liste der Durchwahlen von den Anwälten und leitenden Angestellten.

»Das ist Maria, unsere Mama«, redet Claire weiter.

Da ich sie gerade nicht beachtet habe, drehe ich nun meinen Kopf mit einem fragenden Gesichtsausdruck zu ihr. Ich erkenne, dass sie auf eine ältere Frau zeigt. Sie sitzt an dem Schreibtisch, der unserem am nächsten ist und hat ihre Nase in einigen dicken Akten vergraben.

»Mama?«, hake ich nach und schaue dabei irritiert von einem zur anderen, da ich keine Ahnung habe, wovon Claire da spricht.

Maria hebt nun ihren Kopf und lächelt mich freundlich an. »Falls du ein Problem hast, kannst du immer zu mir kommen. Ich habe für jeden ein offenes Ohr, egal ob es sich um etwas Berufliches handelt oder etwas Privates«, erklärt Maria. Die Offenheit der beiden Frauen sorgt dafür, dass ich mich hier auf Anhieb wohl fühle und meine Angst, dass ich etwas falsch machen könnte, in den Hintergrund tritt.

»Als ich Probleme mit meinem Freund hatte, bin ich auch zu Maria gegangen. Manchmal hilft es, wenn man eine unbeteiligte Meinung zu hören bekommt. Auf jeden Fall ist nun wieder alles bestens, und in drei Monaten werden wir sogar heiraten. Sie ist keine Tratschtante. Den Titel beanspruchen bereits ein paar andere«, klärt Claire mich auf und zwinkert mir dabei zu.

Im Kopf mache ich eine Notiz, damit ich aufpasse, nicht auf deren Radar aufzutauchen. Das ist das Letzte, was ich will und gebrauchen kann. Vom College weiß ich nur zu gut, dass man Plappermäulern am besten aus dem Weg gehen sollte. Vor allem wenn man jemand ist, der gerne seine Ruhe hat.

Was ich allerdings zu Maria sagen soll, weiß ich nicht. Ich weiß ihr Angebot wirklich zu schätzen, aber mir ist nicht wohl dabei, mit meinen persönlichen Problemen zu einer Kollegin zu gehen.

Deswegen halte ich lieber den Mund und lasse mich auf meinen Stuhl sinken. Eine halbe Stunde lang steht Claire hinter mir und erklärt mir meinen Computer mit den verschiedenen Programmen.

»Keine Sorge, du wirst das schnell raushaben«, baut sie mich auf, nachdem sie meinen hilflosen Blick gesehen hat.

Seufzend lasse ich meinen Kopf in die Hände fallen und stütze mich auf dem Tisch ab.

Aus dem Augenwinkel sehe ich, wie sie sich entfernt und auf ihren Schreibtisch zugeht, wo sie sich daran macht, den Stapel an

Unterlagen abzuarbeiten, der vor ihr liegt. Kurz betrachte ich sie, bevor ich mich ebenfalls an die Arbeit mache.

Ein paarmal brauche ich die Hilfe der beiden Frauen, aber schnell habe ich raus, wie ich die Akten bearbeiten muss, um die Abrechnungen fertig zu machen. So schwer, wie ich gedacht habe, ist es nicht, da die meisten Informationen von den Anwälten vorgegeben oder im System abgespeichert sind.

Die nächsten Stunden gehen schnell vorbei, und es ist bereits fünf Uhr, als ich das nächste Mal auf die Uhr schaue.

Ich bin glücklich darüber, dass ich meinen ersten Tag ohne eine größere Katastrophe hinter mich gebracht habe, wenn man mal das Zusammentreffen mit Scott außen vor lässt.

»Wie fandst du deinen ersten Tag?«, fragt Claire mich, als ich meine persönlichen Wertgegenstände in meiner Tasche verstaue und meinen Schlüssel hinausziehe.

»Gut, obwohl ich sagen muss, dass es das komplette Gegenteil zu einem Studium ist«, gebe ich zu.

Wobei ich diesen Unterschied aber nicht schlimm finde. Im Studium habe ich dafür gelernt, dass ich irgendwann auf eigenen Beinen stehen kann, und diese Zeit ist nun gekommen.

»Am Anfang ging es mir auch so. Aber es wird besser, von Tag zu Tag. Und irgendwann wirst du merken, dass es entspannter ist, als den ganzen Tag zu lernen.«

»Das hoffe ich«, erwidere ich und stehe auf, um den Stuhl an den Tisch zu schieben.

»Wenn du willst, können wir morgen Mittag zusammen essen«, schlägt sie mir vor.

»Danke, das würde ich gerne machen«, antworte ich ihr und lächle sie dabei freundlich an.

»Super, dann bis morgen«, verabschiedet sie sich von mir und steht dabei vom Schreibtisch auf, um in Richtung der Treppe zu gehen. Ehe sie aus meinem Blickfeld verschwindet, winkt sie mir noch einmal zu.

Das Geräusch ihrer Absätze auf den Fliesen wird bei jedem Schritt leiser.

Siehst du? War doch gar nicht so schlimm, denke ich und atme tief durch.

Hier oben sitzen nur noch zwei meiner Kollegen, die so in ihre Arbeit vertieft sind, dass sie wahrscheinlich gar nicht gemerkt haben, dass die meisten bereits verschwunden sind. Aber von Claire weiß ich, dass der letzte Anwalt meistens erst gegen acht Uhr abends das Büro verlässt.

Während ich ebenfalls die Treppe nach unten gehe, erscheint das Gesicht von Scott vor meinen Augen. Ich weiß nicht, wieso ich ausgerechnet jetzt an ihn denken muss, aber mir geht die Frage durch den Kopf, ob er noch hier ist oder bereits Feierabend hat. Beim Gedanken an ihn wird mir unwillkürlich heiß.

Der Mann hat etwas an sich, dem ich nicht widerstehen kann. Ich weiß nicht genau, was es ist, aber ich spüre, dass es da ist.

Reiß dich zusammen, ermahne ich mich, als ich alleine vor den Türen des Fahrstuhls stehe.

Um mich abzulenken, rolle ich mit den Schultern und löse so gleichzeitig ein paar verspannte Muskeln. Als nächstes ziehe ich mein Smartphone aus der Tasche und werfe einen Blick darauf. Meine Oma und meine Eltern haben ein paarmal versucht mich zu erreichen. Aber nach diesem Tag habe ich keine Lust mit ihnen zu sprechen. Ich werde noch früh genug die Gelegenheit bekommen, ihnen von meinem ersten Tag zu berichten, spätestens beim Familienessen am Wochenende.

Jetzt werde ich erstmal zu meinen Schwestern fahren und ihnen alles erzählen. Danach werde ich mit Sicherheit die Energie haben, um mit dem Rest meiner Familie zu sprechen und mich ihren Fragen zu stellen.

Mit einem lauten *Pling* öffnen sich die Fahrstuhltüren, damit ich einsteigen kann und drücke den Knopf für die untere Etage. Meine Augen sind auf mein Handy gerichtet, als sich die Türen wieder schließen. Doch noch bevor sie ganz zugehen können, bemerke ich, wie eine zweite Person in die Kabine schlüpft. Als ich meinen Kopf ein Stück hebe, steht der Mann vor mir, von dem ich gehofft habe, dass ich ihm heute und auch in den nächsten Tagen aus dem Weg gehen könnte.

Scott Baker.

Er sagt nichts, wirft mir aber einen Blick zu, der mir zu verstehen gibt, dass auch er nicht scharf darauf war, mich wiederzusehen. Aber in seinen Augen sehe ich noch etwas anderes. Etwas, das ich nicht ganz zuordnen kann, da es nur für den Bruchteil einer Sekunde aufblitzt und direkt wieder verschwindet.

Aber ich bin mir sicher, dass es da war.

Fragend ziehe ich meine Augenbrauen nach oben, doch er sagt nichts. Je länger er mich so ansieht, desto schneller schlägt mein Herz. Ich will wegschauen, ihm den Rücken zudrehen, aber solange er mich beobachtet, kann ich es einfach nicht.

In diesen Sekunden wünsche ich mir, dass ich unsichtbar werden könnte. Mir bleibt aber nichts anderes übrig, als einen Schritt zurückzuweichen, um etwas mehr Abstand zwischen uns zu bringen.

Unbeirrt schaut er mich an, während ich ihn in meinem Kopf anschreie, dass er sich die Wände oder die Anzeige ansehen soll.

Die Fahrt zu der Ebene, auf der sich mein Wagen befindet, scheint überhaupt nicht zu Ende zu gehen. Obwohl es nur wenige Sekunden sind, kommt es mir vor, als würden Minuten vergehen, bis ich endlich den erlösenden Ton höre und die Türen leise nach rechts und links aufgleiten.

Scott wirft mir noch einen letzten Blick zu, ehe er sich umdreht und sich ein paar Schritte von mir entfernt. Als ich den Aufzug ebenfalls verlasse, sehe ich, dass er in einiger Entfernung steht und mich beobachtet.

Ich habe keine Ahnung, was er damit bezweckt, aber ich werde nicht darauf anspringen. Sein Vater ist mein direkter Vorgesetzter und ich werde ihm mit Sicherheit keinen Grund dazu geben, schlecht über mich zu reden, nur damit ich mir wieder einen neuen Job suchen darf.

Ohne ihn eines weiteren Blickes zu würdigen, gehe ich in die Richtung, in der mein Wagen steht. Erleichtert öffne ich die Fahrertür und werfe meine Tasche auf den Beifahrersitz. Ich starte den Motor und mache mich auf den Weg zu meiner Schwester.

»Ich hatte schon befürchtet, dass du nicht kommst«, begrüßt mich Haley, als sie mir die Tür öffnet.

Dann scheint sie zu bemerken wie fertig ich bin. Mit einem prüfenden Blick schaut sie mich von oben bis unten an.

Über eine halbe Stunde habe ich von meiner Firma bis zu meiner Schwester gebraucht, und das in einem Auto, das keine Klimaanlage hat.

Aber nicht nur mein verschwitztes Äußeres ist der Grund dafür, dass sie mich nicht aus den Augen lässt. Ich weiß nicht genau, nach was sie Ausschau hält.

Vielleicht macht sie sich ja Sorgen, dass ich gleich in Tränen ausbreche, überlege ich.

»Ich habe dir doch zurückgeschrieben«, erwidere ich. Ich bin mir sicher, dass ich eine Antwort an sie geschickt habe. Das war kurz bevor ich mit dem Spinner zusammengekracht bin.

Doch meine Schwester bedenkt mich mit einem Blick, der mir zeigt, dass sie definitiv keine Nachricht von mir erhalten hat. Dabei blitzen ihre grünen Augen, die dank der blonden Haare noch mehr auffallen, belustigt. Ich kann sogar sehen, wie es verdächtigt um ihre Mundwinkel zuckt, beschließe aber, dass ich nicht darauf eingehen werde.

Obwohl wir Schwestern sind, sind wir so unterschiedlich, wie man es nur sein kann. Nicht nur vom Aussehen her, sondern auch unsere Charaktere gehen in völlig verschiedene Richtungen. Ich bin zurückhaltend, während Haley vorlaut und zielstrebig ist. Brooke hingegen hat bis heute keine Ahnung, was für einen Beruf sie ergreifen will, weswegen sie sich mit Kellnern das Geld verdient, das sie zum Leben braucht.

»Ich habe keine bekommen«, erklärt Haley mir nun. »Warst du so sehr auf deinen neuen Job konzentriert, dass du nicht mehr daran gedacht hast, deiner Lieblingsschwester zurückzuschreiben?«, fragt sie und unterstreicht so ihr Auftreten.

»Mist, verdammter«, murmle ich, als ich unwillkürlich an Scott denken muss und mir somit in Erinnerung rufe, wem ich das zu verdanken habe. Ich hatte meine Antwort abschicken wollen, nur stand mir in diesem Moment der Sohn meines Chefs im Weg, mit dem ich dann auch gleich einen Streit angefangen habe.

Um meine Theorie zu überprüfen, ziehe ich mein Handy aus der Hosentasche und werfe einen Blick auf meine WhatsApp-Nachrichten. Und tatsächlich, da wo eigentlich meine Antwort stehen müsste ist nichts. Stattdessen steht sie noch immer in dem Schreibfeld.

Müde reibe ich mir über das Gesicht, wobei mir bewusst ist, dass ich mein Make-up wahrscheinlich komplett verschmiere, falls das nicht schon der Fall sein sollte.

Als ich meine Arme wieder sinken lasse, sehe ich Haleys fragenden Blick, doch ich gehe nicht darauf ein.

»Ich erzähle es dir später«, weiche ich ihr stattdessen aus.

»Ist das Melody?«, höre ich nun Brooke aus der Richtung des Wohnzimmers rufen, als Haley den Mund öffnen will, um noch etwas zu sagen.

»Ich bin hier«, antworte ich ihr, erleichtert über ihr Timing, und gehe an Haley vorbei in die Wohnung.

Dabei betrachte ich sie und sehe, dass sie nur eine kurze Sporthose und ein enges Top trägt, das ihre großen Brüste zur Geltung bringt. Sie ist barfuß, was ich bei dem Wetter verstehen kann.

Flink streife ich mir meine Schuhe von den Füßen und lasse sie mitten in dem geräumigen Flur stehen, während ich weiter auf die Tür des Wohnzimmers zugehe.

»Die kannst du ruhig wegräumen, sonst treffen wir uns das

nächste Mal bei dir und versauen dir deine Wohnung«, ruft Haley mir in einem strengen Ton hinterher.

Aber anstatt ihrer Aufforderung nachzukommen, setze ich meinen Weg fort. Ich weiß, dass sie es nicht ernst meint, sie selber ist auch nicht die Ordentlichste.

Als ich durch die Tür trete, die ins Wohnzimmer führt, entdecke ich Brooke sofort. Sie sitzt auf dem riesigen schwarzen Sofa, die Beine an den Oberkörper gezogen, und hält ein Glas Rotwein in der Hand.

»Hi, wie geht es dir?«, begrüßt sie mich mit einem strahlenden Lächeln auf dem Gesicht, nachdem sie mich bemerkt hat.

»Ich bin fertig mit den Nerven«, erwidere ich knapp und gehe mit langsamen Schritten durch den Raum.

In den letzten Minuten ist die Unruhe des Tages von mir abgefallen, und stattdessen spüre ich die Müdigkeit. Erschöpft lasse ich mich auf das Ledersofa sinken und starre an das ebenfalls schwarze Sideboard, über dem ein riesiger Fernseher hängt. Hinter mir erstreckt sich eine Glasfront mit einer Tür, die zur Terrasse führt.

Bei den Bildern, die an der Wand hängen, bin ich mir nicht so ganz sicher, ob meine Schwester sie ausgesucht hat oder eher unsere Mutter. Es sind moderne Kunstwerke, die so gar nicht zu Haley passen.

Während ich auf sie zugehe, kann ich nur mit Mühe ein Gähnen unterdrücken.

»Erzähl, wie war dein erster Arbeitstag?«, beginnt Brooke und lächelt mich dabei aufmunternd an.

Schweigend lasse mich nach hinten in die dicken Kissen sinken, bevor mir ein leises Seufzen über die Lippen kommt.

»Das hört sich nicht gut an«, meint Brooke und schaut mich dabei vorsichtig an.

»Willst du wirklich eine Antwort auf deine Frage?«

»Sicher«, erwidert Haley, die nun ebenfalls im Türrahmen aufgetaucht ist. »Sonst würden wir nicht hier sitzen.«

Haley hält ein Glas mit Wein in der Hand, das sie nun mir reicht. Dankbar ergreife ich es und nehme einen Schluck des kühlen Getränkes.

»Es war von allem etwas dabei«, antworte ich schließlich, als ich die fragenden Blicke meiner Schwestern auf mir spüre.

»Ich habe keine Ahnung, wovon du redest.« Während Haley spricht, lässt sie sich auf den dicken Teppich vor dem Sofa sinken. Sie setzt sich in den Schneidersitz und schaut mich erwartungsvoll an.

Kurz überlege ich, ob und was ich ihnen von meinem Tag berichten soll. Die Begegnung mit Scott ist eigentlich kein Thema, über das ich sprechen möchte. Genauso wenig wie die Tatsache, dass ich in seiner Gegenwart nicht weiß, was ich sagen soll und er obendrauf noch der Sohn meines Chefs ist.

Doch schnell wische ich meine Bedenken beiseite und entscheide mich dazu, dass es nicht schaden kann, ihnen alles zu erzählen.

Während ich nach den passenden Worten suche und dabei versuche, nicht allzu sehr ins Detail zu gehen, schauen sie mich wie gebannt an. Sie hängen an meinen Lippen und beobachten genau meine Gesichtszüge, als ich ihnen von Scott Baker erzähle. Aus diesem Grund versuche ich, mich so gelassen wie möglich zu geben. »Den Typen würde ich gerne einmal kennenlernen«, kommt es Haley über die Lippen, nachdem ich geendet habe. Dabei schaut sie verträumt vor sich hin.

»Glaub mir, du verpasst nichts. Er ist ein Arsch der denkt, dass er sich alles leisten kann, nur weil seinem Daddy eine Kanzlei gehört«, wende ich ein. Meine Worte kommen schärfer als beabsichtigt über meine Lippen, so dass ich mir im nächsten Moment auf die Zunge beiße, damit ich nicht noch mehr sage.

Bei ihren Worten kann ich aber nicht verhindern, dass ich im Stillen zugeben muss, dass die beiden ein interessantes Paar wären. Aber das ist nicht alles. Mich packt auch Eifersucht, die ich so noch nie verspürt habe. Doch bevor ich näher darüber nachdenken kann, schiebe ich meine Empfindungen zur Seite und konzentriere mich auf die Unterhaltung.

Ich will jetzt nicht über Scott nachdenken und mir von ihm den Abend versauen lassen.

»Wie dem auch sei«, meldet sich nun Brooke zu Wort und nimmt noch einen Schluck von ihrem Wein. »Der Job scheint dir Spaß zu machen, und bis auf diesen Scott, mit dem du sicherlich auch fertig wirst, bist du von netten Kollegen und Chefs umgeben. Besser könnte es also gar nicht laufen. Ich wünschte, ich hätte das gleiche Glück wie du.« Den letzten Satz gibt sie so leise von sich, dass man sie kaum verstehen kann. Trotzdem sind ihre Worte bei mir angekommen, obwohl ich mir sicher bin, dass sie es mehr zu sich selber gesagt hat als zu uns.

Als ich meinen Blick zu Haley wandern lasse erkenne ich, dass auch sie jede einzelne Silbe verstanden hat.

Mitleidig schauen wir sie an. Brooke ist die Mittlere von uns und war sich nie sicher, was sie machen möchte. Ihre Unentschiedenheit hat sich schon früher in ihren Klamotten widergespiegelt und bis heute nicht geändert. Seitdem sie ihren Abschluss auf der Highschool gemacht hat, hält sie sich mit verschiedenen Jobs über Wasser, da sie nie das College besucht hat.

Meine älteste Schwester Haley wiederum ist das komplette Gegenteil. Sie hatte schon immer ganz klar vor Augen, in welcher Branche sie arbeiten will. Seit fünf Jahren arbeitet sie nun in einer Agentur, die Sportlern, Models und auch Schauspielern und Musikern dabei hilft, ihren Ruf zu verbessern.

Ich war zwar auch immer zielstrebig, aber mein Berufswunsch hat sich erst kurz vor meinem Abschluss auf der Highschool gezeigt.

»Irgendwann wird es auch bei dir besser laufen«, versuche ich Brooke nun aufzubauen, da ich weiß, wie schwer es ihr fällt, sich für einen Weg zu entscheiden. Aber vor allem weiß ich, wie sie sich damit fühlt.

Als ich anfing aufs College zu gehen, hat sie sich ein paarmal mit uns verglichen. Aber mit vereinten Kräften haben Haley und ich es geschafft, ihr klarzumachen, dass auch sie irgendwann ankommen wird.

»Du musst nur etwas finden, bei dem du gut bist und das dir wirklich Spaß macht«, erklärt Haley nun ebenfalls mit fester Stimme, die keinen Widerspruch duldet.

»Ich mache viele Dinge gerne, die Frage ist nur, ob ich damit mein Geld verdienen will.« Während sie spricht, zuckt Brooke mit den Schultern. »Schließlich ist es immer ein gewisses Risiko, wenn man sein Hobby zum Beruf macht. Ich möchte nicht irgendwann die Lust daran verlieren«, erklärt sie in einem weisen Ton, der mir ein leises Lachen entlockt.

»Woher hast du das denn? Du machst doch gerne Sport, lass dich doch zum Coach ausbilden«, schlägt Haley ihr vor.

»Ich habe es doch an meinen Freundinnen gesehen. Sie hatten so tolle Geschäftsideen und sind alle gescheitert. Und nun hängen sie wieder in ihren alten Berufen fest.«

»Aber das heißt nicht, dass es dir auch so ergehen muss. Irgendwann wird der Zeitpunkt kommen, an dem du dich entscheiden musst«, gebe ich zurück und hoffe, dass ich dabei nicht zu sehr die große Schwester heraushängen lasse, die ich ja gar nicht bin. Aber manchmal macht es einfach viel zu viel Spaß, den beiden irgendwelche Sätze um die Ohren zu hauen, die wir sonst von unseren Eltern zu hören bekommen.

»Solange werde ich einfach weiter bedienen«, gibt sie gleichgültig von sich und zuckt dabei mit den Schultern. Ich sehe ihr an, dass es ihr mit der Entscheidung gut geht, und solange werde ich mich bestimmt nicht einmischen.

»Du bist alt genug«, erwidere ich deswegen.

»Ist auch nicht unbedingt der schlechteste Job, schließlich erspart mir die Rennerei das Fitnessstudio. Und von dem Trinkgeld, was ich bekomme, kann ich mir schöne Schuhe kaufen.«

Bei ihren Worten fangen Haley und ich an zu lachen. Brooke

liebt ihre Schuhe und hat eindeutig mehr, als sie jemals brauchen wird.

»Aber nun wieder zu dir«, spricht sie ohne eine Unterbrechung weiter und schaut mich an. »Falls dieser Scott dir auf die Nerven geht, sag ihm einfach, dass du deine älteren Schwestern holst, die ihm den Hintern versohlen werden.«

Obwohl ihre Worte mir vor Augen führen, dass Scott ein großes Problem werden könnte, breitet sich ein kleines Grinsen auf meinem Gesicht aus. Ich weiß, dass die beiden nicht zögern würden, das wirklich zu machen. Allerdings würde ich zögern, sie auf ihn loszulassen, schließlich will ich noch ein wenig länger in der Kanzlei seines Vaters arbeiten.

»Ich glaube nicht, dass ihn das beeindrucken würde. Davon abgesehen, werde ich schon mit ihm fertig werden«, erkläre ich und versuche meine Stimme dabei so fest wie möglich klingen zu lassen. Ich will mir nicht anmerken lassen, dass ich mir eigentlich in dem letzten Punkt nicht so sicher bin.

Wäre er einfach nur ein Idiot, der sich wichtigtun will, würde ich mir diese Frage nicht einmal stellen. Aber in seiner Gegenwart fehlen mir viel zu oft die richtigen Worte, und das hat er wahrscheinlich auch schon mitbekommen. Ich bin mir sicher, dass er das früher oder später ausnutzen wird.

Aber wahrscheinlich ist das auch gar nicht so schlecht. Als Sohn des Chefs genießt er bestimmt so etwas wie Narrenfreiheit in der Kanzlei, und alleine aus diesem Grund sollte ich vorsichtig mit ihm sein und lieber meinen Mund halten.

»Sicher wirst du das. Du bist schließlich eine Brown, und wir lassen uns von niemanden auf der Nase herumtanzen, nur weil er einen Schwanz hat.« Nachdem Haley ausgesprochen hat, nickt sie entschieden.

Ich liebe meine Schwestern. Schon als Kinder haben wir so zusammengesessen. Allerdings ging es dabei nie um Männer, sondern eher darum, welchen Streich wir am besten unseren Eltern spielen. Erst später kam das Thema Jungs hinzu.

»Lass das bloß nicht unsere Eltern hören. Obwohl ich mir sicher bin, dass Oma stolz auf deine Ansprache wäre«, sagt Brooke kichernd und verschluckt sich dabei fast an ihrem Wein, von dem sie gerade einen Schluck genommen hat.

»Sie würden dir den Mund mit Seife auswaschen«, stimme ich ihr zu.

Unsere Eltern sind zwar nicht religiös, aber für sie ist es ein großes Vergehen, wenn man Wörter wie Schwanz oder Sex auch nur denkt. In gewisser Weise ist es sogar noch schlimmer, als wenn wir uns beim zu schnellen Fahren erwischen lassen würden.

Ich bin mir sicher, dass sie immer noch denken, dass ihre drei Töchter Jungfrauen sind, die mit einem Keuschheitsgürtel durch die Gegend laufen. Ihr größter Wunsch ist es, dass wir unberührt in die Ehe gehen. Diesen werden wir ihnen aber nicht erfüllen können.

Das Geplänkel mit meinen Schwestern sorgt dafür, dass ich den Ärger mit Scott vergesse. Trotzdem geht mir der durchdringende Blick nicht aus dem Kopf, mit dem er mich im Fahrstuhl beobachtet hat. Es schien mir fast so, als würde er wissen wollen, was ich denke. Doch ich habe keine Ahnung, wieso ihn das hätte interessieren sollen. Schließlich hat er heute Morgen ja mehr als verständlich klargestellt, was er von mir hält.

Nach allem, was ich über ihn gehört habe, scheint er nicht der Typ zu sein, der sich für seine Mitmenschen interessiert. Erst recht nicht, wenn er keinen Nutzen aus einer Beziehung ziehen kann.

»Ich muss los. Brooke, soll ich dich mitnehmen?«, verabschiede ich mich, nachdem wir uns noch zwei weitere Stunden unterhalten haben.

»Brauchst du nicht. Ich laufe nachher die paar Straßen zu Fuß. Dabei werde ich mit Sicherheit auch wieder nüchtern. Zeig es ihnen«, zischt Brooke mir zu, während sie mich an sich zieht und mich umarmt.

»Ich versuche es«, gebe ich zurück.

Nachdem ich mich von ihr getrennt habe, folge ich Haley in den Flur, um mir meine Schuhe anzuziehen.

»Wir sehen uns am Samstag beim Abendessen bei Mom und Dad«, erinnert mich meine älteste Schwester, während sie mich ebenfalls umarmt.

»Ich werde da sein. Bis dann«, verabschiede ich mich von ihr. Bevor ich durch die Wohnungstür trete, drückt sie mir noch einen Kuss auf die Wange.

»Hab dich lieb, Süße.«

»Ich dich auch«, rufe ich noch und verschwinde dann.

Gedankenverloren gehe ich durch den Flur des Hauses. Das Geräusch der Absätze meiner Schuhe hallt bei jedem Schritt auf dem Fliesenboden, bis ich schließlich durch die Glastür in die Abendluft trete. Gierig atme ich die warme Luft ein, ein kühler Windhauch streift mein Gesicht.

Als ich höre, wie sich die Tür leise hinter mir schließt, lasse ich mich dagegen sinken und versuche meine Gedanken zu sortieren. »Scheiße«, stoße ich zwischen zusammengepressten Zähnen hervor.

Eine Weile stehe ich dort und denke an die Worte meiner Schwestern. Ich bin mir sicher, hätten sie Scott gesehen, würden sie wahrscheinlich nicht so locker über ihn sprechen.

Mir ist klar, dass ich schnell lernen muss, mit ihm klarzukommen. Allerdings habe ich keine Ahnung, wie ich das anstellen soll, zumal ich niemand bin, der alles über sich ergehen lässt, ohne etwas zu sagen.

Ein letztes Mal atme ich tief durch, bevor ich mich abstoße und mit schnellen Schritten auf meinen Wagen zugehe, den ich am Straßenrand geparkt habe.

Die Fahrt zu meiner Wohnung dauert eine gefühlte Ewigkeit.

Als ich endlich vor dem Haus ankomme, stelle ich mein Auto auf seinem angestammten Platz ab und steige aus. Ich wohne in einem kleinen Mehrfamilienhaus, in dem fast nur Familien mit kleinen Kindern leben, so dass um diese Uhrzeit schon viele Rollos heruntergelassen sind, da die Kinder am morgigen Tag in die Schule oder in den Kindergarten müssen. In nur noch wenigen Fenstern brennt Licht und man erkennt Schatten, die an den Gardinen vorbeihuschen.

Als ich meine Wohnung betrete, steigt mir der bekannte Duft von Vanille und Erdbeeren in die Nase. Und ich werde auch von der Ruhe begrüßt, die seit geraumer Zeit hier herrscht. Seit zwei Wochen lebe ich nun alleine. Meine ehemalige Mitbewohnerin hat sich dazu entschieden, nach ihrem Studium in eine andere Stadt zu ziehen, so dass ich nun die Kosten für die Wohnung alleine trage. Das ist auch der Grund dafür, dass ich mir früher oder später eine neue Wohnung suchen muss. Für mich alleine ist diese hier zu groß und vor allem zu teuer.

4

Als ich am nächsten Morgen das große Büro betrete, werde ich
schon von dem Lärm begrüßt, der mich auch gestern in Empfang genommen hat. Doch im Gegensatz zum gestrigen Tag
stehe ich nicht mehr planlos vor den Türen des Aufzuges. Ich
gehe an den Schreibtischen vorbei zu den Stufen, die nach oben
in meine Abteilung führen. Auf dem Weg dorthin werde ich von
ein paar Kollegen begrüßt, denen Claire mich am Vortag vorgestellt hatte. Leider ist das eingetreten, was ich befürchtet hatte:
Die meisten Namen habe ich vergessen. Deswegen sage ich nur
Guten Morgen und setze meinen Weg dann fort. Ich halte ein
wenig nach Scott Ausschau, aber ich entdecke ihn nicht.

Schnell gehe ich die Treppen nach oben und bemerke, dass
Claire bereits an ihrem Platz sitzt.

»Hi«, begrüßt sie mich gut gelaunt.

»Guten Morgen«, erwidere ich und schaue dabei auch Maria
an, die wiederum nickt.

»Hast du dich nach deinem ersten Tag gut erholt?«, fragt
Claire mich, als ich mich an meinen Schreibtisch setze und die
Tasche darunter werfe.

»Ich war gestern noch bei meinen Schwestern und bin erst
spät ins Bett gekommen«, antworte ich ihr, während ich mein
Passwort in dem bereits hochgefahrenen Computer eingebe.

»Ich wollte auch immer Geschwister haben, leider hatten meine Eltern andere Pläne. Wie viele hast du?«

Ich will gerade ansetzen, um ihr zu antworten, als mein Blick auf die Treppe fällt, und ich sehe, wie Scott Baker hinaufkommt. Mit einigen Akten in den Armen steuert er direkt auf Maria zu. Er bewegt sich mit der Geschmeidigkeit einer Katze, seine Schuhsohlen verursachen keinen Laut auf dem Boden.

Dafür lässt er die Unterlagen umso lauter auf ihren Schreibtisch fallen, was bewirkt, dass sich jeder im Raum zu ihm umdreht. Erschrocken zuckt Maria zusammen und hebt ihren Kopf, um ihm einen fragenden Blick zuzuwerfen.

»Die Akten müssen abgerechnet werden. Außerdem wird sich die Sekretärin meines Vaters mit Ihnen in Verbindung setzen, bezüglich der anstehenden Geschäftsreise«, erklärt er ihr in einem unfreundlichen Ton, bei dem ich mich zusammenreißen muss, damit ich ihn nicht frage, ob er heute mit dem falschen Fuß aufgestanden ist.

Anstatt etwas zu antworten nickt Maria nur. Sie sieht dabei so aus, als hätte Scott sie gerade freundlich darum gebeten. Ich bewundere sie für die Ruhe, die sie im Umgang mit ihm an den Tag legt und nehme mir vor, es ihr gleich zu tun.

Scott wendet seinen Blick von ihr ab und dreht sich herum, ohne zu warten, ob sie vielleicht noch eine Frage hat. Dabei trifft sein Blick meinen.

Für einen Augenblick scheint die Welt stillzustehen. Alles rückt in den Hintergrund, und es gibt nur noch uns beide. Die Geräusche der klappernden Tastaturen verstummen, ebenso die leisen Gespräche, die um mich herum geführt werden. Für ein paar wenige Sekunden gibt es nur ihn und mich.

Seine Augen sind auf mich gerichtet, doch sein Gesicht ist ausdruckslos, so dass ich keine Ahnung habe, was in ihm vor sich geht. Aber wahrscheinlich ist das auch besser.

Mir kommt es vor, als würde er eine Ewigkeit an derselben Stelle stehen und mich beobachten. Nur zu gerne würde ich wissen, was er damit immer bezweckt.

»Vielleicht sollten Sie es mal in Erwägung ziehen, sich etwas mehr zu schminken oder sich in die Sonne zu legen«, gibt er mit einem spitzen Ton von sich und hält mir so wieder vor Augen, was für ein Arsch er ist.

Ich kann nicht verhindern, dass ich bei seinen Worten fragend die Augenbrauen nach oben ziehe.

»Ein wenig mehr Farbe im Gesicht würde von Ihren Augenringen ablenken«, erklärt er mir und schaut mich dabei von oben herab an.

Aus dem Augenwinkel sehe ich, dass sich Claires Mund ein Stück geöffnet hat und sie zwischen uns hin und her schaut.

Die Anziehungskraft, die ich gerade noch verspürt habe, verschwindet schlagartig, und ich muss mich zusammenreißen, um nicht aufzustehen und ihm eine Backpfeife zu verpassen.

Langsam bildet sich stattdessen ein süßes Lächeln auf meinem Gesicht und ich schaue ihn freundlich an, obwohl die Wut in mir immer weiter hochkocht. In diesem Moment bin ich froh darüber, dass ich mich selber so gut im Griff habe. »Ich wusste gar nicht, dass Sie neben Ihrem Job als Anwalt auch noch Visagist sind«, kontere ich freundlich und schaue kurz zu Claire, als ich höre, wie sie überrascht nach Luft schnappt. Mit großen Augen starrt sie mich an, bevor ihr Blick zu dem Junior gleitet.

Scott hingegen scheint nicht zu wissen, wie er reagieren soll. Einerseits sehe ich ihm an, dass er am liebsten irgendetwas dazu sagen würde. Irgendeine Beleidigung, damit er wieder Herr der Lage wird. Nachdem ich von Claire gehört habe, dass er immer so ist, wundert es mich nicht. Andererseits erkenne ich etwas in seinen Augen, was nicht zu ihm passt.

Unsicherheit.

»Aber ich bin mir sicher, dass mein Aussehen Ihnen egal sein kann, solange ich meine Arbeit mache«, setze ich mit zuckersüßer Stimme nach und stütze meinen Kopf auf der Hand ab.

Von einer Sekunde auf die andere ist es ruhig im Raum. Keiner sagt mehr etwas und das Klappern der Tastaturen hat nun tatsächlich aufgehört. Es ist so still, dass man eine Stecknadel auf den Boden fallen hören könnte.

Herausfordernd schaue ich ihn an. Mir ist egal, ob die halbe Belegschaft uns beobachtet und er Daddys Liebling ist, aber ich werde mir nicht von ihm auf der Nase herumtanzen lassen. Nur weil er anscheinend gestern Abend keine gefunden hat, die es ihm besorgt, ist das noch lange nicht mein Problem. Und das kann er auch ruhig wissen.

Ich beobachte ihn dabei, wie er den Mund öffnet, um etwas zu erwidern. Doch in der nächsten Sekunde bemerkt er offenbar, dass wir von allen Seiten beobachtet werden und überlegt es sich anders. Rasch wendet er sich ab und geht auf die Treppe zu. Aber er verschwindet nicht sofort. Ein letztes Mal schaut er in meine Richtung, während er seine Hände in den Hosentaschen vergräbt. Auch ich lasse ihn keine Sekunde aus den Augen, und nehme deswegen nur am Rande wahr, wie Claire und Maria zwischen uns hin und her schauen.

In der Sekunde, in der er mir den Rücken zudreht und aus meinem Sichtfeld verschwindet, beginne ich wieder zu atmen.

Kaum ist er weg, geht ein leises Raunen durch die Menge.

»Wow, das habe ich ja noch nie erlebt«, erklärt Maria in einem begeisterten Ton.

»Was?«, kommt es mir über die Lippen, nachdem ich meinen Blick von der Stelle losgerissen habe, an der gerade noch Scott stand.

»Dass ihm mal jemand etwas entgegensetzt. Normalerweise sind hier alle immer ganz ruhig, wenn er wieder loslegt, vor allem sein Fanclub.«

»Ja, vor ihm ziehen alle den Kopf ein«, stimmt Claire ihr zu.

»Allerdings ist es auch etwas Neues, dass er mal den Mund hält. Das passiert sonst nur sehr selten. Um genau zu sein, kommt das nur ein, allerhöchsten zweimal im Jahr vor.«

»Er ist so ein Kotzbrocken«, stellt Claire fest.

»Das ist er allerdings«, ertönt es hinter mir. Ich drehe mich um und sehe einer meiner Kolleginnen, die anscheinend das Gespräch zwischen uns mitangehört hat, in die Augen.

»Und mach dir keine Sorgen, du hast keine Augenringe, dafür aber meinen Respekt«, erklärt Claire und dreht sich dann zu Maria. »Und du musst dir nicht alles von ihm gefallen lassen. Geh doch mal zu seinem Vater.« An ihrer Stimme erkenne ich, dass sie mindestens genauso sauer ist wie ich.

Ich schaue zu Maria, die die Akten, die man ihr gerade noch vor die Nase gedonnert hat, zur Seite legt.

»Keine Sorge«, erklärt uns Maria, als sie unsere Blicke bemerkt, und legt dabei die Hände auf den Schreibtisch. »Ich arbeite schon lange genug in dieser Kanzlei, um zu wissen, dass er schon immer so war. Der wird sich auch nicht mehr ändern. Was eigentlich schade ist, weil er ein guter Anwalt ist und es sicherlich weit bringen könnte.« Nachdem sie geendet hat, zuckt sie mit den Achseln und wendet sich wieder ihrer Arbeit zu.

Als ich meinen Kopf wieder zu Claire drehe, erkenne ich, dass sie in die Richtung sieht, in die der Sohn des Chefs gerade verschwunden ist.

Unweigerlich stellt sich mir die Frage, ob sie wohl auch zum Fanclub vom Junior gehört oder einfach Angst davor hat, dass er wiederkommt und das Theater in die nächste Runde geht.

»Irgendwann gewöhnt man sich zwar an sein Verhalten, aber das heißt nicht, dass es schön ist, dass er alle so behandelt, als wäre er etwas Besseres«, bemerkt Claire und schüttelt den Kopf. »Vor allem zu dir hätte er etwas freundlicher sein können. Schließlich ist es heute erst dein zweiter Tag in diesem Verein«, stößt sie zwischen zusammengebissenen Zähnen hervor und schaut mich dabei an.

Ich sage nichts dazu. Aus irgendeinem Grund will ich nicht, dass sie erfahren, dass ich bereits vor unserer ersten offiziellen Begegnung mit ihm zusammengestoßen bin und wir deswegen aneinandergeraten sind. Wahrscheinlich liegt Scott das auch immer noch schwer im Magen, weshalb er wieder auf mich losgegangen ist. Einen anderen Grund kann ich mir auf jeden Fall nicht denken. Allerdings hat er gestern Abend im Fahrstuhl nichts gesagt.

»Ich werde es überleben«, murmle ich, nachdem ich gemerkt habe, dass Claire noch immer zu mir hinübersieht.

5

Die Zeit bis zu meiner Mittagspause zieht sich, da ich immer an den kurzen Streit mit Scott denken muss. Im Nachhinein fällt mir ein, dass ich ihm um die Ohren hätte hauen können, dass er einer der Gründe dafür ist, dass ich heute keinen Schönheitswettbewerb gewinnen werde. Aber ich glaube kaum, dass ihn das interessieren würde.

»Melody? Wollen wir?«, fragt Claire und reißt mich so aus meinen Gedanken.

Ich drehe meinen Kopf in ihre Richtung und ziehe meine Augenbrauen nach oben, da ich keine Ahnung habe, wovon sie spricht.

»Schon vergessen? Wir wollten doch zusammen essen«, erinnert sie mich und zeigt dabei auf die große Wanduhr, die hinter mir hängt.

Um einen Blick auf die Uhr zu werfen, drehe ich mich und sehe, dass es mittlerweile schon halb eins ist. »Stimmt!«, rufe ich aus und drücke ein paar Tasten auf meiner Tastatur, so dass der Bildschirmschoner anspringt. »Ich war gerade in Gedanken«, erkläre ich ihr und schaue sie kurz entschuldigend an. Dann greife ich nach meiner Tasche und werfe mein Handy hinein.

»Das habe ich gesehen. Ich hoffe, du hast von etwas Schönem geträumt.«

Eigentlich wollte ich gerade aufstehen, doch nun halte ich mitten in der Bewegung inne. »Es geht«, antworte ich, als ich nach einer gefühlten Ewigkeit meine Stimme wiedergefunden habe. »Ich habe in den nächsten Tagen ein paar Termine.«

Mir ist klar, dass es eine Lüge ist. Eine dicke, um genau zu sein, denn eigentlich habe ich an den Streit mit Scott gedacht. Aber ich kann und will ihr nicht die Wahrheit sagen. Da wir uns erst seit zwei Tagen kennen, habe ich keine Ahnung, wie sie darauf reagieren würde, und gerade will ich es auch nicht herausfinden.

»Von denen habe ich zurzeit selber mehr als genug. Aber jetzt lass uns los. Mein Magen meldet sich schon.« Mit diesen Worten steht sie auf, und wir machen uns auf den Weg.

Zusammen quetschen wir uns wenige Minuten später mit einigen der anderen Mitarbeiter in die kleine Kabine des Aufzugs. Als wir endlich aus dem Aufzug heraus in die Eingangshalle treten, habe ich das Gefühl, als wäre ich ein plattgedrückter Pfannkuchen.

Von Weitem erkenne ich ein paar unserer Kollegen, die in kleinen Gruppen zusammenstehen und sich unterhalten. Als wir an ihnen vorbeigehen, werden ihre Unterhaltungen leiser und ein paar von ihnen zeigen auf mich. Am liebsten würde ich im Erdboden versinken, obwohl es dafür überhaupt keinen Grund gibt.

»Wie es scheint, hat deine Unterhaltung mit dem Spinner heute Morgen schon die Runde gemacht«, verkündet Claire und bahnt sich einen Weg nach draußen. »Die Damen, die da vorne neben der Tür stehen, gehören übrigens zu den Frauen aus dem Büro, die alles dafür tun würden, um seine Aufmerksamkeit auf sich zu ziehen. Sie sind auch die größten Tratschweiber.«

Wie von alleine wandert mein Kopf in die Richtung, in die Claire gerade noch genickt hat. Dort stehen vier wunderschöne Frauen, von denen ich eigentlich angenommen hätte, dass sie in das Beuteschema von Scott fallen.

»Lass mich raten, er schaut sie nicht einmal mit dem Arsch an?«, frage ich sie.

»So kann man es auch ausdrücken.«

Belustigt verzieht sie ein wenig das Gesicht und bringt mich so zum lachen.

»Dahinten gibt es ein Bistro, in dem es die besten Sandwiches in der Umgebung gibt. Ein paar der angestellten Anwälte aus dem Büro gehen auch dorthin«, erklärt sie mir nun und zeigt dabei nach links.

»Was?«, entfährt es mir panisch. Geschockt reiße ich die Augen auf. Das Letzte, was ich will, ist, ihm in meiner Mittagspause über den Weg zu laufen.

»Aber keine Sorge«, beruhigt Claire mich sofort. »Für gewöhnlich lässt der Kotzbrocken sich dort nicht sehen. Ich arbeite jetzt seit drei Jahren in der Kanzlei und habe ihn bestimmt nur zweimal dort getroffen.«

Bei ihren Worten atme ich erleichtert auf. Noch bevor ich etwas erwidern kann, greift sie nach meinem Arm und zieht mich hinter sich her. Nebeneinander gehen wir über den vollen Bordstein. Eigentlich müsste man besser sagen, dass wir uns an den einzelnen Gruppen vorbeiquetschen, die überall verteilt stehen und den Gehweg blockieren.

Schließlich führt sie mich in eine Seitenstraße, in der es etwas ruhiger ist, und bleibt dort vor einem kleinen Laden stehen.

Rechts und links von der Tür befinden sich große Fenster, auf denen der Name *O'Brian* in schwarzen, geschwungenen Buchstaben steht. Vor dem Laden befinden sich ein paar kleinere Tische, die aber alle besetzt sind. Auf ihnen liegen gelbe Tischdecken, die hell im Sonnenlicht erstrahlen.

Ohne auf mich zu achten, betritt Claire den Laden und steuert auf die Theke zu. Ich folge ihr, während ich meinen Blick hin und her wandern lasse. Auch hier drinnen stehen mehrere unterschiedlich große Tische, die von Bänken und Stühlen umgeben sind. Aber hier ist nicht ganz so viel los wie draußen.

»Wir nehmen zweimal das Sandwich mit Hähnchenbrust und Mortadella.«

»Eigentlich würde ich lieber etwas anderes haben«, wende ich ein und schaue an die Tafel, die oben an der Wand hinter dem Tresen hängt.

»Vertrau mir, Melody. Etwas Besseres hast du bestimmt noch nicht gegessen.« Während sie spricht dreht sie sich zu mir herum. »Oh Mist«, murmelt sie in der nächsten Sekunde und schaut dabei an mir vorbei.

Neugierig drehe ich mich ebenfalls um und schaue direkt in die Augen von Scott Baker. Er fixiert mich, als würde er glauben, dass er träumt. Aber genauso geht es mir auch gerade. Mein Mund öffnet sich ein Stück, da ich etwas sagen will, irgendetwas um Claire zu zeigen, dass es mich nicht interessiert. Schließlich war es bis jetzt immer Scott, der mit den Streitereien angefangen hat und nicht ich.

Aber ich bekomme es nicht hin. Stattdessen stehe ich wie festgeklebt in einigen Metern Entfernung und starre ihn an.

Auch er wendet seinen Blick nicht von mir ab.

Ich habe erwartet, dass er sauer sein wird, wenn er mich das nächste Mal sieht, aber diesen Eindruck macht er nicht auf mich. Er sieht ruhig und gelassen aus, fast so, als könnte er niemandem etwas Böses tun.

Bei dieser Erkenntnis schlägt mein Herz schneller. *Ist er vielleicht doch nicht so, wie alle denken?*, frage ich mich kurz, doch schnell schiebe ich den Gedanken zur Seite. Ich will mich jetzt nicht mit so etwas beschäftigen. Ganz davon abgesehen kann es mir auch egal sein.

In der nächsten Sekunde öffnet sich die Tür ein weiteres Mal und eine Frau tritt hinter Scott. Sie hat glänzende blonde Haare und trägt eine enge Jeans, die ihre Kurven perfekt zur Geltung bringt. Das knappe Shirt spannt sich so sehr um ihre Brüste, dass ich die Befürchtung habe, es könnte jederzeit platzen.

Ihre langen Finger legt sie auf seine Schultern und sorgt so dafür, dass er den Blick von mir losreißt und stattdessen auf sie richtet.

Ich sehe ihr dabei zu, wie sie sich ein Stück nach vorne beugt und ihm etwas sagt. Dabei drückt sie ihre Oberweite an seinen Arm, wobei ihre Brüste noch weiter aus dem Oberteil gequetscht werden. Dann gehen beide zu einem Tisch, der in der Nähe der Tür steht.

»Wie es aussieht, hat er wieder einmal eine Neue«, raunt Claire dicht hinter mir, so dass nur ich ihre Worte verstehen kann.

»Wieder einmal?«, entgegne ich in der gleichen Lautstärke.

»Er wechselt seine Freundinnen wie seine Unterhosen. Ich würde sogar meinen Hintern darauf verwetten, dass es Tage gibt, an denen er zwei gleichzeitig hat«, erklärt sie mir.

Da ich noch immer ihre Worte verdaue, dauert es einen Moment, bis ich merke, dass sie mir einen Teller und eine Flasche Wasser reicht.

»Lass uns dort hinsetzen. Dann sehen wir die beiden nicht«, schlägt sie vor und zeigt dabei auf einen Tisch, der in einer Ecke des Raumes steht.

Während wir essen, spüre ich seine Anwesenheit. Obwohl ich mit dem Rücken zum Raum sitze und ihn nicht sehen kann, weiß ich doch, dass er noch immer da ist. Und das reicht schon, damit mein Magen verrücktspielt. Meine Nackenhaare haben sich aufgerichtet und all meine Sinne konzentrieren sich auf Scott.

Ich lenke mich ab, indem ich Claire zuhöre, als sie mir von ihrem Freund erzählt. Allerdings muss ich zugeben, dass ich nicht ganz bei der Sache bin. Solange Scott sich nur wenige Meter von mir entfernt befindet, bin ich nicht dazu in der Lage, dem einfachsten Gespräch zu folgen. Obwohl ich ihn unsympathisch finde, zieht er mich doch an, wie das Licht eine Mücke. Ich kann es mir nicht erklären, aber ich spüre, dass da etwas ist.

»Ich glaube, wir sollten uns langsam auf den Weg machen«, unterbreche ich sie schließlich und werfe einen prüfenden Blick auf meine Uhr.

»Stimmt, ich könnte ewig hier sitzen. Die Zeit geht einfach immer viel zu schnell vorbei.« Claire verzieht ein wenig traurig das Gesicht.

Sie hat recht. Es ist wirklich schön hier, und aus diesem Grund werde ich sicher in Zukunft öfter vorbeischauen.

»Na komm«, fordere ich sie auf und stehe auf.

Dann greife ich nach meiner Tasche, hänge sie mir über die Schulter und warte bis Claire fertig ist.

In Gedanken versunken lasse ich meinen Blick durch das kleine Bistro wandern. Seitdem wir hier angekommen sind, hat es sich gefüllt, so dass nun alle Tische besetzt sind. Der Raum wird von Stimmen erfüllt, die sich unterhalten und lachen.

Bewusst meide ich es, in die Richtung zu schauen, in der Scott und seine Freundin sitzen. Doch in der nächsten Sekunde spüre ich wieder seinen Blick auf mir. Wie von alleine drehe ich meinen Kopf in seine Richtung. Es kommt mir so vor, als würde mein Körper nur darauf warten, einen Grund zu haben, sich ihm zuzuwenden.

Seine Freundin sitzt ihm gegenüber und gestikuliert wild mit den Händen vor seiner Nase herum.

Auch wenn ich nicht verstehe, worüber sie reden, sehe ich doch, dass sie aufgebracht ist.

Doch Scott beachtet sie überhaupt nicht. Sein Blick ruht auf mir. Auf mich macht es fast den Eindruck, als hätte er sie komplett ausgeblendet.

»Na, welche Laus der wohl über die Leber gelaufen ist? Hat der Friseur die Haare vielleicht ein Stück zu kurz geschnitten?«, fragt Claire mich, als sie neben mich tritt und so meine Aufmerksamkeit auf sich zieht.

Ich bemerke, dass sie ebenfalls in die Richtung der beiden schaut und hoffe, dass sie den Blick nicht bemerkt hat, mit dem Scott mich gerade noch angesehen hat.

»Oder der Schuhladen hatte die gewünschten Schuhe nicht mehr in der richtigen Größe«, steuere ich bei und kann mir ein Grinsen nicht verkneifen.

Claire bricht in lautes Lachen aus, was dafür sorgt, dass sich einige der Gäste in unsere Richtung umdrehen. Schnell hält sie sich die Hand vor den Mund und versucht sich wieder in den Griff zu bekommen, was ihr aber nicht so ganz gelingt.

»Entschuldigung«, murmelt sie verlegen und wird dabei ein wenig rot.

Ein letztes Mal schaue ich in die Richtung von Scott.

Ich muss hier raus und weg von diesem Mann, bevor ich meinen Verstand verliere!

Schnell greife ich nach Claires Hand und schleife sie hinter mir her aus dem Laden.

Kaum befinden wir uns wieder auf der belebten Hauptstraße, kann ich endlich befreiter atmen. Auch wenn mir klar ist, dass es nicht einfach werden wird, weiß ich, dass ich ihm aus dem Weg gehen muss.

Die nächsten Stunden vergehen ruhig. Jeder geht seiner Arbeit nach, ohne dass wir ein zweites Mal gestört werden. Aber wahrscheinlich hat Scott noch die Nachrichten seiner Freundin zu verdauen.

Um fünf Uhr greife ich nach meiner Tasche und stehe auf. Zusammen mit ein paar meiner Kollegen gehe ich zum Aufzug. Doch als er endlich auf unserer Etage ankommt, quetschen sich alle hinein, was zur Folge hat, dass für mich kein Platz mehr ist.

»Verdammt«, murmle ich seufzend und überlege, ob ich nicht einfach die Treppe nehmen soll, um die sechs Etagen nach unten zu gehen. Aber ich habe es nicht eilig, also kann ich auch warten, bis der Fahrstuhl wieder da ist.

Ich drücke ein weiteres Mal auf den Knopf.

In der Sekunde, in der ich meinen Zeigefinger von der leuchtenden Taste nehme, spüre ich, wie sich die feinen Härchen in meinem Nacken aufrichten. Automatisch spannt sich mein kompletter Körper an.

Auf der Suche nach dem Grund dafür drehe ich mich um. Doch bereits in der nächsten Sekunde bereue ich es. Genauso wie ich es bereue, dass ich den anderen den Vortritt gelassen habe und nicht einfach im Treppenhaus verschwunden bin.

Hinter mir steht Scott Baker.

»Ms. Brown«, sagt er nur, ohne ein weiteres Wort von sich zu geben. Sein durchdringender Blick trifft mich und lässt mich atemlos zurück.

Soll ich mich einfach umdrehen und ihn links liegen lassen, oder soll ich etwas erwidern? Alleine diese Frage reicht schon, damit ich mir wie ein Teenager vorkomme, der gerade von seinem Schwarm angesprochen wurde.

Innerlich kann ich nur hoffen, dass meine Reaktion auf ihn nicht allzu offensichtlich ist. Das Letzte was ich gebrauchen kann, sind irgendwelche dummen Kommentare darüber, dass er mit Frauen wie mir eh nichts anfängt. Was mir aber auch klar ist, nachdem ich vor wenigen Stunden das Vergnügen hatte, seine Freundin zu sehen. Davon abgesehen will ich mit einem Mann wie ihm auch so wenig wie möglich zu tun haben.

»Mr. Baker«, antworte ich, da ich nicht möchte, dass er denkt, dass er mir die Sprache verschlagen hat. Dabei nutze ich den gleichen Ton, in dem auch er gerade mit mir gesprochen hat.

Nur zu genau habe ich noch die Worte im Kopf, die er mir vor wenigen Stunden an den Kopf geknallt hat, weswegen ich ihn distanziert anlächle. Als ich höre, wie sich die Türen des Fahrstuhles öffnen, drehe ich mich um und kehre ihm so den Rücken zu.

Mit zügigen Schritten betrete ich die enge Kabine und drücke die Taste für die Tiefgarage, ohne auf ihn zu warten.

Kurz hoffe ich, dass er einfach da stehen bleibt und wartet, bis der Fahrstuhl wieder da ist. Diese Hoffnung schwindet aber schnell wieder, als ich sehe, wie er sich ebenfalls in Bewegung setzt und sich zu mir gesellt.

Mit einem zufriedenen Grinsen auf dem Gesicht betrachtet er mich, was dafür sorgt, dass ich es mir nicht verkneifen kann, die Augen zu verdrehen.

»Diesmal können Sie nicht dafür sorgen, dass die Türen sich vor meiner Nase schließen«, gibt er in einem giftigen Ton von sich.

Überrascht über seine Worte starre ich ihn an. Für ein paar Sekunden bin ich zu baff, um etwas antworten zu können.

Wieso fängt er ausgerechnet jetzt wieder damit an? Schließlich sind wir auch gestern zusammen im Aufzug gewesen.

Aber eigentlich ist die Antwort auf diese Frage auch egal. Tatsache ist nun einmal, dass er mir gehörig auf die Nerven geht und ich irgendwie das Gefühl habe, dass er es genau darauf anlegt.

»Was?«, frage ich ihn schließlich und tue so, als wäre ich gerade mit meinen Gedanken ganz woanders gewesen.

»Sie haben mich schon verstanden«, sagt er und grinst mich an.

Dieser Typ denkt echt, dass ich ihm unterlegen bin. Als mir diese Erkenntnis durch den Kopf schießt, werde ich sauer.

»Sie waren gestern einfach zu langsam, denn das war nicht meine Absicht. Um ehrlich zu sein, habe ich nicht einmal darüber nachgedacht«, kontere ich frech und starre ihn dabei herausfordernd an.

Dieser Mann sorgt dafür, dass ich ihm am liebsten mein Knie zwischen die Beine rammen möchte. Aber gleichzeitig würde ich auch gerne meine Arme um seinen Hals schlingen und seinen Körper an meinem spüren.

»Ich bin nie zu langsam«, entgegnet er und dreht sich dabei komplett in meine Richtung. Seine Lippen haben sich ein Stück geöffnet, so dass mein Blick von ihnen angezogen wird. Für den Bruchteil einer Sekunde stelle ich mir vor, wie es sich wohl anfühlt, wenn er mich mit ihnen küsst. Doch diesen Gedanken schiebe ich schnell wieder zur Seite, bevor ich mich noch mit irgendetwas verraten kann. Stattdessen konzentriere ich mich wieder auf die Wut, die ich für ihn empfinde.

»Was ist Ihr verdammtes Problem?«, frage ich ihn geradeheraus und mache dabei einen Schritt auf ihn zu, um ihm zu zeigen, dass ich keine Angst vor ihm habe.

Obwohl ich Sandalen mit hohen Absätzen trage, muss ich meinen Kopf noch ein Stück in den Nacken legen, um ihn anschauen zu können. Das ist mir aber egal. Er braucht gar nicht erst zu denken, dass ich mir alles gefallen lasse.

»Ich habe keines.« Bei diesen Worten verbreitert sich sein Grinsen noch.

Am liebsten würde ich ihm dafür eine klatschen. Woher dieser Wunsch immer wieder kommt, weiß ich nicht, aber irgendwie habe ich das Gefühl, als würde er nur so verstehen, dass er sich wie ein Trottel aufführt. Die Frage ist allerdings, ob es ihn überhaupt interessiert.

»Und wieso benehmen Sie sich dann so?«, hake ich nach.

»Wie benehme ich mich denn?«, fragt er mich mit einem amüsierten Funkeln in den Augen. Bei seinen Worten wird mir klar, was ich da gerade zu ihm gesagt habe.

Kurz überlege ich, ob ich die Worte einfach zurücknehmen sollte, doch so einfach will ich es ihm nicht machen. Er kann ruhig wissen, dass ich sauer auf ihn bin, auch wenn ich dadurch Gefahr laufe, Ärger mit meinem Chef zu bekommen.

»Wie ein kleines Kind, dass seinen verdammten Willen nicht bekommt«, kontere ich mit energischer Stimme, ohne dabei mit der Wimper zu zucken.

Scott schaut mich kurz an, als würde er sich überlegen, was er darauf sagen soll. Doch gerade als er seinen Mund öffnet, um etwas zu erwidern, öffnen sich die Türen und geben den Blick auf die Parketage frei.

Bevor er die Chance hat sich zu fangen, setze ich mich in Bewegung und verlasse den Fahrstuhl.

Ohne mich noch einmal umzudrehen, gehe ich in die Richtung meines Wagens.

»Sie sind also der Meinung, dass ich mich wie ein kleines Kind benehme?«

Beim Klang seiner Stimme zucke ich erschrocken zusammen und drehe mich ruckartig um. Mr. Baker Junior steht so dicht vor mir, dass uns nur noch wenige Zentimeter voneinander trennen. Der Duft seines Aftershaves steigt mir in die Nase.

Mein Herz rast schneller, als mir klar wird, dass wir alleine sind. Mein Kopf ist wie leergefegt, obwohl er mir sagt, dass ich dringend etwas Abstand zwischen uns bringen muss. Doch meine Beine reagieren nicht.

Schnell halte ich mir vor Augen, dass wir uns so nah sind, dass jemand, der uns so zufällig sieht, das Bild ganz sicher in den falschen Hals bekommen würde.

Ich will nicht, dass alle bereits an meinem zweiten Tag von mir denken, dass ich mit meinem Chef ins Bett gehe. Erst jetzt gelingt es mir, ein Stück zurückzuweichen, auch wenn Scott mir immer noch sehr nahe ist. Aber ich bin froh, dass ich mich überhaupt ein wenig bewegen konnte, und so unternehme ich gar nicht erst einen weiteren Versuch, noch mehr Abstand zwischen uns zu bringen.

»Ich habe Ihnen eine Frage gestellt«, raunt er, nachdem er sich ein wenig nach vorne gebeugt hat, damit er mich besser betrachten kann. Sein Blick durchdringt mich. Seine Augen sind so klar, dass ich mich fast in ihnen spiegeln kann. Seine Stimme klingt zwar gefährlich, in seinem Gesicht kann ich aber die Belustigung erkennen, die er nicht verbergen kann.

»Ehrlich gesagt …«, beginne ich, breche jedoch ab. Mir fehlt der Mut, um den Satz auszusprechen.

Er kann dafür sorgen, dass ich sofort entlassen werde, fährt es mir durch den Kopf. Es ist mit Sicherheit keine gute Idee, wenn ich mich mit dem Sohn des Chefs anlege, auch wenn er es zweifellos verdient hat.

»Ich höre«, fordert er mich mit einem arroganten Tonfall heraus.

Dieser sorgt dafür, dass ich all meine Entschlossenheit, einfach den Mund zu halten, über Bord werfe und die Worte von alleine den Weg aus meinem Mund finden. »Ja, genauso führen Sie sich auf. Wie ein kleines verzogenes Kind. Es würde Ihnen nicht schaden, wenn Sie mal etwas freundlicher zu anderen wären.«

Scott zieht die Augenbrauen nach oben und deutet an, dass er keine Ahnung hat, wovon ich spreche. Seine Reaktion lässt die Vermutung in mir aufkommen, dass er nicht einmal bemerkt, wie er sich aufführt.

»Heute Morgen hätten Sie Maria nicht so angehen müssen. Nur mal so als Beispiel«, erkläre ich ihm, wobei ich ihm die Worte eher um die Ohren haue. In letzter Sekunde kann ich mir verkneifen, ihn darauf aufmerksam zu machen, dass er auch mich hätte in Ruhe lassen können.

Bei jedem Wort, das mir über die Lippen kommt, schaut er mich an, als würde er tatsächlich darüber nachdenken.

Die nächsten Sekunden, in denen ich darauf warte, dass er etwas erwidert, kommen mir wie eine Ewigkeit vor. Ich vergrabe meine Hände in den Taschen meines Rockes, damit er nicht sieht, wie sehr ich zittere.

»Okay«, flüstert er schließlich, dreht sich um und geht.

Ein wenig perplex bleibe ich an der Stelle stehen und schaue ihm hinterher.

Was war das?, frage ich mich.

Mein Mund öffnet sich, weil ich ihm irgendetwas hinterherrufen will, allerdings habe ich keine Ahnung was ich dazu sagen könnte, weswegen ich ihn schnell wieder schließe.

Ich habe damit gerechnet, dass er ausrastet und mich beschimpft, so wie er es am besten kann. Ich habe damit gerechnet, dass er mir vorhält, dass ich das überhaupt nicht wissen kann, schließlich kennen wir uns erst seit zwei Tagen.

Um ehrlich zu sein, habe ich mit allem gerechnet, aber diese Reaktion habe ich nicht kommen sehen.

Einige Sekunden stehe ich noch wie angewurzelt an der gleichen Stelle, nicht in der Lage, mich zu bewegen. Immer wieder geht mir dieses eine Wort durch den Kopf. *Okay.* Ich versuche den Ausdruck zu analysieren, der sich auf seinem Gesicht breitgemacht hatte.

Doch ich habe keine Ahnung, was er mir damit sagen wollte.

6

❧

»Wieso bist du die letzten Tage nicht an dein Handy gegangen? Wir haben uns Sorgen um dich gemacht. Ich war kurz davor, in allen Krankenhäusern anzurufen und nach dir zu fragen«, dringt die aufgebrachte Stimme meiner Mutter an mein Ohr, als ich zwei Tage später in meinem Hausflur stehe und das Gespräch entgegennehme. Es hat ein paar Sekunden gedauert, bis ich es schließlich in dem Chaos meiner Tasche gefunden habe. Das Wort *Mom* stand in großen Buchstaben auf dem Display. Kurz habe ich darüber nachgedacht, sie einfach wegzudrücken und zurückzurufen, sobald ich meine Wohnung betreten habe und die Chance hatte, zweimal durchzuatmen. Allerdings ist mir klar, dass meine Mutter entweder ein weiteres Mal auf dem Handy oder auf dem Festnetztelefon angerufen hätte, noch bevor ich den Schlüssel ins Schloss hätte stecken können.

»Sorry«, murmle ich leise und gehe auf meine Wohnungstür zu.

Dann schließe ich sie auf und gehe hinein. »Ich war in den letzten Tagen zu müde, um noch zu telefonieren, nachdem ich endlich zu Hause war.«

Während ich spreche, streife ich mir die Schuhe von den Füßen und schmeiße meine Tasche auf das Sofa, um gleichzeitig die Tür zu schließen. Da ich keinen Flur habe, steht man direkt im Wohnzimmer, sobald man die Wohnung betreten hat. Dabei habe ich meinen Kopf ein wenig schief gelegt und halte mein Telefon zwischen Kopf und Schulter eingeklemmt fest.

»Wie ist denn dein neuer Job?«, fragt sie mich ohne Umschweife und kommt somit direkt zum Grund ihres Anrufs.

Vor meinen Augen erscheint ihr Bild, wie sie gerade auf dem Sofa sitzt und die Ohren spitzt. Mir ist klar, dass sie wie gebannt auf eine Antwort wartet, aber das ändert nichts daran, dass ich ihrer Frage am liebsten ausweichen würde. Aber sie wird nicht nachgeben, bis ich ihr jedes Detail erzählt habe.

»Gut«, erwidere ich daher nur und hoffe, dass sie nicht weiter nachfragt. Ich will nicht mit ihr darüber reden, dass ich bei jeder sich bietenden Gelegenheit mit dem Junior aneinandergeraten bin. Sie würde mir nur einen Vortrag darüber halten, wie wichtig es ist, in bestimmten Situationen den Mund zu halten. Als ob ich das nicht selber wüsste!

Aber alleine die Erinnerung an den heutigen Streit mit ihm reicht, damit ich genau diesen wichtigen Punkt wieder vergesse.

»Wieso müssen Frauen diese lauten Schuhe tragen?«, fragt er mich mit einem genervten Ton und schaut mich mit einem Gesichtsausdruck an, der dazu passt. »Wenn ich richtig informiert bin, gibt es die doch auch mit leisen Absätzen.«

Für einen Moment ist es ruhig. Auch diejenigen meiner Kollegen, die gerade noch neben mir am Arbeiten waren oder etwas gesucht haben, sind von einer Sekunde auf die andere still.

Mittlerweile habe ich gemerkt, dass alle ruhig werden, wenn er sich wieder ein neues Opfer gesucht hat. Vor allem gestern hat es wohl jeder abbekommen, der ihm über den Weg gelaufen ist.

Ich will gerade Luft holen, um etwas zu erwidern, da fährt er schon fort.

»Aber nein, es müssen die lauten sein, damit man sie schon von Weitem hört und auch bloß jeder darauf aufmerksam wird. Und bei Ihnen habe ich das Gefühl, als würden Sie mit Absicht die lautesten Schuhe anziehen, die Sie besitzen«, sagt er, als ich zusammen mit Claire vor den Aufzug trete, um in die Mittagspause zu gehen.

Mein Blick klebt an ihm fest. Nur schwer schaffe ich es, meine

*Wut für mich zu behalten und ihm stattdessen den Rücken zu-
zudrehen.*

*An dem gleichen Abend, an dem ich ihm um die Ohren gehau-
en habe, dass er sich wie ein kleines Kind benimmt, habe ich mir
nämlich geschworen, dass ich nur noch die nötigsten Worte mit
ihm wechseln werde. Und so eine Unterhaltung kann man wohl
kaum als nötig ansehen. Obwohl ich zugeben muss, dass es mehr
als genug Wörter gibt, die mir gerade auf der Zunge liegen.*

*Als ich zu Claire sehe, kann ich erkennen, dass sie sich nur
schwer ein Grinsen verkneifen kann. Dafür macht sich aber der
belustigte Ausdruck in ihren Augen breit.*

»Melody? Melody! Hörst du mich? Gut? Was soll das heißen?«,
reißt mich nun meine Mutter aus meinen Gedanken. Die Art
und Weise, wie sie dieses Wort ausspricht macht mir klar, dass
sie mehr wissen möchte.

»Ich habe nette Kollegen und nette Chefs. Die Arbeit macht
mir Spaß und meine Arbeitszeiten sind auch in Ordnung.« Bei
meinen Worten beiße ich mir auf die Lippen. Ich bin froh, dass
sie durch das Telefon hindurch nicht meinen Gesichtsausdruck
sehen kann, sonst würde sie sofort wissen, dass ich ihr nicht die
volle Wahrheit gesagt habe.

Meine Mutter erwidert nichts darauf. Das Einzige, was ich
hören kann, sind die Geräusche der Töpfe und Pfannen.

Mit jeder Sekunde, in der sie nichts sagt, wird die Befürchtung
größer, dass sie meine Lüge entlarvt hat. Ich stelle mich schon
auf eine Standpauke ein, während ich gleichzeitig überlege, was
ich ihr noch sagen könnte. Doch noch bevor mir etwas Passen-
des eingefallen ist, spricht sie weiter.

»Gehst du auch immer ordentlich angezogen ins Büro?«, stellt
sie nun die Frage, von der ich gehofft habe, dass ich sie nicht
hören muss. »Du weißt, wie wichtig es ist, dass man einen guten
Ruf unter den Kollegen hat. Ordentliche Kleidung ist ein abso-
lutes Muss.« Bei ihren Worten verdrehe ich genervt die Augen.

In diesem Moment frage ich mich, was schlimmer ist: mich von ihr wie ein kleines Kind behandeln zu lassen, oder weiter über meine ersten Arbeitstage zu diskutieren.

Ich weiß nicht, wie oft meine Schwestern und ich uns diese Predigt in den letzten Jahren anhören durften. Seitdem wir in die Grundschule gegangen sind, wurde sie nicht müde, es uns einzubläuen, so dass wir sie mehr verinnerlicht haben als die Grundrechenarten.

Ich liebe meine Mutter, aber wenn man immer wieder die gleichen Sätze zu hören bekommt, würde man irgendwann am liebsten schreiend vor eine Wand rennen.

Und in diesem Moment geht es mir so.

»Du weißt, dass ich noch nie mit dreckigen Klamotten das Haus verlassen habe. Das musst du also nicht immerzu wiederholen«, antworte ich ihr ein wenig gereizter, als ich es beabsichtigt habe, stapfe dabei mit nackten Füßen in die Küche und öffne den Kühlschrank. Als Erstes fällt mein Blick auf die Weinflasche, die sich darin befindet. Für einen kurzen Moment überlege ich, ob ich mir nach dem ganzen Mist, der in den letzten Tagen passiert ist, nicht ein Glas genehmigen sollte. Allerdings entscheide ich mich anders und greife nach der Wasserflasche.

Während ich die Tür wieder schließe und einen Schluck trinke, höre ich meine Mutter bereits weiterreden.

»So etwas kann man nicht oft genug sagen«, gibt sie mit einem strengen Ton von sich.

Genervt verdrehe ich die Augen. Ich bin mir sicher, würden meine Schwestern mich jetzt sehen können, würden sie in lautes Gelächter ausbrechen.

»Gibt es sonst etwas Neues?«, versuche ich das Thema zu wechseln, da ich keine Lust habe, mich weiter über diese Dinge mit meiner Mutter zu unterhalten.

Manchmal habe ich das Gefühl, als würde sie vergessen, dass ich eine erwachsene Frau bin und noch immer das kleine Kind in mir sehen, dass ich früher einmal war.

Als ich von zu Hause ausgezogen bin, ist sie in Tränen ausgebrochen, weil nun auch ihre jüngste Tochter das Nest verlassen hat.

Ich bin mir sicher, hätte sie die Möglichkeit dazu gehabt, hätte sie uns alle drei in unseren Zimmern eingeschlossen und die Schlüssel weggeworfen.

»Ich wollte mich nur erkundigen, wie dein neuer Job ist. Das wird man doch wohl dürfen.«

»Etwas anderes habe ich auch gar nicht gesagt«, erwidere ich schnell, da sich bei ihrem geknickten Tonfall sofort das schlechte Gewissen in mir breitmacht.

»Ach ja«, ruft sie plötzlich aus und lässt mich so erschrocken zusammenzucken. »Eine Bitte habe ich noch an dich.«

»Ich bin ganz Ohr«, gebe ich zurück und gehe zurück ins Wohnzimmer, um mich aufs Sofa zu setzen.

»Kannst du übermorgen deine Großmutter abholen, bevor du zum Essen kommst? Ihr Auto ist mal wieder in der Werkstatt. Ich wünschte, sie würde den Schrotthaufen endlich weggeben«, seufzt meine Mutter. Wahrscheinlich erhofft sie sich, dass ich ihr anbiete, mit meiner Oma darüber zu sprechen, aber das werde ich mit Sicherheit nicht machen.

Der alte Chevy ist der Liebling meiner Großmutter. Jeden Monat steht er mindestens einmal in der Werkstatt, aber sie weigert sich beharrlich, ihn herzugeben. Mein Vater hatte ihr sogar schon vorgeschlagen, eine Garage anzumieten, wo der Wagen untergebracht werden könnte, da die Reparaturkosten, die für so ein altes Auto anfallen, eindeutig höher sind als die Miete für einen Stellplatz, aber selbst das verweigert sie eisern.

Mein Großvater hatte ihn damals kurz vor ihrer Hochzeit gekauft. Nachdem meine Mutter und ihre Geschwister geboren waren, stand er zwar jahrelang in der Garage, aber nachdem alle ausgezogen waren, hat er den Wagen Stück für Stück wieder fahrtüchtig gemacht. Leider hatte er dafür wegen seiner Arbeit nicht viel Zeit, so dass er vor seinem Tod nicht mehr alles geschafft hat.

Fast wöchentlich versuchen meine Eltern ihr Glück, aber sie ändert ihre Meinung nicht. Stattdessen erklärt sie immer wieder aufs Neue, dass dieser Wagen ein Andenken an ihren verstorbenen Mann ist, also an den Vater meiner Mutter.

Meine Schwestern und ich finden es süß, dass sie so an diesem alten Teil hängt. Meine Eltern, vor allem meine Mutter, haben allerdings kein Verständnis dafür. Sie würden ihr sofort einen kleineren und verlässlicheren Wagen besorgen, aber meine Oma hat einen Dickkopf, und das lässt sie die beiden auch immer wieder spüren.

»Wird erledigt«, sage ich deswegen, wobei ich das Lachen, welches sich in meine Stimme schummelt, kaum verbergen kann.

»Und melde dich mal wieder öfter. Das gilt auch für deine Schwestern. Ich weiß ja überhaupt nicht mehr, was ihr so treibt. Würdet ihr nicht wenigstens einmal in der Woche zum Essen kommen, hätte ich wahrscheinlich auch keine Ahnung mehr, wie ihr ausseht.« Ich kann den Vorwurf in ihren Worten heraushören und er verfehlt seine Wirkung nicht.

Ich weiß ja nicht, wie es bei meinen Schwestern aussieht, aber ich muss zugeben, dass ich in den letzten Wochen wirklich nicht sehr oft mit meinen Eltern gesprochen habe, da ich von einem Termin zum nächsten geeilt bin. Dabei hatte ich immer darauf geachtet, dass ich mich regelmäßig bei ihnen melde.

»Ich verspreche es«, erkläre ich ihr mit fester Stimme und stehe auf. Die Flasche stelle ich auf den Tisch und öffne den Knopf und den Reißverschluss meines Jeansrocks, um ihn auszuziehen. Achtlos lasse ich ihn auf dem Boden liegen und gehe nur mit Top und knappem Höschen bekleidet ins Badezimmer.

Das Bad ist etwas größer als die Küche, so dass man sich hier besser bewegen kann. Aber auch nur etwas.

»Ihr müsst ja nicht jeden Tag anrufen, aber ein- oder zweimal in der Woche wäre schon ganz schön.«

»Ich werde es meinen Schwestern ausrichten«, verspreche ich ihr.

»Na gut, ich werde dich auch nicht länger stören. Lass dich nicht ärgern.« Bei ihren Worten zucke ich kurz zusammen. Unwillkürlich breitet sich vor meinem inneren Auge ein Bild von Scott aus, das dafür sorgt, dass sich mein Puls erhöht.

Ich hasse es, dass er meinem Körper diese Reaktion entlockt, zumal ich ihm am liebsten in den Arsch treten würde, dafür, dass er sich wie ein Wahnsinniger aufführt.

»Werde ich nicht. Bis Übermorgen«, verabschiede ich mich von ihr und lasse meine Hand sinken, um das Telefonat zu beenden.

Ich lege das Telefon zur Seite, stütze mich am Waschbecken ab und lasse meinen Kopf nach vorne sinken.

Ein paar Mal atme ich tief durch und versuche, mein Herzrasen wieder in den Griff zu bekommen, aber so ganz gelingen will es mir nicht. Vor allem ist es ein sinnloser Versuch, solange ich die Blicke vor Augen habe, mit denen Scott mich in den letzten Tagen immer wieder beobachtet hat.

»Verdammt«, fluche ich leise.

Ein paar Sekunden bleibe ich noch so stehen. Dann hebe ich langsam meinen Kopf und schaue in den großen Spiegel, der über dem Waschbecken hängt.

Ich bin müde und verschwitzt. Die Haut in meinem Gesicht ist blass und ich habe sogar leichte Augenränder, die ich sonst noch nie hatte. Meine Haare stehen in alle Richtungen ab, als hätte ich sie seit Tagen nicht mehr gebürstet, und mein Top klebt mir am Körper. Das Make-up ist verschmiert, was mich noch schlimmer aussehen lässt, falls das überhaupt möglich ist.

Seufzend stoße ich mich von der kühlen Keramik ab und gehe auf die Dusche zu. Dabei ziehe ich mir mein Oberteil aus und schmeiße es zur Seite. Als nächstes drehe ich den Wasserhahn auf und ziehe mir meinen mit Spitze besetzten BH und das dazu passende Höschen aus.

Genießerisch schließe ich die Augen, als ich endlich unter den Wasserstrahl trete und das heiße Wasser über meinen Körper fließt. Meine Muskeln entspannen sich und der ganze Ärger des Tages wird davongespült. Bis auf die Stimme von Scott. Sie hat sich bereits an meinem ersten Morgen im Büro in meinem Kopf festgebrannt.

Aus irgendeinem Grund habe ich das Gefühl, dass ich in den nächsten Tagen nicht so viel Ruhe haben werde wie jetzt hier, unter der Dusche.

»Ms. Brown«, ertönte eine tiefe Stimme hinter mir, als ich mich am nächsten Morgen auf den Weg zu meinem Schreibtisch mache. Ich habe gerade meine Hand auf das Treppengeländer gelegt, doch nun halte ich mitten in der Bewegung inne und drehe mich um, da ich den Besitzer der Stimme suche.

Mit großen Schritten kommt Mr. Baker auf mich zu und lächelt mich dabei freundlich an.

»Ja? Kann ich etwas für Sie tun?«, frage ich ihn, nachdem er stehen geblieben ist.

»Haben Sie kurz Zeit? Ich würde gerne mit Ihnen sprechen«, erwidert er.

Bei seinen Worten werde ich hellhörig und ein ungutes Gefühl macht sich in mir breit. Für einen kurzen Moment hört sogar mein Herz auf zu schlagen. »Ja … sicher«, stottere ich, während sich in meinem Kopf bereits die Gedanken überschlagen, da ich nach einem Grund suche, warum er mit mir sprechen will.

»Kommen Sie bitte mit in mein Büro«, entgegnet er knapp und winkt mich zu sich, ehe er sich wieder in Bewegung setzt.

Für einen Moment schaue ich ihm nach, bevor ich ihm zögerlich folge. Die Ungewissheit sorgt dafür, dass sich Panik in mir breitmacht, die noch schlimmer ist als die vor einer Woche.

Ich lasse den Abstand zwischen uns ein wenig größer werden, als ich ebenfalls durch den Raum gehe und dabei einigen Kollegen geschickt ausweiche. Als ich den langen Flur betrete, befürchte ich, jeden Augenblick auf den Teppich kotzen zu müssen. Mein Magen dreht sich um und ich bin froh darüber, dass ich heute noch nichts gegessen habe.

Wahrscheinlich hat sein Sohn sich über mich beschwert, schießt es mir durch den Kopf, als ich wieder daran denke, wie oft wir uns in der kurzen Zeit, in der ich erst hier bin, gestritten haben. Wobei ich aber sagen muss, dass nicht einmal ich angefangen habe, jedes Mal ging die Initiative von ihm aus.

Allerdings habe ich ihm ein paar Worte um die Ohren gehauen, von denen ich mir sicher bin, dass sein Vater nicht sehr erfreut darüber wäre, sie zu hören.

Plötzlich kommt es mir so vor, als wäre der Flur länger geworden, denn es dauert eine Ewigkeit, bis wir die Tür zu seinem Büro erreichen.

»Kommen Sie herein«, fordert er mich auf und hält mir die Tür auf, damit ich hineintreten kann.

»Danke«, gebe ich zurück, wobei ich es allerdings vermeide, ihn anzusehen.

Um mich auf andere Gedanken zu bringen, schaue ich durch den Raum und bemerke, dass wir nicht alleine sind.

Mr. Hamilton, ein weiterer Anwalt, sitzt auf einem der Besucherstühle. Er sieht von seinem Handy auf, als er hört, wie die Tür leise ins Schloss fällt.

»Ahhh, Ms. Brown. Wie schön, Sie zu sehen«, begrüßt er mich, nachdem er uns erblickt hat. Elegant steht er auf und kommt auf mich zu, um mir die Hand zu reichen.

Zögerlich erwidere ich seinen festen Händedruck, wobei ich hoffe, dass er nicht merkt, wie nervös ich bin. Diese Situation finde ich noch schlimmer als mein Vorstellungsgespräch oder meinen ersten Tag in der Kanzlei. An diesen Tagen wusste ich wenigstens in etwa, was mich erwartet, was gerade definitiv nicht der Fall ist.

»Ich hoffe, Sie haben sich gut bei uns eingelebt«, fügt er nach wenigen Sekunden noch hinzu. Seine Stimme ist freundlich, und es macht nicht den Anschein, als würden sie über etwas Ernstes mit mir sprechen wollen, trotzdem bleibt ein Rest Zweifel.

»Ja, danke«, erwidere ich nur und schaue unsicher von einem zum anderen, da ich nicht weiß, was ich von dieser Situation halten soll.

»Setzen Sie sich«, meldet sich nun wieder Mr. Baker zu Wort und zeigt dabei auf einen der beiden Stühle.

Ich werfe den beiden noch einen vorsichtigen Blick zu.

»Danke«, flüstere ich schließlich so leise, dass man meine Worte kaum verstehen kann und gehe auf einen Stuhl zu. Langsam lasse ich mich auf das schwarze Lederpolster sinken und lege meine Tasche auf meinen Beinen ab.

»Ist etwas passiert?«, frage ich schließlich, nachdem es einige Sekunden still im Raum war. Ich hasse es, wenn ich keine Ahnung habe, was vor sich geht.

Aber vor allem in diesem Fall ziehe ich es vor, die schlechten Nachrichten so schnell wie möglich zu erfahren.

»Ich weiß nicht, ob und wie weit Sie es gehört haben, aber wir haben die Vertretung einer großen Firma übernommen«, beginnt nun Mr. Baker. »Um genau zu sein, hat mein Sohn das übernommen.« Bei seinen Worten werde ich hellhörig.

Allein die bloße Erwähnung von Scott reicht, dass ich nicht mehr klar denken kann. Sein Sohn macht mich verrückt und gleichzeitig wütend, was keine besonders gute Mischung ist. Sie hindert mich daran, mich auf meine Arbeit zu konzentrieren, wenn er in meiner Nähe ist.

»Ich habe so etwas gehört«, gebe ich leise zurück, nachdem ich geschluckt habe. Trotzdem fehlt mir die nötige Kraft, um deutlicher zu sprechen. Mir kommt wieder das kurze Gespräch zwischen ihm und Maria in den Sinn und die Unterhaltung, die ich daraufhin mit ihm geführt habe.

»Wir wollten mit Ihnen sprechen, weil wir uns darüber freuen würden, wenn Sie ihn bei dieser Aufgabe unterstützen.«

»Was?«, entfährt es mir mit schriller Stimme.

Von einer Sekunde auf die andere setze ich mich aufrecht hin. Ich habe das Gefühl, als hätte ich geträumt und jemand hätte einen Eimer mit eiskaltem Wasser über mich ausgekippt, um mich zu wecken.

»Wenn es um Zahlen geht, macht Ihnen keiner etwas vor, weswegen sie beide ein gutes Team abgeben würden. Scott könnte sich so auf den juristischen Kram konzentrieren, während Sie die Zahlen überprüfen«, klärt mich Mr. Baker darüber auf, wie er sich die Zusammenarbeit mit seinem Sohn vorstellt.

Er spricht noch weiter, aber ich bekomme nichts mehr mit. Stattdessen starre ich einen nach dem anderen an und hoffe, in ihren Gesichtern irgendetwas zu erkennen, dass darauf schließen lässt, dass es sich hierbei um einen Scherz handelt. Aber da ist nichts.

Die meinen das ernst. Bei dem Gedanken spüre ich, wie ich blass werde und mein Herz immer langsamer schlägt, als würde es sich gegen die Idee meiner Chefs sträuben.

Ich kann unmöglich mit ihm zusammenarbeiten! Scott hasst mich und ich ihn. Wir würden uns nur gegenseitig im Weg stehen.

»Ich bin doch noch gar nicht so lange in der Firma«, gebe ich zu bedenken. Ich bin mir sicher, dass sie jemanden finden werden, der geeigneter dafür ist. Aber vor allem jemanden, der den Mund besser halten kann als ich.

»Das ist doch nicht schlimm. Ich bin mir sicher, dass Sie das ganz wunderbar meistern werden«, wischt Mr. Hamilton meinen Einwand vom Tisch.

Nachdem seine Worte bei mir angekommen sind, schlucke ich schwer.

Da bin ich mir aber nicht so sicher.

Ich habe keine Angst vor der Aufgabe, aber ich glaube, dass Scott und ich uns mehr streiten als vertragen werden.

»Sobald mein Sohn gleich auftaucht, werde ich ihn darüber in Kenntnis setzen, dass Sie ihn begleiten werden.«

Bei den Worten von Mr. Baker verschlucke ich mich an meiner eigenen Spucke, so dass ich Husten muss.

Nur mühsam bekomme ich mich wieder in den Griff. Es dauert ein paar Sekunden, bis ich mich beruhigt habe und in meinem Kopf ankommt, dass es keinen Ausweg für mich gibt.

Der wird sich sicherlich freuen.

Während mir dieser Gedanke durch den Kopf fährt, erinnere ich mich an jedes unerfreuliche Gespräch, das wir in den letzten Tagen geführt haben. Aber vor allem daran, dass ich ihm gesagt habe, dass er sich wie ein kleines Kind benimmt.

Wie von alleine öffnet sich mein Mund, da ich etwas erwidern will, doch da ich nicht weiß, was ich dagegen einwenden könnte, schließe ich ihn wieder. Für die beiden scheint die Entscheidung bereits festzustehen.

Eine Weile ist es ruhig im Zimmer. Ich bin mir darüber im Klaren, dass die beiden Anwälte auf eine Antwort von mir warten, doch ich bin mir nicht sicher, wie diese ausfallen wird.

Sein Sohn hat von Anfang an kein Geheimnis daraus gemacht, dass er mich nicht mag. Er behandelt zwar alle so unfreundlich, aber im Gegensatz zu den anderen Angestellten der Kanzlei kann ich meine Klappe nicht halten, was ich auch schon mehrfach unter Beweis gestellt habe. Alle Angestellten wissen es auch bereits, weswegen es wahrscheinlich für Gerede sorgen wird, wenn herauskommt, dass ich ein paar Tage mit ihm alleine sein soll.

Alleine!

Schon dieses eine Wort sorgt dafür, dass mein Herz schneller schlägt, obwohl ich weiß, dass zwischen uns niemals etwas laufen wird. Und dafür gibt es gleich mehrere Gründe.

Aber mir ist auch klar, dass dies eine großartige Chance für mich ist. Eine Chance, die ich so schnell vielleicht nicht mehr bekommen werde.

»Okay«, murmle ich deswegen, obwohl ich weiß, dass es eine bescheuerte Idee ist. Auch wenn es nur für ein paar Tage ist.

Nachdem ich mein Einverständnis gegeben habe, schauen die beiden Anwälte mich mit einem zufriedenen Ausdruck auf ihren

Gesichtern an. Sie sehen fast schon ein wenig erleichtert über meine Antwort aus.

Mr. Baker will gerade etwas erwidern, als ich höre, wie die Tür aufgeht.

Kaum ertönt das Geräusch hinter mir, drehe ich mich ruckartig herum und halte die Luft an, als ich Scott erblicke. Sein genervter Blick trifft mich und macht mir klar, dass es eine total bescheuerte Idee war, diesem Plan zuzustimmen.

Ich muss vollkommen verrückt sein, wenn ich denke, dass wir den ganzen Tag miteinander verbringen können, ohne uns gegenseitig umzubringen. Oder wenigstens ohne zu streiten, denke ich.

Doch bereits in der nächsten Sekunde spüre ich die Anziehungskraft, die er auf mich ausübt. Es fühlt sich an, als hätte jemand die Heizung aufgedreht. Mir wird heiß und meine Brustwarzen richten sich auf. In diesem Moment bin ich froh darüber, dass man es unter meinem BH nicht sehen kann.

Mein Mund öffnet sich ein Stück, damit ich besser atmen kann.

Um seine Wirkung auf mich abzumildern, rufe ich mir schnell in Erinnerung, dass er diese Reaktion wahrscheinlich jeder Frau entlockt und er das ausnutzt. Aber auch das ändert nichts daran.

Scott wirft mir noch einen Blick zu, bevor er an mir vorbei zu den beiden Anwälten schaut.

»Was gibt es so Wichtiges?«, fragt er und tritt dabei näher an den Schreibtisch seines Vaters heran. Auf diese Weise kommt er mir auch näher und sorgt dafür, dass sich die Schmetterlinge in meinem Bauch vermehren und ich noch nervöser werde.

Gespannt halte ich die Luft an, während er auf eine Antwort seines Vaters wartet.

»Ms. Brown wird dich am Sonntag begleiten. Ihr werdet als Team auftreten.« Das Wort *Team* betont sein Vater mehr als es nötig gewesen wäre. Dann erklärt er Scott, welchen Plan er sich überlegt hat.

Nachdem sein Vater geendet hat, schaut Scott erst in die Richtung von Mr. Hamilton, der aber keine Miene verzieht, bevor er sich zu mir dreht.

Um ihm klarzumachen, dass ich von der Idee ebenfalls nicht begeistert bin, schaue ich ihn stur an.

In diesem Moment würde ich gerne wissen, was in seinem Kopf vor sich geht. Gerne würde ich erfahren, ob er mich verflucht, weil ich dem zugestimmt habe, oder doch eher seinen Vater, weil er auf diese Idee gekommen ist.

»Ich dachte, ich soll das alleine machen?« Während er die Frage stellt, zieht er, wie zur Betonung, seine Augenbrauen hoch. Herausfordernd schaut er zu seinem Vater. »Schließlich ist es ja nicht so schwer, ein paar Unterlagen zu überprüfen«, wendet er ein.

Bei den Worten von Scott atme ich tief durch. Die Tatsache, dass er mich genauso wenig dabeihaben will, wie ich mitfahren will, erleichtert mich. Aber sie macht mich auch sauer und lässt die Vermutung in mir aufkommen, dass er es mir nicht zutraut.

»So ist die Chance geringer, dass dir ein Fehler passiert«, erklärt nun sein Vater mit fester Stimme und lässt dabei keinen Zweifel aufkommen, dass er keine Lust hat über seine Entscheidung zu diskutieren.

»Dad …«, beginnt er erneut, aber er kann seinen Satz nicht zu Ende führen.

»Scott, das ist mein letztes Wort«, fährt sein Vater ihn mit lauter Stimme an, so dass auch ich zusammenzucke. »Zu zweit werdet ihr schneller fertig sein. Du wirst Ms. Brown alle Unterlagen zukommen lassen, damit sie eine Ahnung hat, worum es geht. Meine Sekretärin wird sich darum kümmern, dass ihr im gleichen Hotel untergebracht werdet. Wenn ich richtig informiert bin, hat sie bereits eine Mail losgeschickt.«

Bei seinen Worten bekomme ich große Augen und schnappe hörbar nach Luft. Alle drei Anwälte drehen sich in meine Richtung, wobei mich der Blick von Scott am meisten trifft.

»Aber Sie haben mich doch vorhin erst gefragt«, werfe ich in den Raum.

»Ich hatte gehofft, dass Sie sich damit einverstanden erklären«, entgegnet sein Vater an mich gewandt.

Eine Ewigkeit starre ich auf die Wand hinter ihm und versuche dabei meine Gedanken zu ordnen. Aber so einfach ist das
nicht, vor allem, weil sich der Grund für das Chaos, das in meinem Innersten tobt, mit im Raum befindet.

»Kein Problem«, erwidere ich leise und stehe auf. »Falls Sie
sonst nichts brauchen, mache ich mich mal an meine Arbeit.«

»Ich werde Ihnen gleich die Unterlagen bringen«, erwidert
Scott, ohne den Blick von mir zu nehmen. Dabei klingt seine
Stimme schon nicht mehr so aufgebracht und wütend, sondern
unsicher, als würde er nicht wissen, was er davon halten soll.

In diesem Fall sind wir schon zu zweit.

Als ich einen letzten Blick in seine Richtung werfe, erkenne
ich, dass auch sein Blick zu seiner Tonlage passt. Er ist nicht
giftig oder herablassend. Ich habe keine Ahnung, was in seinem
Kopf vor sich geht. Mit seinen wütenden Blicken kann ich leben,
aber den Gesichtsausdruck, der sich nun auf seinem Gesicht
festgesetzt hat, kann ich überhaupt nicht einordnen.

Ich muss hier raus, denke ich und greife, ohne ein weiteres
Wort zu verlieren, nach meiner Tasche. Mit zitternden Beinen,
die mir das Gefühl verleihen, als würden sie jeden Augenblick
unter mir wegsacken, gehe ich auf die Tür zu, die noch immer
offen steht.

Weder drehe ich mich um, noch verabschiede ich mich von
den Männern, als ich hindurchtrete und die Tür hinter mir
schließe. Kaum bin ich aus ihrem Sichtfeld, lasse ich mich gegen
die Wand sinken und versuche nicht auszurasten.

Mein Herz rast und meine Gedanken wirbeln durcheinander.

Wieso habe ich ja gesagt?, frage ich mich mehrmals. *Das kann
unmöglich funktionieren.*

Ich habe keine Antwort auf diese Frage, aber ich bin mir sicher, dass es die schwierigsten Tage meines Lebens werden. Noch
schwieriger als ein Familientreffen, bei dem man seiner nervigen

Verwandtschaft gegenübersteht, die einen immerzu fragt, wann man endlich heiratet und Kinder bekommt.

Obwohl der Flur leer und alles ruhig ist, habe ich Angst, dass jemand bemerkt, wie ich vor dem Büro des Chefs stehe. Um nicht auch noch die letzten Nerven zu verlieren, setze ich mich in Bewegung und gehe zu meinem Schreibtisch.

Dort angekommen lasse ich mich seufzend auf meinen Stuhl fallen und starre auf den dunklen Bildschirm, als würde ich erwarten, dass dort eine Lösung erscheint. Aber es gibt keine, ich muss das nun durchziehen.

»Scheiße«, murmle ich leise vor mich hin.

»Alles in Ordnung?«, dringt Claires Stimme an meine Ohren. Doch da ich immer noch bei dem Gespräch mit meinen Chefs bin, reagiere ich nicht. Immer wieder gehen die Worte von Scott mir durch den Kopf, mit denen er seinen Protest zeigen wollte und die feste Stimme seines Vaters, mit der er gezeigt hatte, dass er darüber nicht diskutiert.

»Melody, huhu«, dringt nun ihre Stimme lauter zu mir durch, während sie mit den Händen vor meinem Gesicht herumfuchtelt, um meine Aufmerksamkeit auf sich zu ziehen.

»Ja?«, frage ich sie und schüttle dabei kurz den Kopf, um mich besser auf sie konzentrieren zu können. Dabei sehe ich, dass nun auch Maria mit einem besorgten Blick in meine Richtung schaut.

»Ist alles in Ordnung bei dir?«, stellt sie ihre Frage ein weiteres Mal.

»Mir geht es gut«, antworte ich ihr, nachdem ich für wenige Sekunden die Augen geschlossen habe.

»Das macht aber nicht den Anschein«, erklärt sie mir mit einem zweifelten Ton in der Stimme. »Du siehst ein wenig blass aus, fast so, als hättest du ein Gespenst gesehen.« Da ich zwei große Schwestern habe, erkenne ich sofort die Besorgnis in ihrer Stimme.

Ich will gerade den Mund aufmachen, um etwas zu antworten, als ein paar Akten neben mir auf den Schreibtisch fallen.

Da ich mich gerade auf Claire konzentriert habe, zucke ich erschrocken zusammen und schaue in die Richtung, aus der sie gekommen sind.

Dort erkenne ich das Grinsen von Scott Baker, als er meinen Gesichtsausdruck sieht.

Arschloch, denke ich, beiße mir jedoch auf die Zunge, damit es mir nicht herausrutscht.

»Das sind alle Unterlagen. Aber eigentlich geht es nur darum, dass eine größere Firma eine kleinere übernehmen will, da diese kurz davorsteht, pleite zu gehen.«

Ich sehe, wie sich seine geschwungenen Lippen bewegen und stelle mir vor, von ihnen an Stellen geküsst zu werden, an denen er eigentlich nichts verloren hat. Ja, eigentlich. Denn obwohl er ein Arsch ist, habe ich Probleme mich in seiner Gegenwart auf etwas zu konzentrieren. Und da haben wir schon den zweiten Grund dafür, dass es eine bescheuerte Idee ist, ihn auf dieser Reise zu begleiten.

Aus dem Augenwinkel sehe ich den fragenden Blick, den Claire mir zuwirft, doch gerade habe ich keine Zeit, um darauf einzugehen.

»Wir sind nur da, um alle Zahlen zu überprüfen und festzustellen, ob noch etwas fehlt oder nicht. Das lässt sich vor Ort einfacher regeln, weil nicht alles hin und her geschickt werden muss.«

»Okay, scheint ja nicht sehr schwer zu sein«, gebe ich zurück.

»Aus diesem Grund kann ich auch nicht verstehen, dass mein Vater darauf besteht, dass Sie mich begleiten sollen.« Ich höre, wie Claire scharf die Luft einzieht und Maria sich die Hand vor den Mund schlägt.

Gerne würde ich den beiden erklären, dass ich nicht wirklich eine Wahl hatte, schließlich hatte Mr. Baker schon alles in die Wege geleitet, aber das muss warten.

»Wenn er der Meinung ist, dass es richtig ist, dann wird es wohl so sein«, kontere ich, da mir in diesem Moment wieder klar wird, was für ein überhebliches Arschloch er eigentlich ist.

»Am Sonntag geht es los«, erklärt er mir, ohne auf meine Worte einzugehen. »Da San Diego nur zwei Stunden Fahrzeit von hier entfernt ist, werden wir mit dem Auto fahren. Ich hole Sie gegen elf ab.« Mit diesen Worten dreht er sich um und verschwindet.

Kurz überlege ich, ob ich ihm noch etwas hinterherrufen soll, aber ich lasse es sein. Wenn ich will, dass die gemeinsamen Tage mit ihm so ruhig wie möglich ablaufen, muss ich dringend lernen, in manchen Situationen meine Klappe zu halten. Und damit kann ich gleich anfangen.

Allerdings muss ich zugeben, dass ich kurz darüber nachdenke, ob ich mich einfach krankschreiben lassen soll. Doch diesen Gedanken schiebe ich schnell wieder zur Seite. So etwas kommt gar nicht in Frage.

»Habe ich gerade richtig gehört?«, fragt Claire mich nun, nachdem ich einige Sekunden die Akten auf dem Schreibtisch angesehen habe.

»Wenn du verstanden hast, dass Melody mit ihm auf Geschäftsreise geht, dann ja«, antwortet Maria, bevor ich es kann.

»Du wirst ihn wirklich begleiten?« Mit immer noch ungläubigem Blick sieht Claire mich an. Würde ich nicht noch daran zu knabbern haben, dass ich dem zugestimmt habe, fände ich ihren Gesichtsausdruck wahrscheinlich lustig.

Da ich kein Wort herausbekomme, nicke ich nur und schaue dabei auf meine Finger, die ich ineinander verschränkt auf den Schreibtisch gelegt habe.

»Na, jetzt kann ich auf jeden Fall verstehen, wieso du so neben der Spur bist. Mir würde es nicht anders gehen. Maria! Wusstest du das?«, ruft Claire nun unserer Kollegin zu.

Als ich in ihre Richtung schaue, sehe ich, dass sie sich bereits wieder auf ihren Bildschirm konzentriert hat. Doch nun hebt sie kurz den Kopf und fixiert mich.

»Mir wurde heute Morgen mitgeteilt, dass jemand mitfahren soll, aber mir wurde kein Name genannt. Allerdings hatte ich mir gedacht, dass es jemand aus unserer Abteilung sein muss. Aber ich wusste ehrlich nicht, dass du es bist. Sonst hätte ich dich gewarnt.« Bei ihren Worten setzt sie einen entschuldigenden Gesichtsausdruck auf.

»Ist nicht schlimm«, winke ich ab und lächle sie an. »Mr. Baker hat mich abgefangen, noch bevor ich überhaupt einen Fuß auf die erste Treppenstufe gesetzt hatte.«

»Niemals hätte ich gedacht, dass er dich mitschickt. Das hat nichts mit dir zu tun. Normalerweise beauftragt er nur jemanden, von dem er das Gefühl hat, dass er Scott die Stirn bieten kann. Du scheinst also offenbar auf seiner Liste ganz oben zu stehen, obwohl du erst seit ein paar Tagen hier arbeitest. Vermutlich ist bei ihm angekommen, dass du dir von seinem Sohn nicht auf der Nase herumtanzen lässt.«

»Was?« Ich weiß nicht, wie oft mir dieses Wort in den letzten Minuten schon über die Lippen gekommen ist, aber es scheint, als wäre es heute mein Lieblingswort. Ganz abgesehen davon passt es auch perfekt zu der Situation, denn ich verstehe wirklich nichts von dem, was meine Mitmenschen von sich geben.

»Du hast ja schon mitbekommen, dass er nicht gerade einfach ist«, erklärt Claire mir und verzieht dabei ein wenig das Gesicht. »Und da sein Vater es sich nicht mit seinen Angestellten verscherzen will, muss nicht oft jemand mitfahren.«

Habe ich gerade richtig gehört?

Nachdem mein Kopf ihre Worte verarbeitet hat, kommt mir unweigerlich der Gedanke in den Kopf, dass sein Vater es wahrscheinlich nicht schlimm finden würde, wenn die Neue direkt in der zweiten Woche kündigt. Andererseits kann ich mir das bei ihm nicht vorstellen. Dafür war er zu sehr daran interessiert, dass ich mich hier wohl fühle und gut zurechtkomme.

Also muss es wohl wirklich daran liegen, dass er der Meinung ist, dass ich die Tage mit Scott überstehe.

»Auf was habe ich mich da nur eingelassen?«, frage ich mich leise und sinke mit dem Kopf auf die Tischplatte.

»Sieh es einfach von der guten Seite«, fügt Claire nach einigen Sekunden hinzu.

»Es gibt eine gute Seite?«, frage ich vorsichtig nach, da ich keine Ahnung habe, wie diese aussehen könnte. Dabei hebe ich meinen Kopf und schaue sie an.

»Du fährst nach San Diego. Das heißt, du kannst dir die Stadt ansehen und dort ein paar schöne Tage verbringen. Ich glaube kaum, dass er dich von morgens bis abends braucht. Und das alles auf Firmenkosten.« Während sie spricht, zwinkert sie mir zu, was mir ein leises Lachen entlockt.

Ich muss zugeben, dass es ein schöner Punkt ist, der allerdings von der Tatsache überschattet wird, dass ich die Tage dort mit Scott verbringen werde und mir seine schlechte Laune antun muss.

7

✎

»Ich dachte schon, ihr kommt gar nicht mehr«, werden meine Oma und ich von meiner Mutter begrüßt, als wir am Samstag vor ihrer Tür stehen. Mit ihrem engen Rock und dem schwarzen Oberteil sieht sie ein wenig aus wie eine strenge Lehrerin. Ihre Haare runden das Erscheinungsbild ab, denn die hat sie sich zu einem straffen Pferdeschwanz zurückgebunden.

Mit einem Blick, der mir zeigt, dass wir in ihren Augen eindeutig zu spät sind, schaut sie uns an, wobei sie mich ganz genau beobachtet.

»Hab dich nicht so, Meredith. Wir sind noch immer überpünktlich. Außerdem bekommst du außer uns sonst keine Gäste«, antwortet meine Oma und winkt ab. Aus dem Augenwinkel erkenne ich, wie sie die Augen verdreht, was meine Laune aber auch nicht heben kann.

Normalerweise schaue ich den beiden Frauen gerne dabei zu, wie sie sich gegenseitig in ihre Schranken weisen, aber heute nicht. Heute kann ich nur daran denken, was mich in den nächsten Tagen erwarten wird.

»Sorry«, murmle ich deswegen.

Als ich an meiner Mutter vorbei ins Innere des Hauses trete, versuche ich mich so normal wie möglich zu geben, damit sie nichts merkt. Aber da sie sich noch immer mit meiner Oma unterhält und mich nicht weiter beobachtet, brauche ich mir darüber wohl keine Sorgen zu machen. Ohne weiter auf das Gespräch der beiden zu achten, gehe ich mit sicheren Schritten zur

Küchentür. Ich werfe einen Blick hindurch und entdecke meine Schwester.

Um sie nicht zu erschrecken räuspere ich mich leise.

»Hi«, begrüßt mich Brooke, nachdem sie sich so schwungvoll zu mir umgedreht hat, dass ihre roten Haare herumwirbeln.

Mit einem strahlenden Lächeln auf dem Gesicht empfängt sie mich. Gerne würde ich ihre gute Laune teilen, aber die Tatsache, dass der Tag meiner Abreise immer näher rückt, sorgt dafür, dass meine Laune ein wenig in den Keller rutscht.

»Wie geht's dir?«, frage ich sie, während ich auf sie zugehe und sie kurz an mich drücke.

Ich habe die Hoffnung, dass sie Neuigkeiten hat und ich deswegen noch ein paar Minuten Zeit schinden kann, bevor ich mit meinen herausrücken muss. Obwohl ich gerne wissen würde, was meine Schwestern dazu zu sagen haben, da sie genau wissen, was für Probleme ich mit Scott habe.

Doch anstatt mir zu antworten, schaut sie mich mit einem skeptischen Ausdruck im Gesicht an. »Was ist passiert?«, erwidert sie direkt.

In dieser Sekunde habe ich das Gefühl, als würde sie durch mich hindurchschauen können wie durch eine Glasscheibe. Und wahrscheinlich ist das auch der Fall. Ich kann einfach nichts vor meinen Schwestern verstecken.

Noch bevor ich etwas erwidern kann, höre ich, wie die Tür sich hinter mir noch einmal öffnet und jemand hereinkommt. Da ich mit dem Rücken zur Tür stehe, sehe ich nicht, wer den Raum betritt und halte lieber meinen Mund.

»Ihr lästert ohne mich?«, ertönt als nächstes die helle Stimme von Haley. »Aber bitte nicht über Scott. Zweimal in einer Woche ist eindeutig ein Schwestern-Fall.« Noch während sie spricht, drehe ich mich zu ihr um und schüttle den Kopf.

»Wir lästern nicht«, gebe ich zurück. Doch in der nächsten Sekunde bereue ich bereits, dass ich mich zu ihr umgedreht habe.

Mit einem aufmerksamen Blick betrachtet sie mich. Langsam

kommt Haley näher und lässt mich dabei keine Sekunde aus den Augen. Ihr Blick tastet meinen Körper ab, als würde sie nach äußerlichen Wunden suchen. Innerlich winde ich mich.

»Du siehst müde aus«, stellt sie fest, nachdem sie zwei Schritte vor mir entfernt stehen geblieben ist.

»Ich habe in der letzten Nacht nicht sehr gut geschlafen«, gebe ich zu und weiche dabei ihrem Blick aus.

»Wieso?«, hakt Haley nach.

»Bist du immer noch so nervös wegen deines neuen Jobs? Wie läuft es da denn?«, fragt mich nun Brooke und lehnt sich dabei gegen die Arbeitsplatte. Die Hände stützt sie rechts und links von sich ab und den rechten Fuß stellt sie vor den linken.

Die beiden schauen mich so aufmerksam an, dass ihnen nichts entgeht. Jede kleine Regung in meinem Gesicht sehen sie sofort.

»Das ist es nicht«, flüstere ich, da ich weiß, dass ich den beiden nicht entkommen kann. Mir ist klar, dass meine Worte nicht ganz der Wahrheit entsprechen, aber auf ihre Fragen bezogen, stimmt meine Aussage eigentlich schon.

Ich bin nervös, allerdings nicht wegen meines Jobs, sondern wegen der morgigen Geschäftsreise.

»Dann erzähl uns, was passiert ist, denn dass du etwas hast, spüre ich. Darüber brauchen wir also gar nicht erst zu diskutieren«, kontert Haley und setzt sich auf einen Barhocker, der an der Kücheninsel steht.

Ich sehe ihr dabei zu, wie sie die Arme vor dem Körper verschränkt und sie so auf die Arbeitsplatte legt. An ihrem Verhalten kann ich genau erkennen, dass es kein Entkommen für mich gibt.

Nacheinander schaue ich die beiden immer wieder an. Kurz überlege ich, ob ich einfach nichts sagen soll, doch dann entscheide ich mich dagegen. Sie sind nicht nur meine Schwestern, sondern auch meine besten Freundinnen, und wenn ich ab morgen für ein paar Tage nicht oder nur schwer erreichbar bin, werden sie es doch erfahren. Und vielleicht haben sie ja auch ein paar nützliche Tipps, wie ich Scott Baker so gut es geht aus dem Weg gehen kann, oder wie ich ihn wenigstens daran hindern kann, dass ich mir wegen jedem Mist irgendeinen Quatsch anhören darf, nur weil er meint, dass er es loswerden muss.

Also hole ich ein letztes Mal tief Luft bevor ich ihnen von meiner Geschäftsreise erzähle.

»Irgendwie beneide ich dich ja«, kommt es Brooke über die Lippen, nachdem ich geendet habe. Dabei seufzt sie leise und schaut mich ein wenig verträumt an.

Ich sage nichts dazu, sondern werfe ihr einen Blick zu, der ihr klar und deutlich zeigen soll, dass es da nichts gibt, wofür man mich beneiden müsste. »Du kannst mir lieber erklären, wie ich …«, beginne ich, werde jedoch unterbrochen, als die Tür ein weiteres Mal aufgeht.

»Worüber redet ihr?«, fragt nun auch noch meine Oma gut gelaunt, als sie nähertritt. Innerlich seufze ich.

»Melody geht morgen mit ihrem heißen Chef, der aber leider ein Kotzbrocken ist, auf Geschäftsreise«, bringt Haley sie auf den neusten Stand, während sie ihre Augen nicht von mir abwendet.

»Von einem heißen Chef hast du ja gar nichts gesagt, als wir telefoniert haben. Du hättest wenigstens vorhin etwas erzählen können.« Die Stimme meiner Großmutter klingt vorwurfsvoll. Aber diesmal gelingt es ihr nicht, dafür zu sorgen, dass ich ein schlechtes Gewissen bekomme. »Aber das sind phantastische Nachrichten, dass du schon nach deiner ersten Woche mit auf eine Geschäftsreise gehst.«

»Weil er ein Idiot ist«, verteidige ich mich mit lauter Stimme.

»Aber nach dem, was du erzählt hast, scheint er ein sexy Idiot zu sein. Ich muss ja zugeben, dass ich ihn gerne einmal sehen würde.« Brooke wackelt mit den Augenbrauen und entlockt mir so ein leises Lachen, was aber sofort wieder verschwindet, als ich ernst werde.

»Da gibt es nichts zu sehen«, werfe ich schnell ein. Bei dem Gedanken daran, dass eine meiner Schwestern ihn ebenfalls attraktiv finden könnte, macht sich Eifersucht in mir breit. Ich bin eigentlich kein besitzergreifender Mensch, aber jetzt erfasst sie mich, obwohl ich das gar nicht will, und schon gar nicht bei einem Mann wie Scott Baker.

»Er holt dich doch morgen ab, oder? Wie wäre es, wenn wir die Chance nutzen und einen Blick auf ihn werfen?«

Entgeistert starre ich Haley an. Mein Mund hat sich ein Stück geöffnet, genauso wie meine Augen, die größer geworden sind. Als ich Brooke anschaue, erkenne ich die Begeisterung in ihren Augen.

»Das braucht ihr nicht«, widerspreche ich schnell. »Wirklich, ich schaffe das schon.«

»Quatsch. Bevor ich meine Enkelin mit ihm auf Reisen schicke, werde ich ihn mir auch mal ansehen«, beschließt meine Oma mit fester Stimme.

Leider weiß ich nur zu gut, dass man dagegen nichts mehr einwenden kann, wenn sie sich einmal dazu entschieden hat, etwas in die Tat umzusetzen. Obwohl ich es in diesem Fall furchtbar gerne tun würde.

»Dann ist das ja geklärt. Wir schauen uns morgen den heißen Kotzbrocken an, bevor wir dich für ein paar Tage alleine mit ihm lassen«, stimmt nun Haley zu und grinst mich dabei frech an.

»Haley!«, ruft unsere Mutter, so dass wir uns erschrocken in ihre Richtung drehen. Mit einem strengen Blick begutachtet sie ihre älteste Tochter und zieht dabei eine Augenbraue nach oben, wie sie es schon gemacht hat, als wir noch klein waren. »Ich will so etwas nicht hören.« Mit energischer Stimme weist meine Mutter meine Schwester wieder in die Schranken, so dass sogar ich erschrocken zusammenzucke.

»Es tut mir leid, Mom«, erklärt Haley zwar, zwinkert mir hinter dem Rücken unserer Mutter aber kurz zu.

Doch ich gehe nicht darauf ein. Am liebsten würde ich alle drei anschreien, dass ich nie wieder auch nur ein einziges Wort mit ihnen spreche, wenn sie ihr Vorhaben in die Tat umsetzen. Aber ich bekomme die Worte nicht über die Lippen. Stattdessen überlege ich mir, wie ich eine größere Katastrophe verhindern kann. Aber es fällt mir einfach nichts ein. Meine Schwestern, und vor allem meine Oma, sind Naturgewalten, die man nicht im Griff haben kann.

Mir bleibt nichts anderes übrig, als es still hinzunehmen und mir zu schwören, dass ich es ihnen heimzahle, sobald ich die Gelegenheit dazu habe. Ich kann nur hoffen, dass Scott danach nicht einen seiner blöden Kommentare von sich geben wird.

»Melody, wie läuft die Arbeit?« Die tiefe Stimme meines Vaters ertönt hinter mir, so dass ich mich zu ihm umdrehe.

»Alles bestens, am Anfang war es zwar etwas ungewohnt, aber mittlerweile habe ich mich gut eingearbeitet.«

»Melody wird morgen sogar auf eine Geschäftsreise gehen«, verkündet Brooke nun.

»Du gehst auf eine Reise?«, fragt meine Mom nun mich und beachtet die anderen nicht mehr. Auf ihre Lippen hat sich ein strahlendes Lächeln gelegt.

»Es ist nichts Großes. Ich muss nur für ein paar Tage mit nach San Diego«, erkläre ich ihr und hoffe, dass sie das Thema damit gut sein lässt.

»Das freut mich für dich. Ich bin stolz auf dich«, erklärt sie mir, bevor sie sich dem Schrank hinter ihr zuwendet, um die Teller herauszuholen.

Ich nutze die Chance und strecke Brooke die Zunge heraus, was sie mit einem leisen Lachen beantwortet.

Während des Essens spielen sich in meinem Kopf verschiedene Szenen ab, wie der morgige Tag verlaufen könnte. Aber keine davon gefällt mir, weil ich in jeder den Spott von Scott abbekomme, woraufhin wir uns wieder streiten.

»Ihr braucht morgen wirklich nicht zu kommen«, unternehme ich noch einen Versuch, als ich mich drei Stunden später von meinen Schwestern verabschiede, um meine Oma nach Hause zu fahren.

»Das lassen wir uns doch nicht entgehen. Aber mach dir keine Sorgen, wir werden freundlich sein«, erklärt Haley gut gelaunt.

Natürlich, denke ich, sage es aber nicht. Trotzdem kann ich es mir nicht verkneifen, ihr einen skeptischen Blick zuzuwerfen.

»Das meine ich ernst«, verteidigt sie sich sofort.

Aus irgendeinem Grund kann ich ihr nicht so ganz glauben.

Ich kenne meine Schwestern gut genug um zu wissen, dass solche Aufeinandertreffen selten *nicht* peinlich werden.

Für einen kurzen Moment schaue ich sie stumm an. Damit mir nicht noch irgendetwas über die Lippen huscht, was ich spätestens im Auto bereuen würde, presse ich die Lippen fest zusammen.

Doch Haleys Gesichtsausdruck zeigt mir, dass ihre Entscheidung feststeht. Wir haben eben alle den gleichen Dickkopf wie unsere Großmutter.

Ohne Haley noch einen letzten Blick zuzuwerfen, trete ich hinter meiner Oma hinaus an die frische Luft und gehe auf meinen Wagen zu.

Seufzend lasse ich mich hinter das Lenkrad sinken und fahre mir mit den Händen über meinen Nacken, um die Verspannungen ein wenig zu lösen, die in den letzten Stunden immer schlimmer geworden sind.

»Die beiden wollen nur, dass du in guten Händen bist. Und dabei ist ihnen egal, ob im Privaten oder in deinem Berufsleben«, erklärt mir meine Oma und greift dabei nach meiner Hand. Mit einem durchdringenden Blick schaut sie mich an.

Ich lasse meinen Kopf an die Stütze hinter mir fallen und schließe für einige Augenblicke die Augen.

»Das weiß ich, ich meine es auch nicht böse, aber ich habe einfach kein gutes Gefühl dabei. Ich bin nun mal der Meinung, dass die beiden morgen besser zu Hause bleiben sollten.«

»So schlimm wird es schon nicht werden. Was ist denn das Schlimmste, was passieren kann?«, fragt sie mich.

Eine Weile denke ich über ihre Worte nach und muss ihr

schließlich recht geben. Das Schlimmste wäre, dass er noch einen oder zwei Kommentare mehr abgibt, was bei ihm aber auch keinen Unterschied mehr macht.

»Du weißt aber schon, dass es sich so anhört, als würden sie mir einen Ehemann suchen. Dabei werde ich nur eine kurze Geschäftsreise machen«, erkläre ich leise, nachdem ich meine Augen wieder geöffnet habe.

Dann werfe ich einen letzten Blick in die Richtung der Haustür, in der Haley und Brooke noch immer stehen und starte den Wagen.

»Sei nicht sauer.«

»Das bin ich nicht«, verteidige ich mich. »Wirklich. Ich will nur nicht, dass ein Drama daraus wird. Ich werde nur für ein paar Tage die Stadt verlassen. In nicht einmal einer Woche bin ich wieder da.«

»Ich verspreche dir, dass es kein Drama geben wird.«

Ich hoffe es, fährt es mir durch den Kopf. Ich liebe meine Oma, aber manchmal geht sie leider etwas blauäugig durch die Welt.

Als ich am nächsten Morgen die Augen aufschlage, kommt mir als Erstes die Ankündigung meiner Schwestern und meiner Oma in den Sinn. Die ist auch der Grund dafür, dass ich mich wie gerädert fühle, denn ich konnte erst sehr spät einschlafen.

Gähnend vor Müdigkeit und mit einem unguten Gefühl in der Magengegend ziehe ich mir wieder die Decke über den Kopf und schließe die Augen. Ich habe die Hoffnung, dass ich eigentlich noch schlafe und es nur ein Traum war.

Doch als der schrille Ton meines Weckers an mein Ohr dringt, weiß ich, dass ich wach bin und einem Treffen zwischen meinen Schwestern und Scott nicht ausweichen kann. Ganz im Gegenteil, es scheint mit rasender Geschwindigkeit auf mich zuzuhalten.

Da mir klar ist, dass es nichts bringt, wenn ich noch länger in meinem Bett liegenbleibe, schlage ich die Decke zur Seite und richte mich auf. Mit den Händen reibe ich mir über die Augen, um auch den letzten Rest an Müdigkeit zu vertreiben und stehe dann auf. Da ich nur noch zwei Stunden Zeit habe und auch noch meinen Koffer packen muss, gehe ich mit schnellen Schritten ins Badezimmer und ziehe mir auf dem Weg dorthin meine Klamotten aus. Nach einer belebenden Dusche stehe ich vor dem großen Spiegel, der die halbe Wand meines Badezimmers einnimmt, und rubble mir die Haare trocken. Dann greife ich nach meiner Schminktasche und hole die Mascara heraus. Um mich richtig zu schminken ist es zu warm, aber ich kann es mir nicht verkneifen, wenigstens meine Augen zu betonen.

Fast zwei Stunden später habe ich meinen Koffer gepackt und renne wie ein aufgescheuchtes Huhn durch meine Wohnung, weil ich das Gefühl habe, als hätte ich irgendetwas vergessen. Dabei ist es egal, wie oft ich in die Tasche schaue, um festzustellen, dass ich alles dabeihabe, das Gefühl bleibt.

Ich will gerade in meine Küche gehen, als ich bei dem Geräusch meiner Türklingel erschrocken zusammenzucke. Während sich mein Herzschlag langsam wieder beruhigt, werfe ich einen prüfenden Blick auf meine Uhr.

Bitte, lass es Scott sein, bete ich mehrmals.

Das würde zwar bedeuten, dass er zu früh ist und ich somit noch länger das Vergnügen mit ihm habe, aber es hieße auch, dass meine Schwestern es nicht geschafft haben, pünktlich zu sein, so dass wir verschwinden können, bevor die beiden mit unserer Oma im Schlepptau vor der Tür stehen.

Zögerlich, da ich nicht weiß, was mich erwartet, gehe ich auf die Wohnungstür zu und überlege dabei, ob ich nicht einfach so tun soll, als wäre ich schon weg.

Das ist doch auch keine Lösung, ermahne ich mich selber.

Sollte Scott vor meiner Tür stehen, wird er mit Sicherheit sauer werden, wenn ich nicht öffne, und wenn es doch meine Schwestern sind, werden sie ihm über den Weg laufen, noch bevor ich eine Chance habe dazwischen zu gehen.

Also drücke ich auf den Türöffner und höre, wie der Flur wenige Augenblicke später von den Stimmen meiner Schwestern erfüllt wird. Sollten noch einige meiner Nachbarn schlafen, bin ich mir sicher, dass sie jetzt wach sind. Die drei unterhalten sich so laut, dass ich mir sicher bin, dass man sie auch in den Nachbarhäusern verstehen kann.

Mit jeder Sekunde, die sie sich Zeit lassen, werde ich nervöser. *Bleib ruhig*, denke ich immer wieder, doch es bringt nichts. Mein Herz rast so schnell, als wäre ich einen Marathon gelaufen.

Bei dem Gedanken daran, dass ich nicht verhindern kann, was in wenigen Minuten passieren wird, wird mir schlecht. Ich mag Scott zwar nicht, aber ihn so vorzuführen, finde ich auch nicht in Ordnung.

Aber meine Schwestern sehen das offenbar anders als ich.

»Wir dachten schon, dass du einfach gefahren bist, ohne dich zu verabschieden«, begrüßt mich Brooke, als sie meine Etage erreicht haben und vor mir stehen. »Normalerweise machst du die Tür schneller auf.«

Schön wäre es, fährt es mir durch den Kopf, aber ich kann es in letzter Sekunde verhindert, dass mir die Worte auch über die Lippen kommen.

Ich will mich jetzt nicht mit ihnen streiten, da ich viel zu aufgeregt bin.

»Wir sind extra ein wenig früher gekommen, um auch wirklich sicher zu sein, dass wir euch nicht verpassen«, verkündet meine Oma, nachdem sie hinter meinen Schwestern in die Wohnung getreten ist.

Eine Weile betrachte ich die drei Frauen, die nun wie kleine Kinder vor mir stehen. Eigentlich machen sie einen harmlosen Eindruck, aber ich weiß, dass sie das nicht sind. Unter anderen Voraussetzungen würde ich mich auch darüber freuen, aber sie haben keine Ahnung, wie sehr Scott mir in den nächsten Tagen auf die Nerven gehen wird, wenn sie sich mit ihm streiten.

Er wird mir keine ruhige Minute lassen.

»Wir wissen, dass er dein Boss ist …«, beginnt Haley, die meinen prüfenden Blick anscheinend bemerkt hat. Sie setzt einen unschuldigen Gesichtsausdruck auf, der dafür sorgt, dass ich kurz meine Augen verdrehe.

»Der Sohn meines Chefs«, korrigiere ich sie.

»Auf jeden Fall wissen wir das, und aus diesem Grund werden wir dich schon nicht blamieren. Wir sind doch deine Schwestern und nicht deine Feindinnen«, fährt sie fort und schlägt dabei einen Ton an, der keine Zweifel daran lässt, dass sie das wirklich nicht wollen. Während sie spricht schaut sie mich von oben bis unten an. »Willst du das anlassen?«, fragt sie und zeigt dabei auf meine Klamotten.

Langsam lasse ich meinen Blick an mir hinunterwandern. Ich trage einen weiten Jeansrock, der mir bis zu den Knien geht, und an den Füßen weiße Sandalen. Dazu habe ich mir ein ebenfalls weißes Top angezogen, das einen Ausschnitt hat, der aber nicht so weit geht, dass meine Brüste herausfallen.

»Was ist mit meinem Outfit?«, frage ich vorsichtig in die Runde, nachdem ich darüber nachgedacht habe, aber kein Problem feststellen konnte. Es ist warm draußen, und da wir die nächsten Stunden nur im Auto sitzen werden, brauche ich mich sicherlich nicht aufzustylen. Und falls es nötig sein sollte, dann kann ich mich im Hotel immer noch umziehen.

»Das sieht eher so aus, als würdest du in den Urlaub fahren.«

Ungläubig starre ich Haley an, während sie entschuldigend mit den Schultern zuckt.

»Tut mir leid, aber als ich den Job angenommen habe, war ich nicht darauf gefasst, dass ich auf Geschäftsreise gehen muss. Und schon gar nicht, dass diese Reise noch in meiner ersten Woche in der Kanzlei stattfindet. Schon alleine deswegen, weil ich in der Buchhaltung angefangen habe und nicht als persönliche Assistentin«, fahre ich sie in einem strengeren Ton an, als ich es eigentlich beabsichtigt hatte. Doch kaum habe ich die Worte ausgesprochen schaue ich sie mit einem versöhnlichen Ausdruck in den Augen an.

»Sorry«, murmle ich leise. »Meine Nerven sind ein wenig mit mir durchgegangen.«

»Kein Problem. Du bist nervös und aufgeregt, das kann ich verstehen. Mir würde es genauso gehen«, erwidert sie und winkt ab.

Brooke setzt gerade an, um etwas zu sagen, als die Klingel ein zweites Mal losgeht. Völlig überfordert starre ich auf den Öffner. Mein Körper zittert und mein Mund wird schlagartig trocken. Doch ich habe mich erstaunlich schnell wieder im Griff und strecke meinen Arm aus, um auf den Türöffner zu drücken.

»Sind Sie fertig?«, ertönt die tiefe Stimme von Scott zwei Sekunden später durch die Gegensprechanlage.

Mir läuft ein Schauer nach dem anderen über den Rücken, und Vorfreude durchfährt mich, obwohl ich eigentlich Angst verspüren sollte. Vielleicht sollte ich angesichts seines polternden Tonfalls aber auch sauer werden, aber nicht einmal das schaffe ich.

Hoffentlich merkt keiner, was mit mir los ist, schießt es mir durch den Kopf. Doch bereits in der nächsten Sekunde verschwindet meine Hoffnung wieder, als ich zu meinen Schwestern und meiner Oma blicke. Sie schauen sich mit einem vielsagenden Blick an und beachten mich überhaupt nicht mehr.

Verdammt! Sie haben es gemerkt.

»Na, den muss ich sehen«, flüstert Brooke und macht Anstalten, an mir vorbei zu gehen. Doch noch bevor sie einen Schritt hinaustreten kann, umklammere ich ihren Arm mit einem festen Griff und halte sie zurück.

»Ich komme sofort«, rufe ich zurück und werfe meiner Schwester dabei einen warnenden Blick zu.

Sie hebt nur die Hände, aber auf ihrem Gesicht breitet sich ein freches Grinsen aus, was ich nur zu gut kenne. Sie hat nicht die Absicht, sich zurückzuhalten.

Normalerweise schätze ich genau das an den beiden, doch in diesem Fall hätte ich kein Problem damit, wenn sie mich das alleine klären lassen würden. Schließlich bin ich diejenige, die auch die nächsten Tage mit ihm irgendwie aushalten muss.

»Ihr benehmt euch«, weise ich sie mit strengem Ton in die Schranken. »Ich habe keine Lust, mir die Kommentare von ihm anzuhören, weil meine Schwestern und meine Oma nicht wissen, wann sie ihren Mund halten müssen«, raune ich ihnen zu, wobei ich die Tür anlehne, um sicher zu gehen, dass Scott auch wirklich nichts mitbekommt, falls er im Hausflur steht. Dabei bedenke ich jede mit einem Blick, der klar zu verstehen gibt, dass ich kein Wort mehr mit ihnen spreche, wenn sie mir das versauen.

Und in diesem Fall bin ich mir sogar sicher, dass ich es durchziehen werde.

Kurz schaue ich zwischen ihnen hin und her und hebe dabei sogar meinen Zeigefinger, um meinen Worten Nachdruck zu verleihen. Es dauert ein paar Sekunden, doch als ich mir sicher bin, dass sie es verstanden haben, greife ich nach meinem Koffer und meiner Tasche und bedeute ihnen vorauszugehen, damit ich die Tür abschließen kann.

»Geh vor«, fordert mich Haley auf und zeigt dabei an Brooke vorbei auf die Treppe, nachdem ich den Schlüssel in meine Tasche gesteckt habe.

»Und mach dir keine Gedanken, so schlimm sind wir nun auch wieder nicht«, wirft Brooke ein, nachdem ich kurz gezögert habe.

Um ihnen zu zeigen, dass ich mir keine Sorgen mache, gehe ich mit festen Schritten an ihnen vorbei und nehme eine Stufe nach der anderen. Während ich ihm immer näher komme, werde ich immer hibbeliger.

Ich schiebe es darauf, dass ich nicht weiß, wie meine Familie sich verhalten wird, doch im Grunde ist mir klar, dass es nur eine Ausrede ist. Der eigentliche Grund für meine Nervosität ist Scott selber und die körperliche Reaktion, die seine Nähe in mir auslöst.

Mein Mund ist trocken und die Schmetterlinge in meinem Bauch werden wach und vermehren sich rasend schnell. Mein Kopf stellt die Arbeit ein und überlässt meinem Körper das Handeln, was nicht immer eine gute Idee ist. Nachdem ich die letzte Stufe hinter mich gebracht habe, atme ich tief durch, um meine Nerven in den Griff zu bekommen. Dabei bin ich mir der Blicke meiner Familie nur zu bewusst, blende sie aber aus. Erst als ich das Gefühl habe, dass meine Beine nicht sofort unter mir nachgeben werden, öffne ich die Haustür und trete ins Freie.

Ich bin mir darüber im Klaren, dass nun jedes Wort und jede Bewegung, die ich machen werde, von meinen Schwestern analysiert werden, während meine Oma vor allem Scott beobachten wird.

Kaum habe ich den Koffer neben mir im Eingangsbereich abgestellt, erblicke ich Scott. Mein Herz gerät ins Stolpern, als ich sehe, wie er mit dem Handy in der Hand an einen pechschwarzen BMW gelehnt steht und dabei so lässig aussieht, als würde er gerade zu einer Verabredung fahren.

Er trägt eine weite Jeans und ein enges Shirt, wodurch seine trainierten Oberarme und sein breites Kreuz gut zum Vorschein kommt. Auf seinem rechten Oberarm kann ich sogar ein Tattoo erkennen. Neugierig betrachte ich es näher, doch es verschwindet unter seinem Oberteil, weshalb ich nicht sehen kann, was es darstellt.

»Ist er das?«, raunt Brooke mir zu, nachdem sie schräg hinter mich getreten ist.

Da mein Mund noch immer trocken ist, bekomme ich kein Wort heraus, so dass ich nur nicken kann.

Ich bin mir nicht sicher, ob er meine Schwester gehört hat oder das Telefonat bereits zu Ende war, aber kaum habe ich ihr zu verstehen gegeben, dass das Scott ist, lässt er die Hand sinken und dreht sich zu uns herum. Dabei lasse ich ihn keine Sekunde aus den Augen.

Seine Bewegungen sind wie immer geschmeidig und sicher. Er weiß genau, welche Wirkung er auf seine Umwelt hat und nutzt das in vollen Zügen aus.

Als sein Blick meinen trifft, fühlt es sich an, als wären wir alleine auf der Welt. Für den Bruchteil einer Sekunde ist der Idiot verschwunden und ich sehe nur noch den attraktiven Mann, der er ist. Er stößt sich vom Wagen ab und kommt ein paar Schritte auf mich zu.

Ich höre das leise Raunen von Brooke, die neben mir steht, kann ihr aber keinen Vorwurf deswegen machen, da dieser Mann auf mich die gleiche Wirkung hat.

»Wieso brauchen Frauen eigentlich immer so lange?«, fragt er mich in einem bissigen Ton und zerstört so die Atmosphäre, die sich noch vor wenigen Sekunden zwischen uns aufgebaut hat. Er verschränkt die Arme vor der Brust und schaut mich mit einem Blick an, für den ich ihm am liebsten mit meinen höchsten Absätzen in den Hintern treten würde.

»Weil wir eindeutig das schönere Geschlecht sind«, kontert Brooke, noch bevor ich die Chance habe, mir etwas zu überlegen.

Mit großen Augen drehe ich mich um und starre meine Schwester an. Doch sie beachtet mich überhaupt nicht und grinst stattdessen Scott herausfordernd an.

Eine Weile ist es ruhig, vielleicht zu ruhig. Vorsichtig schaue ich zu Scott, der wiederum Brooke nicht aus den Augen lässt.

Wahrscheinlich fragt er sich gerade, was sie von ihm will, überlege ich.

»Und Sie sind?«, fragt er im nächsten Moment und zieht dabei seine Augenbrauen nach oben.

»Wir sind Schwestern«, antwortet Brooke, ohne sich von seinem eisigen Ton auch nur im Geringsten beeindruckt zu geben.

Ich erkenne den Augenblick genau, in dem ihre Worte bei ihm ankommen. Geschockt reißt er die Augen auf, und auch sein Mund öffnet sich ein Stück. Immer wieder wandert sein Blick zwischen uns hin und her.

»Schwestern?«, wiederholt er das Wort, wobei es sich aus seinem Mund so anhört, als hätte er es noch nie vorher gehört.

Kaum hat er es ausgesprochen, schaut er auch schon zu meiner Oma.

»Ich bin die Großmutter der Mädchen«, meldet sie sich zu Wort. Als ich kurz in ihre Richtung blicke, erkenne ich, dass sie ihre Hand gehoben hat und ihm zuwinkt.

Am liebsten würde ich im Erdboden versinken, unsichtbar werden, oder sonst irgendetwas machen, damit ich von hier verschwinde und dieser Situation entfliehen kann. Sie ist mir extrem peinlich.

Ich bin mir sicher, dass mir in meinem ganzen Leben noch nichts geschehen ist, was dem hier auch nur ansatzweise nahekam.

Nicht einmal, als ich in der Highschool eine weiße Hose anhatte und meine Tage bekommen habe und meine Mutter kommen musste, um mir eine neue zu bringen.

»Es gibt noch mehr?«, fragt er nun in einem Ton, den ich nicht einordnen kann. Er hört sich nicht sauer oder genervt an, aber auch nicht überrascht, obwohl er mit seiner Frage genau das zum Ausdruck bringen wollte. Stattdessen habe ich eher das Gefühl, als würde er nicht wissen, was er davon halten soll.

»Keine Sorge«, beruhigt ihn Haley mit ihrer ruhigen Stimme. »Wir sind nur drei. Das ändert aber nichts daran, dass Sie sich auf etwas gefasst machen können, wenn Sie gemein zu Melody sind.«

Geschockt drehe ich mich nun in die andere Richtung und werfe meiner Schwester einen bösen Blick zu.

Das kann sie unmöglich gesagt haben!, schießt es mir durch den Kopf. Aber an dem herausfordernden Blick, den sie meinem Chef zuwirft, erkenne ich, dass sie es wirklich getan hat und ihre Worte ernst meint. Sie war noch nie jemand, mit dem man sich freiwillig anlegt. Anscheinend ist dieser Punkt auch Scott bewusst, denn er hält zum ersten Mal seitdem ich ihn kenne, den Mund.

Es dauert einen kurzen Moment, bis Haley merkt, dass ich zu ihr schaue, doch als sie schließlich ebenfalls mich ansieht mache ich ihr wortlos klar, dass ihre Aussage nichts mit gutem Benehmen zu tun hat.

Ich muss irgendetwas tun. Irgendetwas!, denke ich. Also greife ich nach meinem Koffer, ziehe ihn hinter mir her und verfrachte ihn dann in den offen stehenden Kofferraum seines Sportwagens.

»Wir können los«, verkünde ich und versuche meine Stimme dabei so gut gelaunt wie möglich klingen zu lassen, nachdem ich die Kofferraumklappe mit einem lauten Knall geschlossen habe.

Scott dreht sich zu mir und schaut mich hilflos an. Innerlich muss ich schmunzeln.

Vielleicht war es doch gut, dass meine Schwestern ihn kennenlernen wollten, denke ich. Allerdings tut er mir auch ein wenig leid, weil ich mir vorstellen kann, dass eine Begegnung mit meinen vorlauten Schwestern nicht leicht ist.

»Okay«, murmelt er leise, nachdem er den dreien einen letzten Blick zugeworfen hat, und geht um den Wagen herum. Ohne sich zu verabschieden oder mich aufzufordern, ebenfalls einzusteigen, öffnet er die Fahrertür und steigt ein.

»Ich melde mich bei euch«, erkläre ich ihnen, während ich zur Beifahrertür gehe.

»Ich wünsche dir viel Spaß«, erwidert Brooke und lächelt mich an.

»Du schaffst das schon«, baut auch Haley mich auf. Allerdings kann ich es mir nicht verkneifen, ihr noch einen skeptischen Blick zuzuwerfen.

Meine Oma sagt nichts, zwinkert mir aber zu. Da ich genau weiß, was das bedeutet, braucht sie auch nichts weiter zu sagen. Sie findet Scott heiß!

Ohne meinerseits noch etwas zu sagen, steige ich ebenfalls in den Wagen.

Nachdem ich die Tür geschlossen und den Sicherheitsgurt angelegt habe, sehe ich, wie Scott den Schlüssel im Schloss herumdreht, so dass der Motor mit einem leisen Schnurren zum Leben erwacht. In der nächsten Sekunde dröhnt er allerdings, da Scott auf das Gaspedal drückt und anfährt.

Während der nächsten halben Stunde ist es ruhig im Auto. Nur die Musik, die zwischendurch von dem Navi unterbrochen wird, sorgt für etwas Unterhaltung. Aber mir macht das Schweigen nichts aus.

Ganz im Gegenteil, es ist entspannend, dass wir uns einmal nicht streiten.

»Eine interessante Familie, die Sie da haben«, bricht er schließlich sein Schweigen, als wir die Stadtgrenze von Los Angeles erreicht haben.

Bei seinen Worten drehe ich meinen Kopf ein Stück in seine Richtung, um ihn ansehen zu können. Scott hat seinen Blick auf die Straße vor sich geheftet. Den linken Arm hat er an der Tür abgestützt, während er mit der Hand das Lenkrad festhält. Die rechte Hand liegt locker auf der Gangschaltung. Er sieht dabei so entspannt aus, dass ich zugeben muss, dass er nichts mehr dem Arsch aus dem Büro gemeinsam hat.

»Es tut mir leid«, murmle ich, da sich bei seinem Anblick das schlechte Gewissen erneut in mir breitmacht.

»Was denn?«, fragt er mich und schaut mich dabei kurz an.

Als sein Blick mich trifft, kommt es mir so vor, als könnte er mein Innerstes sehen und wissen, was ich denke. Wie auf Kommando beginnen die Schmetterlinge in meinem Bauch zu fliegen und mein Herz setzt für einige Schläge aus, um dann noch heftiger weiter zu schlagen.

»Das meine Schwestern Sie so angefahren haben. Aber sie wollen mich nur beschützen«, erkläre ich ihm ihr Verhalten.

»Es ist gut, wenn man sich auf seine Familie verlassen kann«, erklärt Scott in einem nüchternen Tonfall. Die Art und Weise, wie er spricht, sorgt dafür, dass ich ihn überrascht anschaue.

Ich habe erwartet, dass er irgendeinen spitzen Kommentar von sich gibt, aber nicht so etwas. In diesem Moment wird mir klar, dass ich ihn anscheinend ziemlich oft falsch einschätze.

Gerne würde ich ihn danach fragen, was er mit seiner Aussage meint. Doch ich schlucke die Frage hinunter, da er gerade anscheinend gute Laune hat und ich sie nicht verderben will.

Die restliche Fahrt verläuft mehr oder weniger schweigend. Die einzige Stimme, die von Zeit zu Zeit die Ruhe durchbricht, gehört dem eingebauten Navigationsgerät.

Ich vertreibe mir die Zeit und lese ein paar Artikel auf meinem Handy. Dabei bin ich mir aber jede einzelne Sekunde der Tatsache bewusst, dass er neben mir sitzt. Seine Anwesenheit gehört zu den Dingen, die ich einfach nicht vergessen kann. All meine Sinne haben sich auf ihn ausgerichtet, was zur Folge hat, dass ich sogar die kleinste Bewegung von ihm bemerke.

Wieder einmal verfluche ich mich dafür, dass ich zugestimmt habe, ihn auf dieser Reise zu begleiten. Es war ein Fehler.

Anderseits bin ich mir sicher, dass sein Vater ein *Nein* niemals akzeptiert hätte.

Als wir endlich in San Diego ankommen, ist es ein Uhr mittags. Die Sonne knallt auf den schwarzen Wagen, aber da er die Klimaanlage eingeschaltet hat, lässt es sich gut aushalten.

Scott fährt den Weg durch die belebten Straßen, die uns von dem Navi vorgegeben werden.

Ich gebe mir große Mühe, ihm nicht allzu viel Beachtung zu schenken und mich stattdessen auf die Straßen vor mir zu konzentrieren, um so viel wie möglich von dieser Stadt zu sehen. Trotzdem gleitet mein Blick zwischendurch zu dem Mann neben mir. Seine Körperhaltung ist entspannt, und mit den Fingern seiner rechten Hand trommelt er auf dem Schaltknüppel den Takt der Musik mit.

Er ist kein Anwalt, schießt es mir bei seinem Anblick durch den Kopf.

Woher dieser Gedanke auf einmal kommt, weiß ich nicht, aber er setzt sich in mir fest und lässt mich nicht mehr los.

»Wir sind da«, verkündet Scott im nächsten Moment.

Ich schaue aus dem Fenster, während wir eine lange Auffahrt hinauffahren. Am Ende bleibt Scott vor einem großen Gebäude stehen und zieht den Schlüssel aus dem Schloss.

Noch bevor ich die Gelegenheit habe mich umzuschauen, steht schon ein Page neben der Tür und öffnet sie mir. Etwas hilflos, da ich keine Ahnung habe, wie ich darauf reagieren soll, steige ich aus und bedanke mich bei ihm. Als ich meinen Blick nach links gleiten lasse sehe ich, dass unsere Taschen von einem zweiten Angestellten aus dem Kofferraum geladen werden.

Ich nehme mir ein paar Sekunden, um mich umzusehen. Auf der rechten Seite erstreckt sich eine große Terrasse, auf der mehrere Tische stehen, an denen Menschen sitzen und sich unterhalten oder auf die Bildschirme ihrer Laptops starren. Auf der linken Seite gibt es einen großen Spielplatz, auf dem ein paar Kinder spielen. Die Bänke, die den Platz umzäunen sind von den Eltern besetzt. Vor ihm befindet sich ein Blumenfeld, in dem alle möglichen Pflanzen blühen.

Das Vordach, unter dem wir stehen, wird von dicken Säulen getragen, um die herum sich ebenfalls kleine Beete befinden, die mit roten und weißen Rosen bepflanzt sind.

»Wow«, entfährt es mir, nachdem ich meinen Blick wieder auf die Stelle gerichtet habe, an der vor wenigen Sekunden noch Scott stand.

Doch nun ist er verschwunden. Ich will mich umschauen, ob ich ihn entdecken kann, als ich seine dunkle und gefährliche Stimme in meinem Ohr höre.

»Da hat es mein Alter dieses Mal aber wirklich übertrieben.«

Erschrocken drehe ich mich zu ihm und erkenne, dass er sich nur wenige Zentimeter von mir entfernt befindet, so dass ich von seinem Geruch eingehüllt werde.

Mein Magen schlägt Purzelbäume, da ich mich nur auf die

Zehenspitzen stellen müsste, um ihn zu küssen. Doch bevor ich diesem Wunsch nachgehen kann, trete ich einen Schritt zurück.

Tu das nicht. Es wird dir nur Ärger bringen, ermahne ich mich selber, wodurch ich mich zwar etwas besser in den Griff bekomme, aber der Wunsch bleibt trotzdem.

Sein Blick hält mich gefangen, während ich versuche, meine Gefühle in den Griff zu bekommen. Ich meine, Bedauern in seinem Blick zu erkennen, aber das kann nicht sein.

Was sollte er schon bedauern?, frage ich mich, und konzentriere mich auf die Worte, die er gerade gesagt hat.

»Übertrieben?«, hake ich nach und versuche meine Stimme dabei so interessiert wie möglich klingen zu lassen.

Kurz sieht es so aus, als würde er darüber nachdenken, ob er mir antworten soll oder nicht. Doch Scott sagt nichts. Stattdessen dreht er sich in die Richtung des Eingangs und verschwindet durch die riesige Glastür. Für einige Sekunden bleibe ich enttäuscht an der Stelle stehen und versuche mich zu sammeln. Doch so ganz gelingen will es mir nicht.

Egal wie sehr ich es auch versuche, aber sein Blick geht mit nicht mehr aus dem Kopf.

Er ist ein Idiot, rufe ich mir in Erinnerung. Aber auch das bringt nichts.

»Na das kann ja was werden«, seufze ich und folge ihm dann.

Kaum habe ich die Empfangshalle betreten, bleibe ich auch schon wieder stehen und betrachte sie neugierig.

Sie ist etwa zwei Stockwerke hoch. Die Wände sind in einem warmen Orange gestrichen, und auf dem Boden wurden helle Fliesen verlegt, auf denen sich dunkle Muster befinden. In der Mitte steht ein großer Springbrunnen, der von mehreren kleineren umgeben ist. Als ich meinen Blick weiter aufwärts wandern lasse, erkenne ich, dass sich dort oben ein großer Balkon befindet, auf dem mehrere Tische stehen.

Staunend drehe ich mich einmal im Kreis, um jedes noch so kleinste Detail in mich aufzusaugen. Erst als ich mir sicher bin, dass ich alles gesehen habe, bleibe ich stehen und schaue mich nach meinem Chef um.

Es dauert nicht lange, bis ich ihn an der Rezeption entdeckt habe, wo er wild gestikulierend mit einer Frau spricht.

Was ist denn nun schon wieder?, überlege ich, während ich mich in Bewegung setze und mich neben ihn stelle.

»Was wollen Sie mir damit sagen?«, fragt er in dem Augenblick, in dem ich meine Handtasche vor mir abstelle und meinen Blick zwischen den beiden hin und her wandern lasse.

»Ich will Ihnen sagen, dass das Zimmer einen Wohnbereich, ein Badezimmer und auch nur ein Schlafzimmer hat«, erklärt die Frau ihm in einem ruhigen Ton, wobei ich aber erkennen kann, dass sie es ihm anscheinend nicht zum ersten Mal sagt. Ihre Stimme klingt so ruhig und freundlich, als würde sie einem kleinen Kind eine Matheaufgabe erklären.

»Reicht doch, schließlich sind wir doch eh den ganzen Tag unterwegs. Oder erwarten Sie noch Besuch?«, frage ich ihn, um der armen Frau zu helfen. Dankbar lächelt sie mich an. Ich kann verstehen, wie man sich fühlt, wenn er es auf einen abgesehen hat.

Kaum habe ich ausgesprochen, dreht Scott sich zu mir um und grinst mich an. Sein Grinsen wirkt nicht bösartig, weshalb sich schlagartig in mir ein schlechtes Gefühl breitmacht.

Die Art und Weise, wie er mich ansieht, gefällt mir überhaupt nicht.

»Sie finden das also in Ordnung?«

»Ja, wieso nicht?«, antworte ich, nachdem ich kurz darüber nachgedacht habe.

»Dann wollen wir doch einmal sehen, ob Sie es auch noch in Ordnung finden, wenn ich Ihnen sage, dass es nur ein Zimmer für uns beide gibt. Das heißt also, dass ich mir mit Ihnen ein Badezimmer und vor allem ein Schlafzimmer teilen muss.«

Bei seinen Worten klappt mir die Kinnlade nach unten.

Das kann nicht wahr sein! Ich muss mich verhört haben! Er kann das unmöglich gesagt haben!

Doch an seinem Gesicht erkenne ich, dass er genau das gemeint hat, was bei mir angekommen ist. Hilfesuchend drehe ich meinen Kopf und schaue zu der Frau, die mich vorsichtig ansieht.

»Hören Sie«, beginne ich verzweifelt, doch ich habe keine Chance, auszusprechen, da Scott mich unterbricht.

»Ich kann mir mit ihr kein Zimmer teilen«, erklärt er ihr mit fester Stimme. »Sie ist eine Mitarbeiterin meiner Firma. Mein Vater hat das kurzfristig entschieden. Irgendwo muss es noch ein zweites Zimmer auf den Namen Baker, Hamilton & Miller geben.«

Die Frau presst die Lippen zu einer dünnen Linie zusammen, während sie ihren Blick kurz zu mir wandern lässt.

Wahrscheinlich erhofft sie sich ein weiteres Mal Unterstützung von mir, aber die kann ich ihr gerade nicht geben.

Um ihr verständlich zu machen, dass seine Worte stimmen, nicke ich kräftig.

»Ich schaue noch einmal«, erklärt sie schließlich.

Zögerlich wendet sie sich dem Bildschirm zu und tippt mit ihren langen Fingernägeln ein paar Buchstaben ein. Fast schon ängstlich hebt sie den Kopf und schüttelt ihn schließlich.

»Es tut mir leid«, murmelt sie. »So wie ich das hier sehe, gibt es nur dieses eine Zimmer.« Bei ihren Worten sinkt meine gute Laune, die ich gerade noch verspürt habe, in den Keller.

Ich kann nicht die nächsten Tage mit diesem Mann an meiner Seite überstehen ohne irgendeine Chance, mich zurückzuziehen.

Scott ist wie ein Wirbelwind, den man nur überstehen kann, wenn man zwischendurch wenigstens ein paar Minuten für sich hat, um sich zu sammeln und wieder klar denken zu können.

»Haben Sie noch ein freies Zimmer?«, fragt Scott die Rezeptionistin und schaut sie dabei wütend an. Ich spüre die Energie, die von ihm ausgeht. Er steht kurz vor einer Explosion. Auch seine angespannten Kiefer unterstreichen diese Beobachtung.

So sauer habe ich ihn bis jetzt nur ein einziges Mal gesehen.

Und das war an meinem ersten Tag, als ich ihn mit seinem Vater alleine in dem Büro gelassen habe.

»Es tut mir leid, wir sind komplett ausgebucht.«

»Ich bringe ihn um«, grummelt Scott, während er mir einen kurzen Blick zuwirft.

»Ich bin auch nicht begeistert davon«, erwidere ich mit fester Stimme. Er braucht gar nicht zu denken, dass er an mir seine schlechte Laune auslassen kann. Schließlich kann ich nichts dafür. Wenn, dann hat es sein Vater verbockt. Schließlich hatte er mir versichert, dass es bereits ein Zimmer für mich gibt. Scott reißt der armen Frau die Schlüssel aus der Hand und dreht sich herum. Ohne ein weiteres Wort von sich zu geben, geht er mit großen Schritten auf den Aufzug zu.

»Ich hoffe, dass Sie trotzdem einen angenehmen Aufenthalt hier haben werden«, murmelt die Dame hinter dem Tresen. »Falls Sie etwas brauchen, melden Sie sich bei mir. Ich wünsche Ihnen noch einen schönen Tag.« Bei ihren letzten Worten nickt sie in die Richtung, in die Scott gerade verschwunden ist.

Ja, er ist wieder sauer, und ob es ein schöner Tag werden wird, weiß ich nicht. Aber ich beschließe, dass ich mich später damit auseinandersetzen werde.

»Danke«, seufze ich. Bevor ich meinem Chef folge, lächle ich sie noch kurz an, schließlich kann die Frau nichts dafür. Da ich keine Ahnung habe, wo sich unser Zimmer befindet, haste ich Scott dann mit schnellen Schritten nach.

Ich bin mir darüber im Klaren, dass es eine Herausforderung wird, mir in den nächsten Tagen mit ihm ein Zimmer zu teilen. Und die Art und Weise, wie ich auf seine Nähe reagiere, ist da auch nicht sehr hilfreich.

Aber dennoch bin ich entschlossen es irgendwie zu schaffen.

Mal ganz davon abgesehen habe ich auch keine Wahl, schließlich wird er wohl kaum freiwillig in seinem Wagen schlafen, nur damit wir uns aus dem Weg gehen können.

8

〜∞〜

»Hören Sie«, beginne ich, nachdem ich mich zu Scott in den Aufzug gestellt habe und er die Taste für die sechste Etage gedrückt hat.

Mit einem fragenden Ausdruck in den Augen dreht er sich zu mir. Wenn ich nicht wüsste, dass er vor wenigen Sekunden noch sauer war und er seine Stimmung innerhalb von ein paar Sekunden ändern kann, würde er mir den Eindruck vermitteln, dass ihn das überhaupt nicht stört.

Aber ich weiß es besser, deswegen lasse ich mich nicht von ihm täuschen.

»Ich finde den Gedanken auch nicht klasse. Aber die Dame von der Rezeption dafür verantwortlich zu machen, ist nicht der richtige Weg«, erkläre ich ihm.

Langsam, fast schon in Zeitlupe, dreht er sich zu mir herum. Eine Weile schaut er mich an, ohne etwas zu sagen. Er ist mir so nah, dass seine Brust bei jedem Atemzug meine berührt. Seine harten Muskeln streifen über meine Brüste. Diese Berührung sorgt dafür, dass sich meine Brustwarzen ein Stück aufrichten und danach verlangen, von ihm berührt zu werden. Am liebsten würde ich mich an ihn lehnen und meinen Kopf an seine Schulter sinken lassen, aber das kann ich mir gerade noch verkneifen.

Er ist dein Chef, rufe ich mir den Grund dafür in Erinnerung, dass ich mir kein Zimmer mit ihm teilen sollte. Aber ein winziger Teil meines Körpers freut sich trotzdem darauf.

»Ich mache auch nicht die Frau dafür verantwortlich«, erklärt er in einem ruhigen Ton. »Dass es nicht ihre Schuld ist, ist mir durchaus klar. Ich mache meinen Vater dafür verantwortlich, dass ich in den nächsten Tagen keine ruhige Minute haben werde.«

Wie eine Blase, die zerplatzt, so löst sich auch die Anziehungskraft zwischen uns auf. In der einen Sekunde habe ich sie noch deutlich gespürt, in der nächsten ist sie weg.

An ihre Stelle tritt die Wut, die ich in den letzten Tagen so oft verspürt habe. Sie hält mir vor Augen, dass die ruhige Fahrt hierher nur ein Ausnahmezustand war.

»So, Sie werden also keine ruhige Minute haben?«, frage ich ihn und stemme dabei meine Hände in die Hüften. Meine Augen schießen Blitze in seine Richtung, so sauer bin ich auf ihn.

»Jeder weiß doch, dass Frauen nur am Quatschen sind«, antwortet Scott und zuckt dabei mit den Schultern.

Als ich ihm gerade um die Ohren hauen will, dass ich nicht diejenige bin, die immer wieder mit den Streitereien anfängt, öffnen sich die Türen des Fahrstuhls leise und geben den Blick auf einen hellerleuchteten Flur frei.

Aber keiner von uns bewegt sich. Stattdessen stehen wir noch eine Weile so dicht voreinander und lassen den anderen nicht aus den Augen.

Es ist ein seltsames Gefühl, ihm so nahe zu sein und zu wissen, dass ich es nicht darf.

»Ich bin keine Quatschtante«, flüstere ich schließlich und schaue ihm dabei unverwandt in die Augen.

In ihnen erkenne ich einen Hauch Belustigung, der aber sofort wieder verschwindet. »Ich lasse mich überraschen.« Mit diesen Worten entfernt er sich von mir und verlässt die Kabine.

Mit schnellen Schritten folge ich ihm den langen Flur entlang.

Es dauert eine Weile, bis er schließlich vor einer dunklen Tür stehen bleibt. Bevor er die Schlüsselkarte in das Schloss steckt, schaut er mich noch mal an, als würde er hoffen, dass es sich nur um einen Scherz oder einen Traum handelt und ich mich in Luft auflöse. Auch ich setze einen Blick auf – in der Hoffnung, dass er es mir abkauft – der ihm zeigen soll, dass ich genauso wenig mit diesen Umständen zufrieden bin wie er.

Vielleicht hat er aber auch nur Angst vor der Reaktion seiner Freundin. Dieser Gedanke trifft mich völlig unvorbereitet und wirft mich aus der Bahn.

Seitdem er vor meiner Tür stand und mich abgeholt hat, ist es das erste Mal, dass ich an sie denke.

»Oh Mann«, murmelt er wenige Sekunden später und öffnet die Tür. Nachdem sie leise aufgegangen ist, gibt sie den Blick auf das Zimmer frei, in dem wir die nächsten Tage wohnen werden.

»Es ist wunderschön«, kommt es mir über die Lippen, als ich einen Schritt hineingehe.

An den weißen Wänden hängen goldene Lampen, genauso wie an der Decke. Direkt neben der Eingangstür befindet sich ein großer Spiegel, in dem man sich komplett betrachten kann.

Langsam gehe ich weiter in das Zimmer hinein und finde mich in einem kleinen Wohnbereich wieder. Hier gibt es ein Sofa, einen Tisch, eine kleine Kommode und ein Fernseher, der an der gegenüberliegenden Wand hängt. Nur das Sofa sticht mit seinem schwarzen Farbton heraus.

Obwohl es nur spärlich eingerichtet ist und die nötigsten Gegenstände enthält, sieht man doch, dass die Inneneinrichter sich Mühe gegeben haben. Es sieht elegant und teuer aus und alles glänzt so sehr, dass ich mich beinahe darin spiegeln kann. Die Möbel sind in einem hellen Braun gehalten.

Ich bin so sehr von dem Anblick begeistert, dass ich gar nicht merke, wie Scott ebenfalls eingetreten ist und die Tür hinter sich geschlossen hat. Erst als ich ein leises Schnaufen hinter mir höre, drehe ich mich auf dem Absatz wieder zu ihm herum.

Er steht in dem Durchgang, hat sich an der Wand angelehnt und die Arme vor der Brust verschränkt, was dafür sorgt, dass seine muskelbepackten Arme noch mehr zur Geltung kommen.

Mit einem Blick, der dafür sorgt, dass meine Knie weich werden, beobachtet er jede meiner Bewegungen. In seinen Augen erkenne ich eine Wärme, die ich vorher noch nie an ihm gesehen habe. Aber ich muss zugeben, dass er so noch attraktiver aussieht, als es sonst eh schon der Fall ist.

»Was?«, frage ich ihn, da ich nicht weiß, wie ich seinen Blick deuten soll. Ich will nicht, dass er merkt, dass er mich verunsichert.

»Nichts«, antwortet Scott mir leise und schüttelt dabei den Kopf. »Sie können das Bett haben, ich schlafe freiwillig auf dem Sofa.«

Bei seinen Worten reiße ich überrascht die Augen auf und werfe ihm einen schuldbewussten Blick zu, da ich daran überhaupt nicht gedacht hatte. In den letzten Minuten war ich so damit beschäftigt gewesen, die Neuigkeiten zu verarbeiten, dass mein Gehirn noch gar keine Gelegenheit hatte an so etwas zu denken.

»Okay«, antworte ich deswegen nur, nachdem ich einen Moment geschwiegen habe, und gehe in die Richtung der einzigen Tür, die sich hier befindet.

Bevor ich sie öffne und in das andere Zimmer gehe, schaue ich ihn noch einmal an. Er sieht ein wenig verloren aus, wie er dort steht und die Hände in den Hosentaschen vergraben hat. Allerdings kann ich mir das bei ihm nicht vorstellen.

Scott ist selbstbewusst und nicht auf den Mund gefallen. Ich glaube kaum, dass er in dieser Situation mal wirklich nicht weiß, was er sagen soll.

Ich wende meinen Blick von ihm ab, öffne die Tür und trete in den nächsten Raum. Auch hier sind die Wände in Weiß gehalten. An den Decken hängen goldene Lampen, die den Raum in ein warmes Licht tauchen. Das riesige Bett, dass sich gegenüber der Tür befindet, nimmt fast das ganze Zimmer ein. Auf der rechten Seite steht der Kleiderschrank und auf der linken Seite befindet sich die Tür, von der ich vermute, dass sie ins Badezimmer führt.

»Mr. Baker?«, rufe ich ihn und hoffe dabei, dass er das Zimmer schon wieder verlassen hat. Ich habe keine Ahnung, wie er auf meinen Vorschlag reagieren wird, ich habe ja nicht einmal eine Ahnung, wie ich selbst darauf reagieren würde.

Aber ich will es zumindest versuchen.

»Was?«, kommt sofort seine abwesende Stimme und reißt mich aus meinen Gedanken.

Mit großen Augen, da ich nicht erwartet habe, dass er direkt hinter mir steht, fahre ich herum und starre ihn an. Um ihn besser betrachten zu können, muss ich meinen Kopf in den Nacken legen. Nicht zum ersten Mal in den letzten Minuten kommt er mir so nah, doch dieses Mal weiche ich nicht zurück. Ich bleibe stehen und hoffe, dass ich ihm so meinen Standpunkt klarmachen kann.

»Wir können uns auch abwechseln«, schlage ich ihm vor. »Eine Nacht schlafe ich in dem Bett und eine Nacht Sie.«

Für den Bruchteil einer Sekunde erkenne ich, dass er wirklich darüber nachdenkt. Sein Blick wandert zwischen mir und dem Bett hin und her. Doch als ich schon denke, dass er der Idee zustimmt, schüttelt er den Kopf.

»Ich glaube nicht, dass das eine gute Idee ist«, antwortet er. Mit diesen Worten dreht er sich wieder um und verschwindet aus meinem Sichtfeld.

Ein wenig perplex bleibe ich an der Stelle stehen und höre wie er wenige Sekunden später die Tür öffnet und Stimmen den Raum erfüllen. Doch genauso schnell ist wieder alles ruhig. Ich riskiere einen Blick um die Ecke und stelle erfreut fest, dass unsere Koffer da sind.

»Wann treffen wir uns mit dem Käufer der Firma?«, frage ich ihn und konzentriere mich dabei wieder auf den Grund unserer Reise.

Wenn ich mich in den nächsten Tagen hauptsächlich in die Arbeit stürze, wird es mir hoffentlich gelingen, mich genug von ihm und den Gefühlen, die er in mir freisetzt, abzulenken.

»Ich werde mich morgen zum Frühstück mit ihm treffen. Sie brauchen nicht dabei zu sein.« Während er spricht, greift er nach seinem Koffer, schmeißt ihn auf das schwarze Sofa und öffnet ihn. Als nächstes zieht er einen dunklen Anzug heraus und hängt ihn an den Schrank.

»Okay«, murmle ich etwas verlegen, da ich gedacht hatte, dass er mich mitnehmen würde, schließlich hatte sein Vater betont, dass ich die Zahlen überprüfen soll.

»Dabei geht es nur um ein paar Dinge, die wir vorab besprechen müssen«, erwidert er, da er meinen geknickten Tonfall wohl gehört hat.

»Alles klar«, erwidere ich nur und greife nach meinem Koffer, um ihn ebenfalls auszupacken.

Doch weit komme ich nicht.

»Melody«, dringt seine Stimme plötzlich so leise an mein Ohr, dass ich ihn kaum verstehen kann.

Überrascht darüber, dass er mich bei meinem Vornamen anspricht, drehe ich mich zu ihm um und ziehe dabei fragend eine Augenbraue nach oben.

Er steht noch immer an der gleichen Stelle und bedenkt mich mit einem Blick, als hätte er irgendeinen Mist gebaut, den er mir nun beichten müsste. Dabei war der Tag noch sehr ruhig, wenn ich an die letzten Zusammentreffen mit ihm denke.

»Ja?«, hake ich nach, als mir klar wird, dass er nicht von alleine weitersprechen wird.

Scott antwortet mir nicht sofort, sondern schaut mich durchdringend an. Atemlos öffne ich meinen Mund ein Stück, um nach Luft zu schnappen. In seinem Blick liegt auf einmal so viel Wärme, dass ich keine Ahnung habe, was ich davon halten soll. So von ihm angesehen zu werden fühlt sich merkwürdig an. Es stellt etwas mit mir an, was ich nicht benennen kann. Ich weiß nur, dass es da ist und das reicht schon, um meine Hormone verrücktspielen zu lassen.

Stumm kommt er ein paar Schritte näher, bleibt aber noch immer in einiger Entfernung stehen, obwohl ich ihn gerade näher bei mir spüren will.

»Ich muss noch ein paar Dinge erledigen«, beginnt er schließlich zögernd, als wäre er sich nicht sicher, wie ich auf seine Worte reagieren werde. »Aber wenn Sie wollen, können wir uns um sechs unten in der Lobby treffen und gemeinsam zu Abend essen.«

In diesem Moment hört die Welt auf sich zu drehen. Mir wird schwindelig. Ich bin froh darüber, dass ich noch immer den Griff meines Koffers in der Hand habe, da ich sonst wahrscheinlich umkippen würde. Es fühlt sich an, als würde ich im falschen Zimmer stehen oder mit dem falschen Mann sprechen, obwohl er wie Scott aussieht und ich den Raum seit unserer Ankunft nicht verlassen habe. Trotzdem bin ich mir sicher, dass diese Worte unmöglich aus seinem Mund gekommen sein können.

Ist das sein Ernst?, frage ich mich mehrmals, während ich ihn nicht aus den Augen lasse. Das kann er nicht wirklich so gemeint haben.

Doch er verzieht keine Miene, während er auf eine Antwort von mir wartet.

Freude macht sich in meinem Körper breit, die ich ihm gerne zeigen würde, aber ein Teil von mir ist vorsichtig. Ich habe Angst, dass er mir nur wieder einen seiner Sprüche an den Kopf knallt, da er sich einen Spaß daraus machen will.

Doch in der nächsten Sekunde sehe ich, wie er immer nervöser wird. Er scheint wirklich auf eine Antwort zu warten und dabei Angst davor zu haben, dass ich *Nein* sage.

Ich muss zugeben, dass ich schon ein wenig neugierig bin. Wie könnte ich das auch nicht sein, wenn ich von einem Mann wie Scott gefragt werde, ob ich den Abend mit ihm verbringen will?

Also beschließe ich, dass ich das Risiko eingehe.

»Ja … gerne …«, stottere ich schließlich.

Ich habe noch nicht ganz ausgesprochen, als sich bereits ein glücklicher Ausdruck auf sein Gesicht legt. Das Strahlen erreicht seine Augen, was mir wiederum ein kleines Lächeln entlockt.

Einige Sekunden stehe ich unschlüssig in der Tür. Ich habe keine Ahnung, ob ich noch etwas sagen oder einfach gehen soll.

Mir liegt die Frage auf der Zunge, wieso er den Abend mit mir verbringen will, wenn er mich doch so ätzend findet. Daraus hat er schließlich in den letzten Tagen kein Geheimnis gemacht. Doch ich bringe die Worte nicht über meine Lippen.

»Ich werde mal meine Sachen auspacken«, flüstere ich, nachdem auch Scott nicht so aussieht, als würde er noch etwas sagen wollen.

»Okay, wir sehen uns dann später«, stimmt er zu und geht dabei einen Schritt nach hinten.

»Ja«, antworte ich ihm, drehe mich um und ziehe meinen Koffer hinter mir her auf die Schlafzimmertür zu.

»Melody?«, höre ich seine fragende Stimme in dem Moment, in dem ich in den benachbarten Raum gehen will.

Ich sage nichts, drehe mich aber ein letztes Mal ein Stück zu ihm um.

»Ich freue mich«, fügt er noch hinzu.

Sein Anblick und seine Worte sorgen dafür, dass mein Verstand aussetzt und mein Körper die Führung übernehmen will. Ich muss mit mir kämpfen, damit ich nicht zu ihm gehe und meine Arme um seinen Körper schlinge.

Er sieht so verlassen aus, wie er dort steht und mich beobachtet, dass ich mich unweigerlich frage, wer er wirklich ist. Denn ich habe den Verdacht, dass er anders ist, als die meisten es denken.

Aber heute Abend bekomme ich die Chance es zu erfahren.

»Ich mich auch«, antworte ich ihm und gehe ins Schlafzimmer.

Kaum habe ich die Tür hinter mir geschlossen, entweicht mir der Atem, den ich in den letzten Sekunden angehalten hatte. Während ich gegen das kühle Holz sinke, versuche ich mein schnell schlagendes Herz unter Kontrolle zu bekommen.

Aber bei der Aussicht auf das, was in wenigen Stunden sein wird, will mir das nicht gelingen.

Ist das ein Date?, frage ich mich, obwohl ich die Antwort darauf genau kenne.

Es ist kein Date!

Er ist mein Chef, und alleine aus diesem Grund wird das nie ein Date werden. Davon abgesehen benimmt er sich die meiste Zeit des Tages wie ein Arsch und das ist ein Grund, wieso ich kein Date mit ihm haben will!

Aber all das ändert nichts daran, dass es sich wie ein Date anfühlt.

Ein Date, auf das ich mich freue.

Um mich auf andere Gedanken zu bringen, gehe ich zum Bett, greife nach meiner Tasche und ziehe das Handy heraus.

Wir sind da!

Schnell tippe ich die drei Wörter ein und schicke sie an meine Schwestern. Da wir einen Gruppenchat haben, erspart mir das, ihnen alles doppelt berichten zu müssen.

Und? Wie war die Fahrt? Hast du dein Zimmer schon gesehen? Hat Knackarsch noch etwas gesagt?

Obwohl Brooke mir so viele Fragen geschickt hat, kann ich meinen Blick nicht von einem Wort nehmen.

Knackarsch?

Schnell schicke ich die Nachricht ab. Ich habe keine Ahnung, wie sie auf den Namen kommen, aber ich habe bereits einen Verdacht.

Oma ist von seinem Hinterteil total begeistert.

Bei den Worten von Brooke muss ich lächeln, da sich meine Vermutung bestätigt hat.

Die Fahrt war ruhig. Ich stehe gerade in meinem Zimmer.

Während ich auf eine Antwort warte, werfe ich das Handy auf die Decke und lege meinen Koffer daneben, um ihn auszupacken. Doch weit komme ich nicht, da in der nächsten Sekunde mein Telefon klingelt. Als ich einen Blick darauf werfe, erkenne ich, dass Brooke mich anruft.

»Hi«, begrüße ich sie, nachdem ich das Telefonat angenommen habe und mir das Gerät zwischen Schulter und Kopf geklemmt habe.

»Ich stell dich auf Lautsprecher. Haley sitzt neben mir. Sie will auch alles wissen«, erwidert sie sofort, ohne mich ebenfalls zu begrüßen.

»Und wir meinen auch alles«, ertönt nun die Stimme von meiner ältesten Schwester aus dem Hintergrund.

»Da gibt es nicht viel zu berichten«, weiche ich aus. Ich habe keine Ahnung, wie sie auf die Neuigkeiten reagieren würden, dass ich mir mit ihm ein Zimmer teile. Wenn ich allerdings ehrlich zu mir selber bin, dann will ich es gar nicht wissen. Diesen Punkt würde ich am liebsten für mich behalten.

Doch als ich im nächsten Augenblick höre, wie die Zimmertür geöffnet und wenige Sekunden später wieder geschlossen wird, kommen die Worte wie von alleine über meine Lippen. Dabei lasse ich nichts aus. Ich erzähle den beiden sogar, wie er mich angesehen hat, als er mich gefragt, ob wir den Abend gemeinsam verbringen wollen.

»Und was ist mit dir?«, fragt Haley mich, nachdem ich geendet habe.

»Was meinst du?«

»Ich habe dich heute Morgen ein wenig beobachtet«, berichtet sie mir, als müsste ich genau wissen, worauf sie hinauswill. Und leider weiß ich das sogar. Allerdings will ich nicht daran denken.

»Und?«, erkundige ich mich trotzdem, nachdem es kurz still in der Leitung war.

»Du reagierst auf ihn. So nervös habe ich dich nicht einmal bei einem deiner Exfreunde gesehen«, erklärt sie, als wäre es das Normalste auf der Welt.

Ich bin froh darüber, dass sie mich nicht sehen können, denn ich bin mir sicher, dass die Art und Weise, wie ich nun den Kopf hängen lasse, ihnen Antwort genug wäre. Seufzend fahre ich mir mit der freien Hand übers Gesicht.

»Dein Schweigen nehme ich mal als stilles Einverständnis«, schlussfolgert nun Brooke, die sich in den letzten Minuten ein wenig zurückgehalten hatte.

»Es ist komisch«, gebe ich zu. »Es gibt mehr als einen guten Grund dafür, dass ich so etwas nicht fühlen darf. Zum einen ist er der Sohn meines Chefs. Ich will das hier nicht versauen, nur weil ich nichts anderes mehr wahrnehme, sobald er in meiner Nähe ist. Zum anderen ist er nicht gerade für seine Freundlichkeit bekannt. Wenn herauskommt, dass ich mir mit ihm ein Zimmer teilen musste, dann werde ich im Büro einiges zu hören bekommen. Vor allem, weil er dort sogar einen Fanclub hat.« Bei meinen letzten Worten erscheint das Bild von den Frauen vor meinem inneren Auge, die Claire mir gezeigt hatte.

»Das geht doch niemanden etwas an«, gibt Brooke von sich. Im Stillen muss ich ihr recht geben, trotzdem habe ich die Befürchtung, dass es irgendwie ans Licht kommt, obwohl ich mir sicher bin, dass Maria diejenige ist, die die Abrechnung von dieser Reise macht.

»Ich gebe zu, dass es gute Argumente sind, aber er hat dich heute Abend zum Essen eingeladen und du hast zugesagt«, wirft Haley ein.

»Das war eine Kurzschlussreaktion. Es war eine blöde Idee, zuzustimmen. Nach spätestens zehn Minuten werden wir uns gegenseitig fertigmachen«, werfe ich ein.

»Wir lassen uns mal überraschen«, erwidert nun Haley und zeigt mir so, dass sie meinen Worten nicht glaubt.

Am liebsten würde ich den beiden die Zunge rausstrecken,

aber da sie mich eh nicht sehen können, spare ich es mir. Stattdessen seufze ich leise.

»Mal nicht den Teufel an die Wand. Vielleicht wird es doch ein schöner Abend.«

Hoffentlich, denn ich würde gerne ein paar schöne Stunden mit ihm verbringen.

»Ich muss jetzt auflegen. Wir telefonieren die Tage noch«, entgegne ich.

»Viel Spaß noch und melde dich, wenn etwas ist«, erklärt Brooke.

»Werde ich machen. Wir sehen uns.« Mit diesen Worten verabschiede ich mich von meinen Schwestern und lasse das Telefon neben mir auf die Matratze sinken.

»Scheiße«, murmle ich leise und meine damit die gesamte Situation. Aber vor allem, dass ich mich auf diese Verabredung eingelassen habe, obwohl ich nicht einmal weiß, worüber ich mit ihm sprechen soll.

Da ich plötzlich den Wunsch verspüre, das Zimmer zu verlassen stehe ich auf, greife nach meiner Tasche und verschwinde. In diesem Moment muss ich hier raus, um mich auf andere Gedanken zu bringen.

Die nächsten drei Stunden verbringe ich damit, mir das Hotel und die Umgebung ein wenig anzusehen. Im Außenbereich entdecke ich sogar eine riesige Poolanlage mit Rutsche, Tunnel und einem Wasserfall. Schnell stelle ich mich davor und lächle in die Kamera meines Handys, um ein Selfie zu machen, das ich dann meinen Schwestern schicke. Es dauert nur wenige Sekunden, bis die Antwort von Haley kommt.

Ich bin neidisch.

Obwohl San Diego eine Großstadt ist wie Los Angeles, ist es schön hier. Die Stadt hat ihre eigenen Charakterzüge, die dafür sorgen, dass man sich hier auf Anhieb wohlfühlt.

Um kurz vor sechs betrete ich die Lobby und mache dabei ein paar Atemübungen, um meine Nervosität in den Griff zu bekommen. Nicht zu wissen, was mich erwartet und vor allem, welche Laune er haben wird, trägt nicht zu meiner Beruhigung bei. Seine Laune ist sprunghaft, weswegen sie in der einen Sekunde noch super sein kann und in der nächsten schon wieder explosiv. Deswegen mache ich mich aus reinem Selbsterhaltungstrieb auf das Schlimmste gefasst.

Überall stehen kleine Grüppchen von Geschäftsleuten oder Freunden, die sich angeregt unterhalten und überhaupt nicht auf mich achten.

Während ich durch die Halle schreite, schaue ich mich nach Scott um. Hinter dem Brunnen entdecke ich ihn. Er sitzt auf einem Stuhl und liest in einer Zeitschrift. Trotzdem hebt er zwischendurch seinen Kopf und lässt seinen Blick durch die Menge gleiten.

Instinktiv weiß ich, dass er nach mir Ausschau hält. Doch da ich hinter einer Pflanze stehe, kann er mich nicht entdecken.

Nachdem er seine Aufmerksamkeit wieder auf den Artikel gerichtet hat, setze ich mich wieder in Bewegung. Mit jedem Schritt, den ich mich ihm nähere, werde ich nervöser.

Ich bin aufgeregt, das kann ich nicht leugnen. Allerdings versuche ich es wenigstens etwas zu mindern, indem ich mir vor Augen halte, dass es nur ein Essen ist. Ein Essen zwischen Angestellter und Vorgesetztem.

Es ist kein Date oder sonst etwas, was über eine geschäftliche Beziehung hinausgeht. Nur ein Essen mit meinem Chef!

»Mr. Baker«, begrüße ich ihn und bleibe stehen, nachdem mich nur noch wenige Schritte von ihm trennen.

Augenblicklich hebt Scott seinen Blick und lässt dabei die Zeitschrift sinken.

»Ms. Brown«, empfängt er mich mit freundlicher Stimme, die dafür sorgt, dass all meine Zweifel und Ängste von einer Sekunde auf die andere verschwinden.

Langsam lächle ich ihn vorsichtig an.

»Ich hoffe, ich komme nicht zu spät«, erwidere ich, obwohl ich weiß, dass ich eigentlich ein paar Minuten zu früh bin. Aber ich weiß nicht, was ich sonst sagen soll.

Diese Situation ist merkwürdig und geheimnisvoll zugleich.

Ohne etwas zu sagen steht er auf. Ich spüre seine Blicke auf meinem Körper, als er sich mir nähert. Jeden Zentimeter begutachtet er und sorgt auf diesem Weg dafür, dass mir heiß wird. Plötzlich kommt es mir so vor, als würde ich in Flammen stehen. Meine Brustwarzen richten sich auf und sehnen sich nach seinen Berührungen. Jeder Körperteil von mir will von ihm berührt und geküsst werden. Meine Atmung geht langsamer und mein Kopf ist wie leergefegt.

Ein paar Zentimeter von mir entfernt bleibt er stehen.

»Sie sehen gut aus«, macht er mir ein Kompliment, nachdem er mein weißes Kleid gemustert hat. Dazu habe ich mich für weiße High Heels entschieden, damit ich mir nicht ganz unterlegen vorkomme, was aber nichts daran ändert, dass er noch immer ein gutes Stück größer ist als ich. Die Haare habe ich offen gelassen, so dass sie mir über die Schultern fallen.

Bei seinen Worten schnappe ich überrascht nach Luft. Es ist zwar nicht das erste Mal, dass ich ein Kompliment von einem Mann bekomme, aber nach allem, was zwischen uns vorgefallen ist, habe ich nicht erwartet, so etwas aus seinem Mund zu hören. Seine Worte werfen mich so sehr aus der Bahn, als hätte meine Mutter Begriffe wie sexy oder Sex in den Mund genommen.

»Danke«, flüstere ich, nachdem ich meine Sprache wiedergefunden habe, da ich nicht in der Lage bin, lauter zu sprechen.

In der nächsten Sekunde greift er nach meiner Hand, und ein Stromschlag durchfährt mich.

Bei dieser eigentlich normalen Berührung kommen mir wieder die Worte meiner Schwester in den Sinn.

Du reagierst auf ihn.

Ja, das tue ich, obwohl ich das eigentlich nicht sollte.

Meine Haut kribbelt an der Stelle, an der wir uns berühren. Aus dem Augenwinkel beobachte ich ihn, doch er scheint nichts davon zu spüren.

»Kommen Sie«, fordert Scott mich auf und setzt sich zusammen mit mir in Bewegung. Hand in Hand gehen wir gemeinsam die Treppen hoch, die zu dem Restaurant führen, zu dem auch der Balkon gehört, den ich bei unserer Ankunft schon gesehen habe.

Nachdem wir oben angekommen sind, gehen wir über einen schwarzen Teppich auf eine große Glastür zu, die sich auf der rechten Seite befindet. Scott hält sie mir auf und gemeinsam treten wir hindurch. Ich finde mich in einem kleinen, aber elegant eingerichteten Raum wieder.

Links von uns befindet sich eine kleine Sitzgruppe, während sich auf der rechten Seite eine weitere Glastür befindet, die aber mit schwarzen Mustern verziert ist, die einen daran hindern, ins Innere des anderen Raumes zu schauen. Vor uns befindet sich ein kleiner Empfangstresen, hinter der ein Mann sitzt.

»Ich habe einen Tisch reserviert, auf den Namen Baker«, erklärt er dem Mann, nachdem er ihn auf uns aufmerksam gemacht hat.

»Sicher, einen Moment bitte.« Es dauert ein paar Sekunden, aber schließlich hat der Mann den Namen in seinem Computer eingegeben und steht auf.

»Folgen Sie mir«, erklärt er und geht voraus. Scott legt mir seine Hand auf den Rücken und bedeutet mir, dass ich zuerst gehen soll.

Dicht gefolgt von Scott gehe ich auf den Tisch in der hintersten Ecke zu, vor dem nun der Kellner auf uns wartet.

Während ich mir einen Weg an den Tischen vorbei suche, schaue ich mich um.

Die Wände sind in einem gemütlichen Beige gestrichen und die Fliesen sind schwarz. An den Decken hängen große Lampen, die den Raum hell erstrahlen lassen. Tische in verschiedenen

Größen stehen so im Raum verteilt, dass man noch genug Privatsphäre hat.

Als ich sehe, dass sich in der unmittelbaren Nähe unseres Tisches kein anderer befindet, schnappe ich nach Luft und beiße mir auf die Lippen.

Dort haben wir unsere Ruhe!

»Alles in Ordnung?«, fragt Scott mich, nachdem er mich kurz aufmerksam angesehen hat.

»Mir geht es gut«, antworte ich ihm. Ich will mir nicht ansehen lassen, was mir gerade noch durch den Kopf gegangen ist. Aber wahrscheinlich verrät mich mein Gesichtsausdruck.

Für den Bruchteil einer Sekunde betrachtet er mich. Schnell gehe ich weiter bis zu unserem Platz.

»Danke«, wendet Scott sich an den Mann.

Der Kellner zieht mir den Stuhl zurecht, so dass ich mich hinsetzen kann. Kaum hat mein Hintern den weichen Stoff berührt, zieht Scott sich seinen Stuhl ebenfalls zurück und lässt sich darauf sinken.

»Ich spüre, dass Sie etwas auf dem Herzen haben«, sagt er in einem verspielten Ton und lässt dabei wieder seinen Blick auf mir ruhen. Kurz überlege ich, ob ich es ihm wirklich sagen soll, doch dann entscheide ich mich dagegen. Er braucht nicht zu wissen, wie es in mir drinnen aussieht.

»Es ist wirklich nichts«, wende ich ein und hoffe, dass er nicht weiter nachfragt. Für einen kurzen Augenblick sieht Scott so aus, als würde er darüber nachdenken, noch etwas einzuwenden, doch dann schüttelt er den Kopf.

»Okay«, murmelt er so leise vor sich hin, dass ich ihn kaum verstehen kann. Er scheint nicht wirklich überzeugt von meiner Antwort, aber ich bin froh, dass er nachgibt.

Ein paar endlose Sekunden ist es ruhig zwischen uns.

»Ich habe darüber nachgedacht, was Sie neulich zu mir gesagt haben«, fährt er schließlich fort und reißt mich aus meinen Gedanken.

Bei seinen Worten schaue ich ihn fragend an, obwohl ich eine Befürchtung habe, was genau er meint.

»Als Sie meinten, dass ich unfreundlich bin«, hilft er mir sofort auf die Sprünge.

Da ich nicht weiß, worauf diese Unterhaltung hinausläuft, ziehe ich es vor zu schweigen. Stattdessen schaue ich ihn an, während ich in meinem Kopf nach einem möglichen Grund dafür suche, dass er jetzt damit anfängt. Aber mir fällt keiner ein, und um ehrlich zu sein hatte ich gehofft, dass es nicht zur Sprache kommt.

»Sie haben recht gehabt«, flüstert er. »Die meiste Zeit bin ich nicht sehr freundlich.«

Wie von alleine öffnet sich mein Mund, da ich etwas erwidern will. Doch ich habe nicht die Chance, auch nur einen einzigen Ton von mir zu geben, da er bereits weiterredet.

»Und deswegen möchte ich mich bei Ihnen dafür entschuldigen, dass ich Sie so angefahren habe, nachdem Sie in mich hineingelaufen sind. Mir ist klar, dass so etwas passieren kann. Aber ich hatte an dem Morgen schon ein paar Nachrichten bekommen, die dafür gesorgt haben, dass meine Laune nicht die beste war.«

Ungläubig starre ich ihn an. Seine Worte sind klar und deutlich zu verstehen, trotzdem fühlt es sich an, als würde ich träumen. Ich kenne ihn noch nicht lange, aber in dieser kurzen Zeit hat er nicht den Eindruck auf mich gemacht, als würde er sich jemals entschuldigen. Egal bei wem.

Umso mehr verwundert es mich nun, dass er das bei mir getan hat.

»Das entschuldigt zwar nicht die anderen Male, aber ich hoffe, dass Sie meine Entschuldigung annehmen«, fährt er fort, nachdem es eine Weile ruhig am Tisch war.

»Ja … klar«, stottere ich, da die Wörter in meinem Kopf herumschwirren und dabei keinen Sinn mehr ergeben.

Ich erkenne die Erleichterung, die ihn bei meinen Worten lockerer werden lässt.

»Ihre Schwestern müssen denken, dass ich ein totaler Arsch bin, nachdem ich auch sie so angegangen bin.«

»Vielleicht ein bisschen, aber Sie müssen wissen, dass die beiden ein dickes Fell haben«, flüstere ich und halte dabei meinen Daumen und meinen Zeigefinger ein Stück auseinander. Von dem Spitznamen, den er von meiner Großmutter bekommen hat, erzähle ich ihm lieber nichts.

Ein dunkles und gefährliches Lachen dringt aus seiner Kehle, das schlagartig dafür sorgt, dass sich eine Gänsehaut auf meinem Körper bildet. Dieser Mann hat eine derartige Wirkung auf mich, dass ich ihm wahrscheinlich alles verzeihen würde. Aber ich muss zugeben, dass seine Entschuldigung auch irgendwie süß war. Man hat gemerkt, dass er keine Übung darin hat und sich deswegen unsicher war, wie er es anstellen soll.

»Das habe ich mir schon gedacht.«

»Kann ich Ihnen schon mal etwas zu trinken bringen?«, fragt die Kellnerin, die zu uns an den Tisch getreten ist, und reicht uns dabei die Karten.

Erschrocken, da ich sie nicht bemerkt habe, drehe ich meinen Kopf in ihre Richtung und schaue sie an.

»Wir nehmen zwei Gläser Champagner und zwei Gläser Wasser«, antwortet Scott und lächelt sie dabei freundlich an.

Angezogen von seiner Stimme dreht sie ihren Kopf in seine Richtung. Ich erkenne den Moment genau, in dem ihr seine Attraktivität bewusst wird. Ihre Augen werden groß und ihr Gesicht rötet sich leicht. Die Art und Weise, wie sie ihn ansieht, lässt mich sauer werden, obwohl es mir eigentlich egal sein kann.

Scott hingegen beachtet sie nicht mehr als nötig und wendet sich wieder an mich, nachdem er die Bestellung aufgegeben hat.

»Sicher«, erklärt sie mit einem strahlenden Lächeln auf dem Gesicht.

Wahrscheinlich erhofft sie sich, dass Scott sie noch einmal ansieht, doch der nimmt seinen Blick nicht von mir.

Ein wenig beleidigt darüber, dass er ihr nicht mehr Aufmerksamkeit geschenkt hat, dreht sie sich um und verschwindet.

Aber diese Szene hat mir auch vor Augen geführt, dass ich nicht die einzige Frau bin, die so auf ihn reagiert. Und auch, wenn er in diesem Moment all seine Aufmerksamkeit mir geschenkt hat, bin ich mir doch sicher, dass es nicht immer so sein wird.

Es ist in vielerlei Hinsicht falsch, dass ich mich in seiner Gegenwart so geborgen und sicher fühle.

»Darf ich Sie etwas fragen?«

»Sicher«, antworte ich ihm.

»Ich gebe zu, dass ich neugierig war und mir deswegen Ihr Abschlusszeugnis angesehen habe. Sie waren eine der besten Absolventinnen in Ihrem Jahrgang. Was hat Sie dazu bewogen, den Job in der Kanzlei meines Vaters anzunehmen? Ich meine, Sie hätten etwas viel Besseres finden können, mit besseren Arbeitszeiten. Gute Angestellte für die Buchhaltung werden immer gesucht.«

Obwohl ich damit gerechnet hatte, dass ich irgendwann diese Frage gestellt bekomme, bin ich doch ein wenig überrascht darüber. Eigentlich hatte ich nämlich gedacht, dass einer meiner Kollegen oder meiner Chefs mich das fragen würde und nicht Scott.

»Ich hatte keine Wahl«, entgegne ich und weiche dabei seinem Blick aus. Eigentlich will ich nicht über dieses Thema sprechen, aber ich habe das Gefühl, dass Scott nicht locker lassen wird, solange ich ihm nicht geantwortet habe.

Mit einem durchdringlichen Blick sieht er mich an, als würde er herausfinden wollen, ob noch mehr dahintersteckt, und das ist sogar der Fall.

»Während des Studiums habe ich mir meine Wohnung mit einer anderen Studentin geteilt«, beginne ich und spiele dabei mit den Fingerspitzen an der Serviette herum, die vor mir liegt. »Nachdem sie ihren Abschluss gemacht hat, hat sie allerdings

L. A. verlassen und mich mit den Kosten der Wohnung allein gelassen.«

»Lassen Sie mich raten: Sie hat es Ihnen sehr kurzfristig gesagt.«

»Ja, so kann man es auch ausdrücken.« Tatsächlich war es so gewesen, dass sie selber es schon eine ganze Weile gewusst hatte, aber Angst davor gehabt hatte, es mir zu sagen. Stattdessen ist sie eine Woche vor ihrem Umzug mit der Wahrheit herausgerückt und hat mir somit keine Zeit mehr gelassen, nach jemand anderem Ausschau zu halten. »Ich hatte also die Wahl, entweder ich finde schnell einen Job, oder ich ziehe wieder zu meinen Eltern.«

Nachdem ich geendet habe, zucke ich mit den Schultern. Für mich und andere Studenten sind das ganz normale Probleme. Allerdings wahrscheinlich nicht für ihn. Scott kommt aus einem Elternhaus, in dem Geld sicherlich nie ein großes Problem war.

Seinem Vater gehört schon seit Jahren die Kanzlei und seine Mutter ist Chefärztin.

Trotzdem verzieht er das Gesicht, als könnte er meine Entscheidung verstehen.

»Mein Vater war also der Erste, der Ihnen eine Zusage gegeben hatte?«

Da in diesem Moment die Kellnerin zurück an den Tisch kommt und die Getränke vor uns abstellt, nicke ich nur.

»Haben Sie sich schon für etwas entschieden?«, fragt sie, wobei ihr Blick an dem Mann festklebt, der Frauenherzen höher schlagen lässt.

»Was können Sie uns denn empfehlen?«

»Das Hähnchen, mit gebackenen Kartoffeln und gedünstetem Gemüse«, antwortet sie ihm, ohne lange darüber nachzudenken.

»Dann nehmen wir das zweimal, wenn das in Ordnung für Sie ist«, wendet er sich an mich.

»Ja, gerne«, erwidere ich ein wenig schüchtern und lächle die Kellnerin freundlich an.

»Also bitte zweimal das Hähnchen«, weist Scott die Bedienung an.

»Ich glaube, Sie haben einen neuen Fan«, sage ich, nachdem die Kellnerin wieder verschwunden ist.

Kaum sind mir die Worte über die Lippen gekommen, würde ich sie am liebsten zurücknehmen. Ich habe keine Ahnung, wieso ich das gesagt habe, es ist mir einfach so herausgerutscht.

»Kann sein«, entgegnet er nur mit einer Gleichgültigkeit in der Stimme, die ich ihm nicht abkaufe. Es scheint fast so, als würde ihn das nicht interessieren, aber ich bin mir sicher, dass Männer wie Scott Baker es genau darauf anlegen. Sie wollen von Frauen angehimmelt werden.

Während des Essens erzählt er mir mehr über die Firma, die der Grund für unsere Reise ist. Er berichtet mir, dass es sich hierbei um eine Modefirma handelt, die von einer größeren Kette übernommen werden soll.

Wir lachen viel und haben Spaß. Er zeigt mir eine Seite an sich, die nichts mit dem Mistkerl zu tun hat, den alle im Büro kennen. Ich lerne einen Scott kennen, von dem ich mir sicher bin, dass keiner meiner Kollegen auch nur ahnt, dass es ihn gibt. Aber dieser Mann ist ein Mensch, zu dem ich mich noch mehr hingezogen fühle.

Nach dem Essen setzen wir uns noch vor das Hotel, trinken ein Glas Wein und unterhalten uns weiter, als würden wir uns seit Jahren kennen. Dabei vergessen wir fast die Zeit.

»Danke für den Abend«, flüstere ich, als wir fünf Stunden später in unserem Zimmer stehen.

»Es freut mich, dass es Ihnen gefallen hat«, erklärt er mir, während er mich keine Sekunde aus den Augen lässt.

In meinem Kopf überschlagen sich die Gedanken. Ich möchte ihm die Arme um den Hals schlingen und ihn küssen. Ich will von ihm berührt werden und wissen, dass er nur mich will.

Aber mir ist klar, dass das niemals der Fall sein wird, schließlich hat er eine Freundin.

Bei dem Gedanken an die Frau, die ich zusammen mit ihm in dem Bistro gesehen habe, zucke ich zusammen. Ich habe den Abend mit ihm so sehr genossen, dass ich gar nicht mehr an die Person gedacht habe, die eigentlich an seine Seite gehört.

Sofort bekomme ich ein schlechtes Gewissen und werde das Gefühl nicht mehr los, dass ich sie hintergangen habe.

»Ich werde mich dann mal hinlegen, damit ich morgen fit bin«, flüstere ich schnell und mache Anstalten, an ihm vorbei zu gehen. »Gute Nacht.«

Mit langsamen Schritten gehe ich auf die Tür des Schlafzimmers zu und wünsche mir dabei nichts sehnlicher, als dass er mich aufhält. Selbst wenn es nur darum geht, dass er sich einfach noch etwas länger mit mir unterhalten will. Aber in Anbetracht der Tatsache, dass ich diesen Abend schon zu sehr genossen habe und er vergeben ist, schiebe ich den Wunsch schnell wieder zur Seite.

Ganz davon abgesehen was ich mir wünsche, tut er es auch nicht. Stattdessen höre ich ihn leise *Gute Nacht* flüstern, bevor ich durch die Tür in mein Zimmer verschwinde. Ohne stehen zu bleiben gehe ich ins Bad und ziehe mir dabei meine Sachen aus, die ich achtlos zur Seite werfe.

Sie sind im Schlafzimmer und im Bad verteilt, aber das ist mir egal.

Ich brauche eine Abkühlung, denke ich und trete in die große Duschkabine. Kaum habe ich die dünne Kunststofftür hinter mir geschlossen, stelle ich das Wasser an.

Als mich der kalte Strahl trifft, schnappe ich erschrocken nach Luft. Es dauert ein paar Sekunden, bis es endlich warm wird und die Muskeln in meinem Körper anfangen, sich zu entspannen. Doch das warme Wasser kann nichts gegen das Chaos ausrichten, dass Scott in den letzten Stunden in mir ausgelöst hat.

Für einige Minuten stehe ich einfach reglos darunter und lasse es mir über den Kopf fließen.

9

Erschrocken reiße ich meine Augen auf, als ich leise Atemgeräusche höre, die nicht zu mir gehören. Ruckartig drehe ich mich herum. In der nächsten Sekunde schnappe ich geschockt nach Luft und stütze mich mit der rechten Hand an den Fliesen ab, um nicht zu fallen.

Ungläubig über den Anblick, der sich mir bietet, kneife ich die Augen zusammen. Doch an dem Bild vor meinen Augen ändert sich nichts.

Vor mir steht Scott!

Es dauert ein paar Sekunden, bis ich realisiere, dass ich mit meinem Chef unter der Dusche stehe. Doch als ich es endlich verarbeitet habe, greife ich nach dem Handtuch, das über der Duschkabine hängt und halte es mir vor den Körper.

Unbeeindruckt über meine Reaktion steht er noch immer an der gleichen Stelle und betrachtet mich mit einem dunklen Blick. Diesen habe ich in den letzten Jahren schon ein paar Mal gesehen, aber bei ihm wirkt er noch gefährlicher und verheißungsvoller als bei anderen Männern.

Scott befindet sich nur zwei kleine Schritte von mir entfernt und schaut mir in die Augen. Ich weiß nicht, wie lange wir uns so gegenseitig anstarren, aber es kommt mir vor wie eine Ewigkeit. Ich höre das Rauschen des Wassers und spüre, wie es auf meiner Haut landet und an meinem Körper hinabfließt. Ich spüre das nasse Handtuch, das an mir klebt. Dass er ebenfalls keine Klamotten trägt, nehme ich nur noch am Rande wahr.

Ich will ihn gerade fragen, was er hier macht, schließlich muss er doch gehört haben, dass das Wasser läuft, als er einen Schritt nach vorne macht und seine Lippen auf meine drückt. Seine Hände fahren über meinen nassen Hals, meine Schultern und schließlich über meine Arme. Als er meine Hände in seinen hält, drückt er sie sanft.

Zärtlich streicht er mit der Zunge über meine Lippen und bittet so um Einlass. Bereitwillig öffne ich meinen Mund. Sofort beginnt seine Zunge einen Tanz mit meiner, der dafür sorgt, dass sich meine Brustwarzen schmerzhaft aufrichten und ich mir nur mit Mühe ein Stöhnen verkneifen kann.

Es dauert eine Weile bis ich realisiert habe, was wir hier machen, doch dann entferne ich mich atemlos von ihm.

»Was …?«, beginne ich, doch als sein Blick mich trifft, habe ich keine Ahnung mehr, was ich ihn überhaupt fragen wollte, und schließe den Mund wieder. In diesem Moment bin ich froh, dass ich meinen eigenen Namen noch kenne und weiß, wo wir uns befinden.

Scott steht vor mir, als wäre er ein kleines Kind, was gerade Ärger bekommen hat. »Ich wollte das alles nicht«, flüstert er so leise, dass seine Worte in dem Rauschen des Wassers fast untergehen.

Noch bevor ich die Gelegenheit habe, etwas zu erwidern, streckt er seine Hand nach mir aus und wischt eine nasse Haarsträhne aus meinem Gesicht.

Ein Schauer fährt mir bei dieser leichten Berührung über den Körper und mein Blick senkt sich ein wenig, da ich ihm gerade nicht in die Augen schauen kann.

Ich muss in diesem Moment einen kühlen Kopf bewahren, bevor noch mehr passiert, was wir beide spätestens morgen früh bereuen würden.

»Würden Sie bitte Platz machen, damit ich die Dusche verlassen kann?«, frage ich ihn, obwohl mir die Worte nur schwer über die Lippen kommen.

Scott macht keine Anstalten, sich auch nur ein Stück zu bewegen. Durchdringend schaut er mich an. Ich kann den inneren Kampf in seinen Augen erkennen, aber ich habe keine Ahnung, worum es dabei geht.

»Du verstehst das falsch«, murmelt er und fährt sich dabei verzweifelt durch die Haare.

»Was verstehe ich falsch?«, hake ich nach und ziehe dabei skeptisch meine Augenbrauen ein Stück nach oben.

Mit einem verzweifelten Ausdruck auf seinem Gesicht fährt Scott sich durch die nassen Haare. »Melody«, beginnt er, schweigt dann jedoch für einen Moment, als würde er nach den richtigen Worten suchen. »Glaub mir bitte, wenn ich dir sage, dass ich das alles nicht wollte. Als ich dich das erste Mal gesehen habe, war mir klar, dass ich dich haben muss. Dabei bist du eigentlich gar nicht mein Typ. Normalerweise bevorzuge ich Frauen, die mir nicht widersprechen.«

»Das will man als Frau hören, wenn man gerade nackt und ungeschützt vor einem Mann steht«, zische ich und unternehme einen Versuch, an ihm vorbei zu kommen. Aber er macht immer noch nicht Platz, und da der Boden der Dusche rutschig ist, will ich auch nicht riskieren, hinzufallen, weswegen ich an Ort und Stelle stehen bleibe.

Doch vermutlich würde ich sowieso nicht fallen, denn im nächsten Moment ergreift Scott meine freie Hand und hält sie fest in seinen.

»Lass mich bitte ausreden«, fleht er mich an.

Ich habe keine Ahnung, wer sich gerade vor mir befindet, aber dieser Mann ist nicht der Scott Baker, den ich in den letzten Tagen kennen und hassen gelernt habe.

Der Mann sieht zwar aus wie er, aber er sagt Dinge, von denen ich mir sicher bin, dass mein Chef sie niemals aussprechen würde. Genauso wie er Dinge tut, die Scott niemals machen würde.

Da ich keine Chance habe, zu flüchten, nicke ich. Allerdings muss ich auch zugeben, dass ich neugierig bin. Wobei die Dusche definitiv nicht der geeignete Ort für so eine Unterhaltung ist.

Noch immer halte ich mir mit der linken Hand das Tuch vor den Körper, obwohl es von dem Wasser bereits völlig durchnässt ist.

»Mir hat es gefallen, wie du dich mit mir angelegt hast«, fährt er fort. »Ich habe gemerkt, dass du keine Ahnung hast, wer ich bin, und das war eine schöne Abwechslung. Allerdings muss ich zugeben, dass ich auch nicht wusste, wer du bist. Als ich erfahren habe, dass du die neue Angestellte bist, habe ich mir geschworen, einen großen Bogen um dich zu machen und mich dir gegenüber genauso zu verhalten, wie ich es bei allen mache.«

»Du hast dir selber versprochen, dass du mich genauso behandelst wie alle anderen?«, frage ich ungläubig nach. Ich kann einfach nicht glauben, was ich da gerade höre.

»Irgendwie musste ich den Wunsch, dich für mich zu gewinnen, in den Griff bekommen. Das hat auch ganz gut funktioniert, bis zu dem gemeinsamen Gespräch mit meinem Vater. Es ist nicht ganz einfach, wenn man erfährt, dass die Frau, wegen der man seit Tagen kaum noch geschlafen hat, mit einem auf Geschäftsreise geht. Und jetzt sollen wir uns auch noch ein Zimmer teilen.« Bei seinen Worten hat sich ein leichtes Lächeln auf seinem Gesicht gebildet.

Überrascht ziehe ich die Luft ein. *Ich hatte keine Ahnung*, denke ich, während ich den Mann vor mir begutachte. Hoffnungsvoll und zugleich verängstigt schaut er mich an. Als ich mir noch einmal seine Worte durch den Kopf gehen lasse, macht es für mich Sinn, dass er mich genauso auch angesehen hat, als er nach einer Verabredung gefragt hat. Er hatte mich schließlich in den Tagen davor so schlecht behandelt, dass es nicht verwunderlich gewesen wäre, wenn ich ihm die rote Karte gezeigt hätte. Und das, obwohl er sich wirklich mit mir treffen wollte.

»Was ist mit deiner Freundin?«

»Freundin? Meinst du die Frau, mit der du mich gesehen hast, in der Mittagspause?«

Da ich kein Wort über meine Lippen bekomme, nicke ich nur.

»Sie ist nicht meine Freundin, sondern nur eine Nachbarin, die wegen ihrem Exmann ein paar Probleme hat. Am Abend zuvor hatte sie mich vor der Haustür abgefangen und mich darum gebeten, ihr zu helfen. Also habe ich eingewilligt, dass ich mich mit ihr in meiner Pause treffe und mir die Geschichte anhöre. Aber das Mandat habe ich nicht übernommen, sondern sie an einen Kollegen verwiesen, der sich damit besser auskennt als ich.«

Bei seinen Worten spüre ich, wie meine Augen immer größer werden.

»Ich weiß, dass es kompliziert ist, und ich die Sache auch nicht besser mache damit, dass ich hier vor dir stehe. Aber ich kann nicht anders. Du ziehst mich an.«

Bei seinen Worten schießen mir die Tränen in die Augen. Mir ist klar, dass ich ihn anschreien sollte. Ich sollte ihm sagen, dass er zum Teufel gehen soll und ich mich bei seinem Vater über ihn beschweren werde, wenn er mich nicht in Ruhe lässt. Genauso wie ich ihm sagen sollte, dass nichts zwischen uns laufen wird, weil ich mich nicht in die lange Reihe seiner Affären eingliedern und vor allem meinen Job behalten will.

Aber ich kann es nicht.

Ich spüre seinen Blick auf mir und weiß, dass er auf eine Entscheidung von mir wartet.

Für wenige Sekunden stehe ich ihm gegenüber und überlege, was ich machen soll. Oder besser gesagt, ich versuche es, denn mein Kopf verweigert die Arbeit.

Wie von alleine lösen sich meine Finger von dem nassen Stoff, der meine Brüste verdeckt. Ich weiß, dass es wahrscheinlich ein Fehler ist, aber ich kann nicht anders. Einen winzigen Schritt mache ich auf ihn zu, doch mehr braucht es nicht, damit Bewegung in ihn kommt. Mit seinen starken Armen umklammert er meine Hüften und zieht mich an sich. Unsere Lippen finden einander und verschmelzen zu einem leidenschaftlichen Kuss.

Mit den Fingernägeln kralle ich mich an seiner Schulter fest, als er sanft über meinen Hintern streicht.

Unser Kuss wird immer verlangender, während unsere Hände den Körper des anderen erkunden. Meine Finger streichen über seine Muskeln, und zärtlich kratze ich mit den Nägeln über seine Schultern.

Als er sich von mir löst, entfährt mir ein leises Wimmern. Sein Blick sucht meinen, was dafür sorgt, dass ich nicht in der Lage bin, mich von ihm wegzudrehen. Aber das will ich auch nicht.

All meine Bedenken sind verschwunden und wurden durch Begierde ersetzt.

Ich will alles von ihm, was er mir geben kann, und ich will sein wirkliches *Ich* sehen. Diese Wünsche lassen mich verwirrt zurück, was er ruhig wissen darf.

»Melody«, flüstert er so leise an meinen Lippen, dass das fließende Wasser seine Stimme beinahe überdeckt.

Aus dem Augenwinkel erkenne ich, wie er seine Hand hebt und sie an meine Wange legt. Noch im selben Augenblick schmiege ich mich an ihn und schließe dabei meine Augen. Seine Berührung jagt mir einen Schauer nach dem anderen über den Rücken und sorgt dafür, dass meine Brustwarzen sich erneut schmerzlich aufrichten.

»Das ist falsch, schließlich arbeitest du für meinen Vater«, flüstert er, nun aber ein wenig lauter. »Ich weiß selber nicht, wieso ich mich zu dir so hingezogen fühle, aber das habe ich von Anfang an. Es fühlt sich richtig an, wenn du in meiner Nähe bist. Selbst wenn wir uns, wie in den letzten Tagen, nur streiten.«

Bei seinen Worten öffnet sich mein Mund ein Stück, doch ich sage nichts.

Ohne darüber nachzudenken, dass das hier ernsthafte Konsequenzen haben könnte, greife ich in seinen Nacken und ziehe ihn zu mir herunter, um meine Lippen auf seine zu legen.

Scott zögert nicht lange, sondern nimmt die Einladung an.

Er drängt mich weiter nach hinten, bis ich die kühle Wand der Dusche in meinem Rücken spüre.

Ich habe den Eindruck, als würden seine Hände sich zur selben Zeit überall auf meinem Körper befinden. Mit sanftem Druck streicht er über meinen Rücken, meinen Hintern, meine Oberschenkel, bevor er sie wieder nach oben wandern lässt und meine Brüste knetet.

Ein leises Stöhnen entfährt mir, als er den Mund von meinem nimmt und anfängt, meinen Hals zu küssen. Seine Zunge fährt über die empfindliche Stelle hinter meinem Ohr und weiter hinunter über meine Hauptschlagader. Er setzt so viele Empfindungen in mir frei, dass ich nicht mehr klar denken kann.

Mein Stöhnen wird immer lauter, während er sich zu meinen Brüsten vorarbeitet und um die Nippel herum leckt. Dann zieht er sie in den Mund und ich habe das Gefühl, als würde ich jeden Augenblick kommen. Ich greife mit meiner rechten Hand in seine Haare, um ihn an der Stelle gefangen zu halten, doch Scott entwindet sich meinem Griff und hebt seinen Kopf. Sein Blick trifft mich und sorgt dafür, dass mein Herz aufhört zu schlagen.

In der nächsten Sekunde spüre ich, wie er die Finger in der weichen Haut meines Hinterns vergräbt und mich hochhebt. Überrascht schlinge ich meine Beine um seine Hüften und lege meine Arme um seinen Hals, um mich besser festhalten zu können, was gar nicht so einfach ist, da auch sein Körper nass ist.

»Du machst mich wahnsinnig«, raunt er mit seiner gefährlichen Stimme in mein Ohr. »Ich glaube du kannst dir nicht vorstellen, wie gerne ich dich in den letzten Tagen in mein Büro zitiert hätte, nur um dich über den Schreibtisch zu beugen und dich zu nehmen. Dir zu zeigen, dass ich dich will und du mir gehörst. Ich hätte darauf bestanden, dass du laut bist, nur damit dich jeder im Büro hören kann und genau weiß, was ich gerade mit dir mache.«

Seine Worte sorgen dafür, dass ich noch feuchter zwischen

den Beinen werde, als ich es eh schon bin. Vor meinem inneren Auge taucht ein Bild auf, wie er genau das tut, was er eben beschrieben hat. Mein Blick zeigt ihm, dass mich diese Vorstellung anmacht. Der Gedanke, dort von einem anderen Anwalt oder einem Angestellten erwischt zu werden, erregt mich.

Aber wir sind hier nicht in seinem Büro, sondern in einem Hotelzimmer. Allerdings wollen mir die Bilder nicht aus dem Kopf gehen, so dass der Druck in meinem Unterleib immer stärker wird. Um mir ein wenig Erleichterung zu verschaffen, beginne ich meine Hüften kreisen zu lassen, wobei meine empfindliche Perle ein paarmal an der Spitze seines Schwanzes entlangfährt.

»Nicht hier«, flüstert er und dreht mit der freien Hand das Wasser aus. Dann verlässt er mit mir auf seinen Armen die Dusche und geht ins Schlafzimmer.

Als nächstes merke ich, dass er mich auf dem Bett ablegt, wo ich liegenbleibe. Nur am Rande nehme ich wahr, dass wir noch immer nass sind. Aber das interessiert mich nicht.

Scotts Blick wandert über meinen Körper, was das Kribbeln in meinem Unterleib noch steigert. Langsam lässt er sich zwischen meinen Beinen auf die Knie sinken und streicht mit hauchzarten Berührungen von meinem Fuß aufwärts, bis er meine Hüfte erreicht hat. Ein letztes Mal trifft sein Blick mich, bevor er die Augen schließt und langsam mit der Zunge über meine geschwollene Perle fährt.

»Scott«, stöhne ich, kralle mich in dem Bettlaken fest und schließe die Augen, als in mir ein Feuerwerk erwacht.

Mein Stöhnen wird lauter, während er mich immer schneller mit seiner Zunge traktiert. Meinen Kopf werfe ich von einer Seite zur anderen und mein Oberkörper biegt sich durch.

Scott legt seine Hand auf meinen Bauch, um mich an Ort und Stelle festzuhalten, aber ich habe auch gar nicht vor zu flüchten.

Langsam spüre ich, wie sich der Druck in meinem Inneren verstärkt. Er sucht nach einem Ventil um zu entweichen.

»Scott«, schreie ich seinen Namen hinaus, als ich komme. Meine Welt hört auf sich zu drehen und ich habe das Gefühl als würde ich fliegen.

Es dauert eine Weile, bis ich wieder zu mir komme. Scott lässt von mir ab und schiebt sich nach oben. Leidenschaftlich küsst er mich. Mit seinen Lippen bedeckt er meine eigenen mit meinem Geschmack.

»Das wollte ich von dir hören«, raunt er an meinen Lippen.

Ohne ein weiteres Wort von mir zu geben, rücke ich wenige Zentimeter nach oben und bedeute ihm mit dem Zeigefinger, dass er zu mir kommen soll. Er richtet sich noch ein Stück auf und lehnt sich in die Richtung des Nachttisches.

Erst jetzt sehe ich, dass er dort ein kleines Tütchen mit einem Kondom hingelegt hat. Mit den Zähnen reißt er die Verpackung auf und holt den Gummi heraus. Wie gebannt schaue ich ihm dabei zu, wie er es sich über seinen harten Schwanz zieht.

Dann positioniert er sich so vor meinem Eingang, dass ich seine Spitze an der Haut spüren kann. Bevor er in mich eindringt, schaut er mich kurz an.

Sein liebevoller Blick verschlägt mir die Sprache. In diesem Moment fühlt sich unsere Zweisamkeit so richtig an, wie noch nie etwas anderes in meinem Leben zuvor.

Zärtlich, fast schon vorsichtig, dringt er in mich ein. Ich nehme nur noch Scott wahr. Ihn in mir zu spüren berauscht mich.

Langsam beginnt er sich in mir zu bewegen. Mit den Händen stützt er sich rechts und links von meinem Kopf ab, damit er mich beobachten kann.

Ich drücke meinen Rücken durch, so dass meine Brustwarzen seine Haut berühren. Scharf ziehe ich die Luft ein, während er sein Tempo erhöht.

Es dauert nicht lange, bis ich wieder das vertraute Kribbeln in meinem Unterleib spüre. Aber ich will nicht alleine kommen. Aus irgendeinem Grund will ich gemeinsam mit Scott meinen Höhepunkt erleben.

Unter meinen Fingern spüre ich, wie seine Muskeln sich anspannen. Ich öffne meine Augen und schaue direkt in seine. In diesem Moment lasse ich los und komme.

Zwei Stöße später kommt auch Scott. Erschöpft lässt er sich auf mich sinken und vergräbt sein Gesicht an meinem Hals. Eine Ewigkeit bleiben wir so dort liegen. Ich genieße es, sein Gewicht auf mir zu spüren. Er verschafft mir so ein Gefühl der Geborgenheit, der Sicherheit.

Langsam beginnt mein Kopf wieder zu denken, aber ich verspüre kein schlechtes Gewissen. Auch nach einigen Sekunden will es sich einfach nicht einstellen. Es ist eher das Gegenteil der Fall. Zufriedenheit und Ruhe macht sich in mir breit.

Fast so, als wäre genau das der Ort, an den ich gehöre. So wie es meine Eltern immer beschreiben, wenn man sie fragt.

Scott lässt sich neben mich fallen und zieht sich so aus mir zurück. Die Leere, die ich plötzlich empfinde, lässt mich leise wimmern.

Ich habe gedacht, dass Scott sich wieder anzieht und das Zimmer verlässt, nachdem wir miteinander geschlafen haben, aber das ist nicht der Fall. Stattdessen zieht er die noch leicht feuchte Decke unter mir hervor und deckt uns damit zu. Dann legt er seinen Arm um meine Hüfte und hält mich so nah an sich gedrückt, dass ich seinen Herzschlag hören kann.

»Ich hätte das nicht tun dürfen. Es war ein Fehler, zu dir unter die Dusche zu gehen«, höre ich seine leise Stimme an meinem Ohr.

Verwundert über die Worte drehe ich meinen Kopf in seine Richtung und schaue ihn an. »Wie meinst du das?«, frage ich ihn nach wenigen Sekunden, da ich das Gefühl habe, dass noch etwas anderes hinter seinen Worten steckt.

Eine Weile ist es still zwischen uns. Scott malt Muster auf meiner nackten Haut und beschert mir so eine Gänsehaut, die mich genießerisch seufzen lässt. »Ich bin ein Arsch, das war mir schon klar, bevor du es mir gesagt hast.«

Da ich keine Ahnung habe, was er mir damit sagen will, drehe ich meinen Kopf in seine Richtung und schaue ihn an. Scott wiederum starrt an die Decke, hält mich aber weiterhin fest an seinen Körper gedrückt.

In diesem Moment würde nicht einmal mehr ein Blatt Papier zwischen uns passen. Es kommt mir vor, als würde er mich als eine Stütze benutzen, aber gerade bin ich das gerne.

»Und warum benimmst du dich wie ein Arsch?«, kommt es mir vorsichtig über die Lippen, nachdem einige Minuten vergangen sind, ohne dass er etwas gesagt hat.

»Damit mich alle in Ruhe lassen. Dieser Job ist eigentlich nicht das, was ich machen will.« Bei seinen Worten richte ich mich ein Stück auf und stütze mich auf dem Unterarm ab.

Nachdenklich betrachte ich ihn, bis er sich zu mir dreht und seine Hand hebt. Innig streicht er mir über die Lippen und lässt seine Finger auf meiner Wange liegen.

»Ich habe keine Ahnung, wieso ich dir das erzähle. Keiner weiß das«, flüstert er, bevor er mich zu sich herunterzieht. Seine Lippen berühren meine. An diesem Kuss ist nichts Verführerisches, aber trotzdem habe ich das Gefühl, als wäre ich ihm näher als noch vor wenigen Minuten.

Mein Kopf sinkt auf seine Brust und ich atme tief durch.

Mit den Gedanken bin ich noch bei unserer Unterhaltung. Ich habe keine Ahnung, was das sein könnte, was er eigentlich machen will. Aber aus irgendeinem Grund traue ich mich nicht nachzufragen. Wahrscheinlich will ich mein Glück nicht überstrapazieren.

Seufzend schließe ich meine Augen und denke an das, was wir gerade getan haben. Scott hat Gefühle und Empfindungen in mir freigesetzt, die so viel intensiver waren als alles, was ich jemals zuvor gespürt habe.

Und ich glaube nicht, dass es jemals einen anderen Mann geben wird, der das schafft.

Ich spüre, wie er mich fester umgreift, fast so, als würde er mich nicht gehen lassen wollen, und mir einen Kuss auf den Scheitel drückt.

Umhüllt von seiner Wärme und schlafe ich ein.

Als ich am nächsten Morgen wach werde, scheint mir die Sonne ins Gesicht.

Langsam öffne ich meine Augen. Ich sehe die Bilder von dem, was Scott und ich gestern Abend miteinander gemacht haben, vor meinem inneren Auge und ich stöhne. Doch es hat nichts damit zu tun, dass sich mittlerweile das schlechte Gewissen in mir breitgemacht hätte. Viel eher ist es der Fall, dass ich seine Hände wieder auf meinem Körper spüre und schon die Erinnerung ausreicht, um mein Verlangen erneut zu wecken.

Allerdings kommt mir auch wieder in den Sinn, worüber wir gesprochen haben.

Seufzend, da ich jeden einzelnen meiner Muskeln spüre, drehe ich mich herum. Als ich einen Blick auf die andere Seite meines Bettes werfe, erkenne ich, dass Scott nicht mehr neben mir liegt. Aber ich komme nicht mehr dazu, mich zu fragen, wo er ist, da in der nächsten Sekunde die Badezimmertür aufgeht und er nur mit einer Anzugshose den Raum betritt.

Mein Blick wandert über seinen durchtrainierten Oberkörper, und mir läuft das Wasser im Mund zusammen. Seine Muskeln sind ausgeprägt und betonen jeden Zentimeter seiner gebräunten Haut. Über dem Bund seiner Hose erkenne ich das sexy V, das in seiner Hose verschwindet.

Erst jetzt erkenne ich, dass sein Tattoo, von dem ich bereits gestern ein Stück auf dem Arm gesehen hatte, sich über seine gesamte rechte Brust zieht. Es besteht aus mehreren Zeichen und Mustern, die sich zu einem großen Bild zusammenfügen.

»Guten Morgen«, begrüßt er mich mit einem strahlenden Lächeln auf dem Gesicht, das mir zeigt, dass er meinen Blick bemerkt hat.

Er tritt noch ein wenig näher, lässt sich auf die Bettkante

sinken und beugt sich in meine Richtung. Wie gebannt schaue ich auf seine Lippen, als er immer näherkommt und mich sanft küsst. Augenblicklich schlägt mein Herz höher.

Es fühlt sich so normal und selbstverständlich an, dass ich mir in Erinnerung rufen muss, dass genau das nicht der Fall ist und auch niemals sein wird.

Nachdem er sich ein Stück entfernt hat, betrachtet er mich mit einem ausdruckslosen Gesichtsausdruck.

»Ich muss mich jetzt mit dem Firmenchef treffen.«

»Haben wir einen Termin?«, entgegne ich und richte mich dabei ein Stück auf, wobei ich mir die Decke vor die Brust halte. Bis jetzt habe ich noch nicht daran gedacht, einen Blick auf den Terminplan zu werfen, den mir die Sekretärin seines Vaters ausgehändigt hatte.

»Nur ich, du bleibst hier. Bist du nachher noch da?«, fragt er mich mit einem hoffnungsvollen Blick.

»Klar, wo soll ich auch sonst sein?«, entgegne ich und schaue ihn ein wenig verdutzt an. »Schließlich sind wir ja wegen der Arbeit hier.«

Bei meinen Worten verzieht er kurz ein wenig das Gesicht, als würde ihm das nicht gefallen. Allerdings hat er seine Reaktion schnell wieder im Griff.

»Es müssen nur ein paar Zahlen überprüft werden. Das hat bis heute Abend oder morgen Zeit. Ich glaube nicht, dass es lange dauern wird. Heute ist nur dieser eine Termin und deswegen wollte ich dich fragen, ob du Lust hast, dir mit mir ein wenig die Stadt anzusehen.« Seine letzten Worte spricht er so leise aus, dass ich sie kaum verstehen kann.

»Ja, gerne«, antworte ich etwas verlegen. Aus irgendeinem Grund bin ich davon ausgegangen, dass die Nacht mit ihm etwas Einmaliges war. Auf jeden Fall habe ich nicht damit gerechnet, dass wir zusammen einen Ausflug machen werden.

Fast wie ein Pärchen, denke ich, doch bevor ich es aussprechen kann, verbanne ich den Gedanken.

Auf seinem Gesicht erscheint das süßeste Lächeln, das ich je gesehen habe.

»Der Termin wird höchstens zwei Stunden dauern«, erklärt er mir, während er aufsteht und nach dem Hemd greift, das am Fußende des Bettes liegt. Jede einzelne Bewegung verfolge ich, als er es sich überzieht und sich mit geübten Fingern die Krawatte bindet.

Wieder einmal wird mir bewusst, dass dieser Mann mich verwirrt. Es ist falsch, dass ich mich so zu ihm hingezogen fühle. Genauso falsch wie es ist, dass ich zugesagt habe, den restlichen Tag mit ihm zu verbringen. Aber es fühlt sich nicht falsch an. Mein Herz sagt mir, dass es die richtige Entscheidung ist, und darauf konnte ich mich schon immer verlassen.

Um mich wieder auf ihn zu konzentrieren schüttle ich den Kopf und sehe, wie er aus seiner Jeans, die er gestern getragen hatte, die Geldbörse zieht und sein Handy vom Nachttisch nimmt.

Als nächstes greift er nach meinem und nimmt die Displaysperre hinaus.

»Was machst du da?«

»Ich speichere dir meine Nummer ein. Dann kannst du mich immer erreichen, falls etwas sein sollte.«

Unfähig etwas zu erwidern, sitze ich hier und schaue ihm dabei zu, wie sein Daumen über mein Handy huscht. Es dauert nur ein paar Sekunden, dann legt er es wieder auf den Nachttisch und grinst mich an.

»Bis später«, verabschiede ich mich von ihm, nachdem er sich sein Jackett angezogen hat.

»Komm her.« Zwei kleine Wörter, mehr nicht. Und dennoch sorgen sie dafür, dass ich nicht mehr weiß wo oben und unten ist.

Scott streckt seine Hand nach mir aus und unterstreicht so seine Anweisung.

Ohne zu zögern schwinge ich meine Beine aus dem Bett und

will mir das dünne Laken um den Körper wickeln, doch Scott schüttelt energisch den Kopf.

Mit der rechten Hand greift er nach dem Shirt, dass er gestern getragen hatte und das nun neben ihm auf der Kommode liegt, und hält es mir hin. Mit großen Augen schaue ich ihn an, während ich langsam meine Hand danach ausstrecke und nackt ein paar Schritte auf ihn zugehe.

Sein Blick gleitet über meine Brüste, meinen Bauch und meine Beine, bevor er wieder seinen Kopf hebt und mir in die Augen sieht.

Mit zitternden Händen nehme ich es entgegen und streife es mir über den Kopf. Sein Geruch steigt mir in die Nase und macht mir so klar, was ich eh schon weiß: dass er es vor wenigen Stunden noch getragen hat.

»Wunderschön«, murmelt Scott, nachdem er nach meinen Händen gegriffen und mich an sich gezogen hat. Ich spüre die Wärme seines Körpers, während er seine Hände auf meine Hüften legt und meine sich auf den dünnen Stoff seines Hemdes legen.

Gedankenverloren spiele ich mit der Krawatte.

Ich bringe kein Wort heraus, obwohl ich ihn fragen will, wieso er es mir gibt. Dabei fühlt es sich phantastisch an, den Stoff auf meiner nackten Haut zu spüren, den er vor mir anhatte.

Es fühlt sich vertraut und normal an, dieses Kleidungsstück zu tragen.

In Zeitlupe senkt er seine Lippen auf meine und nimmt mich gefangen. Ich gebe mich ihm hin. Meine Hände legen sich auf seine Brust. Alles, was ich in den letzten Minuten gefühlt habe, lasse ich in diesen einen Kuss fließen und hoffe dabei, dass er meine Botschaft versteht.

Als er sich von mir löst, bin ich außer Atem. Sein besitzergreifender Blick trifft mich und gibt mir zu verstehen, dass ich ihm gehöre. Doch ich weiß, dass ich nicht sein bin. Das werde ich niemals sein. Das kann ich nicht sein.

Genauso wenig, wie er mein ist.

»Wir sehen uns nachher.«

Ein letztes Mal streicht er mir sanft mit der Hand über die Wange, bevor er sich umdreht und ohne ein weiteres Wort von sich zu geben aus dem Zimmer verschwindet. Wenige Sekunden später höre ich, wie die Vordertür geschlossen wird.

»Verdammt«, seufze ich und lasse mich auf das Bett sinken, nachdem ich einen Schritt zurückgetreten bin.

Dabei legen sich meine Hände auf das Shirt von ihm, das mir ein wenig zu groß ist, so dass es mir locker am Oberkörper hängt und in der Mitte meiner Oberschenkel endet.

Ich versuche die letzten Minuten, seine Handlungen und seine Worte zu analysieren. Tatsache ist jedoch, dass ich keine Ahnung habe, was in ihm vor sich geht oder wie ich es herausfinden kann.

Ich weiß ja nicht einmal, was in mir vor sich geht.

Die Dinge, die er zu mir gesagt hat, habe ich nicht erwartet, jemals aus seinem Mund zu hören, auch wenn ich zugeben muss, dass es mich gefreut hat. Allerdings hatte ich bis gestern auch erwartet, dass er eine Freundin hat, was wohl mehr als deutlich zeigt, wie sehr man sich täuschen kann.

Das Einzige, was ich mit Gewissheit sagen kann ist, dass er nicht nur ein Arsch ist. Er ist auch fürsorglich, witzig und aufmerksam. Ihm scheint wirklich etwas daran zu liegen, dass ich mich wohl fühle. Er ist all das, was er nicht ist, wenn andere Menschen um ihn herum sind.

Um die Kopfschmerzen zu vertreiben, die sich gerade in meinem Kopf breitmachen, schließe ich meine Augen und massiere leicht meine Schläfen. Aber die Kopfschmerzen lassen sich nicht wegmassieren. Mir kommt es eher so vor, als würden sie von Sekunde zu Sekunde schlimmer werden.

Ich brauche einen Rat, fährt es mir durch den Kopf. Schnell stehe ich wieder auf und umrunde das Bett, um mein Handy aus der Handtasche zu ziehen. Da ich es gestern Abend nicht am

Ladegerät angeschlossen hatte, ist es fast leer, aber es reicht noch, um meinen Schwestern eine Nachricht zu schicken.

Kurz blicke ich mich in dem Raum um und stelle mich schließlich vor den großen Spiegel, der an einer Tür des Kleiderschrankes hängt und mache ein Bild von mir, nur bekleidet mit dem Shirt meines Chefs.

Einige Sekunden betrachte ich das fertige Bild. Es kostet mich Überwindung, das Foto an meine Schwestern zu schicken.

Einerseits will ich wissen, was sie mir raten, andererseits will ich es aber auch gar nicht hören, falls sie wieder mit Wörtern wie *Knackarsch* um sich schmeißen.

Aber schließlich füge ich das Bild als Anhang in eine Nachricht und schicke es ab.

Ich bin so in Gedanken versunken, dass ich gar nicht mitbekomme, wie wenige Minuten später mein Handy klingelt. Erst, als ich das Vibrieren in meiner Hand spüre, senke ich meinen Blick und entdecke den Namen von Brooke auf dem Display.

»Schönes Shirt«, ertönt ihre Stimme, nachdem ich das Gespräch angenommen habe.

»Hmmm«, mache ich nur, da ich nicht weiß, was ich sagen soll. Allerdings bin ich froh, dass sie schon einmal weiß, dass es in dieser Nachricht um das Shirt ging und ich das nicht erklären muss.

»Ich wusste gar nicht, dass du neuerdings Männersachen trägst. Davon abgesehen kann ich dich verstehen, die Sachen sind einfach bequemer«, fährt sie fort.

»Das ist nicht meins«, gebe ich vorsichtig zu und fahre mir dabei mit der freien Hand über das Gesicht.

»Ahhh, das ist interessant. Wenn es nicht deines ist, wem gehört es dann?«, hakt sie neugierig nach, obwohl ich mir sicher bin, dass sie die Antwort auf die Frage kennt.

»Scott«, erwidere ich deswegen nur tonlos und beiße mir auf die Lippen.

»Wie hast du es geschafft, in seinem Oberteil zu landen?«

Innerlich seufze ich bei ihrer Frage. Brooke weiß ganz genau, was zwischen uns vorgefallen ist. Ich hasse sie dafür, dass sie mich dazu zwingt, die Worte auszusprechen.

Augen verdrehend verfluche ich mich selber dafür, dass ich ihnen das Bild geschickt habe.

Trotzdem erzähle ich ihr die Geschichte, wobei ich ihr unser Gespräch verheimliche. Ich glaube nicht, dass Scott sonderlich glücklich darüber wäre, wenn er wüsste, dass ich mit seinen Geheimnissen hausieren gehe.

»Ist er so gut im Bett, wie er aussieht?«, fragt sie mich leise kichernd.

»Brooke, ich meine es ernst. Ich habe keine Ahnung, was ich nun machen soll«, seufze ich und lasse dabei den Kopf nach vorne in meine freie Hand fallen.

»Das war ein Scherz, Schwesterherz. Ich kann verstehen, wenn du das für dich behalten willst, allerdings muss ich auch zugeben, dass ich es wirklich gerne wissen würde. Wie dem auch sei, er scheint dich zu mögen, und das ist doch super. Als ich ihn gestern gesehen habe, war mir das schon klar.«

»Dir war was klar?«, frage ich nach, da ich sichergehen will, dass ich sie richtig verstanden habe.

»Das du ihm etwas bedeutest. Man muss schon blind oder total dämlich sein, um die Blicke nicht zu sehen, die er dir zugeworfen hat. Du kannst mir sagen, was du willst, aber dieser Mann empfindet etwas für dich.«

Bei den Worten meiner Schwester bekomme ich große Augen. *Wirklich?*, frage ich mich und versuche dabei, mich an den Ausdruck in seinem Gesicht zu erinnern.

Er war irritiert und überrascht über meine Schwestern gewesen, und zwischenzeitlich hatte er keine Ahnung, was er machen sollte. Aber leider kann ich mich nicht daran erinnern, wie er mich angesehen hat, was wohl daran liegt, dass ich zu sehr damit beschäftigt war, meine Schwestern mit finsteren Blicken zu betrachten.

Aber wenn es sogar für meine Schwestern offensichtlich war, obwohl sie ihn überhaupt nicht kennen, haben es vielleicht auch ein paar meiner Kollegen bemerkt, oder noch schlimmer sein Vater.

»Verbringe Zeit mit ihm und habe Spaß. Sobald ihr wieder in L. A. seid, könnt ihr zur normalen Tagesordnung übergehen oder nicht, das müsst ihr entscheiden. Aber solange kann ich dir nur raten es zu genießen«, empfiehlt sie mir und bringt mich somit auf andere Gedanken, bevor sich die Panik in meinem Körper ausbreiten kann.

Eine Ewigkeit lasse ich mir ihre Worte durch den Kopf gehen. Vorfreude durchfährt meinen Körper als ich daran denke, die Zeit mit ihm einfach zu genießen und nicht daran zu denken, was passiert, sobald wir wieder in Los Angeles sind.

Auch, wenn ich die Angst nicht ganz loswerden kann, aber so hilft es mir wenigstens nicht an das Drama zu denken, was passiert, wenn mein Chef oder jemand anderes etwas gemerkt haben sollte.

»Du hast recht«, sage ich schließlich und lasse mich nach hinten auf das Bett fallen.

»Manchmal habe ich das wirklich«, erklärt sie mir lachend. »Bestell ihm schöne Grüße von mir und sag ihm, er soll lieb zu dir sein, sonst treten wir ihm in den Hintern«, fährt sie fort, nachdem ich nichts weiter dazu gesagt habe.

Noch während sie spricht kommen mir wieder die Bilder ins Gedächtnis von dem, was er gestern mit mir gemacht hat.

»Das ist er«, flüstere ich, nicht sicher, ob ich will, dass meine Schwester die Worte hört oder nicht.

»Siehst du? Mehr brauche ich gar nicht zu wissen, anscheinend ist er wohl doch nicht so schlecht im Bett.«

»Brooke«, stöhne ich, während ich an die Decke starre.

Als Antwort darauf höre ich nur ihr leises Lachen, dann wird sie wieder ernst.

»Es werden mit Sicherheit ein paar schöne Tage werden. Mach dir keinen Stress.«

»Ich habe keine Ahnung«, wende ich ein und schaffe es dabei nicht, auch nur ansatzweise so optimistisch zu klingen wie meine Schwester. Denn ich bin mir nicht sicher, was diese Sache zwischen uns für Scott ist.

»Du bekommst die Chance, ihn besser kennenzulernen, einen Blick hinter seine Fassade zu erhaschen. Aus irgendeinem Grund ist er anders, jetzt wo er alleine mit dir ist. Versuch herauszufinden, wieso das so ist. Okay, ich bin gerade auf dem Weg zu einer Freundin. Melde dich bei mir, ich will alles wissen. Und Haley sicherlich auch. Und wenn er dir blöd kommt, dann weist du ihn in seine Schranken, schließlich bist du eine Brown.«

»Ich schreibe euch zwischendurch«, gebe ich zurück und verabschiede mich von ihr.

Die Gespräche mit meinen Schwestern zeigen mir jedes Mal aufs Neue, dass ich nicht die Einzige bin, die so tickt. Ich weiß, dass sie an meiner Stelle die gleichen Bedenken hätten, und das ist etwas, was mich tröstet.

»Bis dann«, verabschiedet sich Brooke von mir und legt auf.

Brooke hat recht. Ich sollte die Tage mit ihm genießen. Am Donnerstag werden wir wieder in der Firma sein, und dann bin ich wieder nur die kleine Angestellte, die seine schlechte Laune ertragen darf. Genauso wie alle anderen auch.

10

Die letzte Stunde habe ich damit verbracht, jedes einzelne Outfit, das ich in meinem Koffer hatte, anzuziehen, nur um es wieder auszuziehen und etwas anderes anzuprobieren, oder es mit einem anderen Oberteil, Hose oder Rock zu kombinieren. Wie man es auch dreht und wendet, am Ende hatte ich jedes Kleidungsstück, das ich dabei habe, mindestens einmal an und war mit dem Ergebnis doch nicht zufrieden.

Schließlich habe ich mich für meinen Jeansrock entschieden und mir dazu ein pinkes Oberteil angezogen. Meine Haare habe ich mir geglättet, damit sie mir nicht wirr ins Gesicht hängen. Das Make-up habe ich so schlicht wie möglich gehalten. Außer Concealer und Mascara habe ich nichts aufgetragen. Ich will nicht, dass er denkt, ich wäre irgendeine Barbie-Puppe, die die meiste Zeit des Tages vor dem Spiegel verbringt, denn das bin ich nicht und das kann er auch ruhig wissen.

Nun sitze ich auf dem großen Sofa im Wohnbereich und starre alle paar Sekunden auf mein Handy, das ich in der Hand halte. Doch es wird nicht später. Es dauert noch ungefähr eine halbe Stunde, bis Scott wieder hier sein sollte. Und obwohl ich erst seit ein paar Minuten hier sitze, kommt es mir wie eine Ewigkeit vor.

Schon als Kind habe ich es gehasst zu warten, aber vor allem jetzt kommt es mir wie Zeitverschwendung vor.

Je mehr Zeit vergeht, umso nervöser werde ich. Ich habe keine Ahnung, was Scott vorhat. Ehrlich gesagt habe ich sogar Angst davor, dass er es sich anders überlegt und nun doch lieber etwas alleine machen will. Vielleicht sagt er den Ausflug aber auch ab, weil es doch mehr Unterlagen sind, als er erwartet hat.

Keine dieser Varianten gefällt mir. Der Gedanke daran lässt mich traurig werden, da ich mich schon sehr darauf gefreut habe.

Ich schaue mich in unserem Zimmer um, auf der Suche nach etwas, mit dem ich mich ablenken kann. Doch das Einzige, was mir ins Auge sticht, ist der Fernseher. Für den fehlt mir gerade aber die nötige Ruhe.

In dem Moment, in dem ich aufstehen und zum Fenster gehen will, höre ich, wie die Tür von außen aufgeschlossen wird. Aufgeregt schaue ich in die Richtung und sehe, wie sie sich eine Sekunde später öffnet und den Blick auf Scott frei gibt.

Sein Anblick sorgt dafür, dass mein Herz fast aufhört zu schlagen. Er sieht müde aus, weshalb ich mich frage, wieviel er letzte Nacht überhaupt geschlafen hat. Kurz rufe ich mir sein Gesicht von heute Morgen wieder ins Gedächtnis, aber ich finde, dass er da ausgeruhter aussah.

Ein schlechtes Gewissen macht sich in mir breit, dass jedoch im gleichen Moment verschwindet, in dem seine Augen meine finden. Ein zufriedenes Lächeln erobert sein Gesicht.

Langsam betritt er den Raum und schließt die Tür hinter sich. Ich stehe zwar auf, bin aber nicht in der Lage, mich zu bewegen. Während er auf das Sofa zugeht, um einen dicken Ordner darauf abzulegen, beobachte ich ihn. Kaum hat er die Hände frei, kommt er auf mich zu.

Dabei gleitet sein Blick über meinen Körper und lässt mich atemlos zurück.

Bei jedem Schritt, denn er hinter sich bringt, lässt er sich alle Zeit der Welt. Am liebsten würde ich ihn anflehen, dass er sich ein wenig beeilt, aber das kann ich mir gerade noch verkneifen.

Als er endlich vor mir zum Stehen kommt, ist er mir so nah, dass sein Geruch in meine Nase steigt und mich leise seufzen lässt. Vor meinem inneren Auge erscheint wieder sein Blick, mit dem er mich unter der Dusche beobachtet hat.

Mit einem frechen Grinsen auf dem Gesicht legt er seine rechte Hand an meine Wange und beugt sich zu mir hinunter. Im nächsten Augenblick spüre ich seine warmen und weichen Lippen auf meinen.

Zärtlich küsst er mich, und ich vergesse alles um mich herum. Wenn er mich so im Büro küssen würde, würde ich sogar schwach werden. Egal, wer gerade zusieht.

Aber daran will ich gerade keinen Gedanken verschwenden. Es gibt nur noch ihn und mich, und das fühlt sich besser an als alles andere.

»Du siehst phantastisch aus«, murmelt er leise an meinen Lippen, nachdem er sich von mir getrennt hat. Dabei schaut er mir in die Augen, so dass auch ich meinen Blick nicht von ihm nehmen kann.

»Danke«, gebe ich genauso leise zurück und lasse dabei meine Stirn an seine Brust sinken.

»Wahrscheinlich hältst du mich nun für total kitschig, aber das ist für dich.«

Ich sehe, wie er seine Hand nach hinten bewegt, nur um sie im nächsten Moment wieder nach vorne zu ziehen. Dabei entblößt er eine weiße Rose, die er in der Hand hält,

»Die ist wunderschön«, rufe ich begeistert aus und nehme sie entgegen. »Das hättest du aber nicht machen müssen.«

»Meine Mutter hat immer wieder betont, dass man einer Frau zum ersten Date eine Rose schenkt, aber das habe ich nicht getan. Aus diesem Grund will ich es nachholen und schenke dir eine zu unserem zweiten.«

Ungläubig schaue ich ihn an. Das Wort Date aus seinem Mund zu hören stellt etwas mit mir an, das ich nicht benennen kann.

»Ich finde es nicht kitschig, sondern schön. Danke«, erkläre ich ihm, stelle mich auf die Zehenspitzen und gebe ihm einen Kuss auf die Wange. Und obwohl wir uns gerade erst geküsst und letzte Nacht sogar miteinander geschlafen haben, kostet es mich viel Überwindung.

»Gibst du mir ein paar Minuten? Dann gehe ich eben duschen und ziehe mich an.«

»Was hast du denn geplant?«, frage ich ihn und hoffe, dass er mir wenigstens einen Tipp gibt.

»Ich muss zugeben, dass ich mich selber erstmal beim Portier erkundigen musste, schließlich war ich noch nie in San Diego«, erklärt er mir und zuckt dabei mit den Schultern. »Aber ich habe etwas gefunden, von dem ich hoffe, dass es dir gefällt.« Mehr sagt er nicht, sondern zwinkert mir kurz zu, bevor er sich umdreht und ins Schlafzimmer geht. Stumm schaue ich ihm nach, bis er aus meinem Sichtfeld verschwunden ist.

Ich hatte erwartet, dass es komisch werden würde, ihm wieder gegenüberzustehen, aber dem ist nicht so.

Zu wissen, dass er wieder bei mir ist, beruhigt mich und sorgt dafür, dass ich wieder befreiter atmen kann. Aber auch seine Worte tragen ihren Teil dazu bei, schließlich hat er unsere Verabredung nicht abgesagt, wie ich es befürchtet hatte.

Ganz im Gegenteil, er hat mir sogar eine Rose geschenkt.

Eine Weile stehe ich an der gleichen Stelle und betrachte die Blume, die ich in meiner Hand halte. Sie ist wunderschön. Auf der Suche nach einer Vase schaue ich auf den kleinen Abstelltisch. Dort steht zwar eine, allerdings befindet sich schon ein kleiner Strauß Blumen darin.

Trotzdem überbrücke ich die kurze Distanz und stelle sie dazu. Dann hebe ich mein Handy auf und mache ein Bild von ihr, um es mir als Hintergrundbild zu speichern.

Ohne meinen Blick von der Rose zu nehmen setze ich mich auf das Sofa und überlege, welches Ziel er sich für unseren Ausflug wohl ausgesucht hat. Ich kenne seine Interessen nicht, genauso wenig wie er meine.

Irgendwie fühlt es sich komisch an, ihm so nah zu sein, aber nichts über ihn zu wissen. Obwohl es nicht ganz stimmt. Seit unserer Ankunft gestern habe ich einiges über ihn erfahren, auch wenn seine liebsten Orte nicht dazugehören.

Aber was nicht ist, kann ja noch werden. Und in diesem Fall würde ich mich darüber sogar freuen.

Mein Blick fällt auf den Ordner, der neben mir auf dem Sofa liegt. Um mir die Zeit zu vertreiben, blättere ich ein wenig darin herum.

Alles juristische Dinge, bei denen ich ihm sicherlich nicht helfen kann. Von Paragraphen habe ich keine Ahnung.

Doch weiter hinten im Ordner entdecke ich ein paar einfache Rechnungen. Auf den ersten Blick erkenne ich, dass es sich hierbei um Bilanzen handelt. Aber auch die Anzahl der Arbeitnehmer in der Fabrik ist dort aufgelistet und die Jahre, die sie schon in der Firma sind, sowie der Betrag, den sie monatlich verdienen, einschließlich aller Sonderleistungen, die sie in den Jahren bekommen haben, seitdem sie dort arbeiten.

»Interessant?«, fragt Scott mich und reißt so meine Aufmerksamkeit an sich. Beim Klang seiner Stimme zucke ich kurz erschrocken zusammen.

Allerdings habe ich mich schnell wieder im Griff. Während ich meinen Blick zu ihm wende lege ich meine Hand auf den Ordner, damit er mir nicht vom Schoß rutscht.

Scott trägt eine helle Jeans, in der ein paar Löcher sind. Dazu trägt er ein blaues Shirt, das so eng sitzt, dass seine Muskeln zur Geltung kommen. Seine schwarzen Sneaker runden das Outfit ab.

In diesem Outfit lässt nichts an ihm mehr darauf schließen, dass er ein knallharter Anwalt ist und wir eigentlich eine Geschäftsreise machen. Er sieht so aus wie jeder andere Mann in seinem Alter. Oder doch nicht jeder, sondern der Mann, zu dem ich mich hingezogen fühle.

»So interessant, wie Zahlen halt sein können«, antworte ich und zucke dabei mit den Schultern.

»Ich hätte nicht gedacht, dass ich diesen Satz jemals von jemandem höre, der in der Buchhaltung arbeitet. Bis vor wenigen Sekunden habe ich gedacht, dass ihr für Zahlen lebt«, scherzt er und kommt dabei näher.

Als Antwort schneide ich nur eine Grimasse und ziehe die Schultern ein Stück nach oben. Gerade sind Zahlen das Letzte, über das ich mich unterhalten will.

Als Scott vor mir zum Stehen kommt, greift er nach meiner Hand und zieht mich auf die Füße. Er streicht mir über die Wange und drückt mir einen Kuss auf die Stirn. Die Berührung sorgt dafür, dass sich meine Augen schließen und meine Hände sich an seine Brust legen. Unter meinen Fingern spüre ich das regelmäßige Schlagen seines Herzens.

Für ein paar Sekunden erlaube ich es mir, so stehen zu bleiben und die Nähe zu genießen. Doch dann löse ich mich von ihm und gehe zu der Stelle, an der ich meine Sandalen habe fallen lassen.

»Ich hoffe, ich habe die richtigen Klamotten für das an, was du geplant hast«, gebe ich von mir, während ich sie mir über die Füße streife.

»Sie sind perfekt.« Mehr sagt er nicht, sondern geht voraus und hält mir die Tür auf, damit ich hindurchschlüpfen kann.

Als wir den Flur entlanggehen, legt Scott seine Hand auf meinen unteren Rücken und führt mich so in die Richtung der Aufzüge. Ein Schauer nach dem anderen fährt über meinen Körper hinweg. Auf meinen Armen bildet sich eine Gänsehaut.

Die Fahrt mit dem Fahrstuhl zur Lobby dauert eine Ewigkeit. Da wir uns alleine in dem Aufzug befinden, konzentrieren sich all meine Nerven nur noch auf ihn. Zärtlich streicht er mit dem Daumen über den dünnen Stoff meines Oberteils, weshalb ich mir wünsche, dass er meine Haut so streichelt. Ich will mich an ihn schmiegen und von ihm gehalten werden.

Als wir endlich in der Empfangshalle ankommen, schlägt mein Herz so sehr, dass ich mir sicher bin, dass jeder, der an mir vorbeigeht, es hören kann. Mein ganzer Körper zittert und ich bekomme ihn nicht in den Griff.

Nachdem wir den Fahrstuhl verlassen haben, greift Scott nach meiner Hand, noch bevor wir überhaupt einen Schritt gegangen sind. Er verschränkt die Finger mit meinen und streicht sanft mit dem Daumen über meine Haut. Zusammen gehen wir an den Menschen vorbei.

Obwohl ich weiß, dass uns niemand kennt, kommt es mir so vor, als würde uns jeder anschauen und mich dafür verurteilen, dass ich mit meinem Chef Hand in Hand durch die Lobby gehe. Aber als ich mich umschaue, sehe ich, dass uns niemand beachtet.

Alle Menschen, an denen wir vorbeigehen, leben in ihrer eigenen Welt mit ihren eigenen Problemen.

»Mach dir keine Sorgen, hier kennt uns keiner«, flüstert mir Scott zu, als könnte er meine Gedanken lesen. Aber wahrscheinlich ist es offensichtlich, dass ich mir deswegen Gedanken mache, da ich mich alle paar Sekunden umdrehe und die Personen in unserer näheren Umgebung betrachte.

Kurz wende ich meinen Blick ihm zu und schaue ihn an. Er schenkt mir ein beruhigendes Lächeln, was dafür sorgt, dass meine Sorgen wenigstens etwas verschwinden.

Hand in Hand gehen wir auf die große Eingangstür zu und treten hindurch. Die warme Luft schlägt uns entgegen.

»Ich habe meinen Wagen vorhin da hinten geparkt«, erklärt er mir und zeigt dabei nach rechts.

Zusammen gehen wir an den geparkten Autos vorbei, auf seinen Wagen zu.

Ich kann nicht verhindern, dass ich das Auto mit einem skeptischen Blick ansehe. Irgendwie passt er nicht zu einem Anwalt. Es sieht gefährlich und aggressiv aus, fast schon, als würde Scott damit einen unsichtbaren Gegner herausfordern.

»Was ist los?«, fragt Scott mich, nachdem er meinen Blick bemerkt hat.

»Ich hätte nicht gedacht, dass du so ein Auto fährst. Ich fand es schon merkwürdig dich darin zu sehen, als du mich abgeholt hast«, gebe ich zu. Vorsichtig finden meine Augen seine, da ich keine Ahnung habe, wie er darauf reagiert.

»Was hast du dann erwartet?« Ich erkenne den leicht belustigten Unterton in seiner Stimme, nehme es ihm aber nicht krumm. Das Gegenteil ist eher der Fall, ich bin froh darüber, dass er nicht sauer auf mich ist.

»Irgendetwas Eleganteres. Der Wagen passt zwar zu dir, aber du bist Anwalt. Da erwartet man eher, dass du einen schicken, aber soliden Wagen fährst und nicht einen teuren Sportwagen«, antworte ich ihm und hoffe, dass er meine Worte nicht in den falschen Hals bekommt.

Scott erwidert nichts. Ich habe schon die Befürchtung, dass er meine Worte missverstanden hat, als ich plötzlich das kühle Metall in meinem Rücken spüre. In der nächsten Sekunde steht er plötzlich so dicht vor mir, dass seine Brust bei jedem Atemzug über meine Brustwarzen streicht, was dafür sorgt, dass mein Atem nur noch stoßweise kommt.

Es ging alles so schnell, dass ich gar nicht weiß, wie mir geschieht.

Langsam kommt sein Gesicht meinem näher. Hoffnung erfasst mich, dass er mich küsst, doch kurz bevor seine Lippen meine berühren, bleibt er stehen.

»Ich habe dir gesagt, dass ich diesen Job eigentlich nicht machen will, und das Auto ist ein Beweis dafür«, flüstert er so leise, dass nur ich seine Worte verstehen kann. Selbst wenn jemand in unserer Nähe stehen würde, hätte er keine Ahnung, worüber wir uns gerade unterhalten und würde wahrscheinlich denken, dass wir ein ganz normales Paar sind, dass nicht die Hände voneinander lassen kann.

Überrascht, aber auch verwirrt über seine Worte schnappe ich nach Luft. Ich habe keine Ahnung, was er mir damit sagen will, aber ich würde es gerne herausfinden.

Aber noch während ich mir überlege ob und wie ich ihn danach fragen soll, hat er sich wieder von mir getrennt.

»Lass uns losfahren«, erklärt er mit einem verspielten Grinsen im Gesicht und zieht mich ein Stück von dem Wagen weg. Da ich meine Augen nicht von ihm nehme, sehe ich nur aus dem Augenwinkel wie er an mir vorbeigreift und die Tür auf der Beifahrerseite öffnet.

Für den Bruchteil einer Sekunde ringe ich mit mir, ob ich ihn nicht einfach danach fragen soll. Doch als ich einen Blick in sein Gesicht werfe, verwerfe ich die Idee. Seine Augen sagen mir, dass er nicht weiter darüber sprechen will, und das akzeptiere ich.

Aber trotzdem habe ich die Hoffnung, dass er mir vielleicht doch irgendwann meine unausgesprochene Frage beantworten wird.

»Verrätst du mir jetzt, wo es hingeht?«, frage ich ihn neugierig, nachdem wir ein paar Minuten schweigend durch die Stadt gefahren sind. Da ich noch nie in San Diego war, habe ich schon bald die Orientierung verloren. Ich bin mir sicher, dass ich ohne Navi nicht zurück zum Hotel finden würde. Immer weiter führt es uns auf den Ort zu, den Scott eingegeben hat.

Langsam rollt er auf eine rote Ampel zu und hält davor. Nachdem der Wagen zum Stehen gekommen ist, dreht er sich zu mir. Sein Blick durchdringt mich und sorgt dafür, dass ich nicht mehr klar denken kann.

»Wir fahren ans Wasser«, verkündet er mit guter Laune und einem frechen Grinsen im Gesicht, während er nach meiner Hand greift.

»Das Meer? Du weißt aber schon, dass wir davon in L. A. genug haben, oder?«

»Vertrau mir. Wir haben zwar das Meer zu Hause täglich direkt vor unserer Nase, aber das, was ich jetzt mit dir machen möchte, können wir dort nicht tun.«

Vertrau mir. Bei diesen beiden Wörtern werde ich hellhörig. Ich weiß, dass er es auf diese Situation bezogen meint, aber tief in mir drin schreit alles danach, ihm in allen Bereichen zu vertrauen.

Zum ersten Mal, seitdem wir uns begegnet sind, habe ich wirklich das Gefühl, dass ich ihm vertrauen kann und er es nicht missbraucht. Genauso, wie ich mir wünsche, dass er mir auch vertraut.

»Was …?«, frage ich, nachdem ein lautes Hupen zu mir durchgedrungen ist.

Auch Scott scheint sich nach dem Verursacher umzusehen, denn sein Blick gleitet nach vorne.

»Mist«, murmelt er in der nächsten Sekunde leise vor sich hin.

Um ebenfalls zu sehen, was passiert ist, schaue ich auch wieder in die Fahrtrichtung und sehe, dass die Ampel umgesprungen ist und wir nun weiterfahren dürfen.

Ich traue mich nicht, etwas zu sagen und genieße deswegen die Ruhe zwischen uns. Sie ist nicht bedrückend, sondern verheißungsvoll. Außerdem gibt sie mir auch die Möglichkeit, über das nachzudenken, was er gesagt hat.

»Wir sind da«, verkündet Scott schließlich, als wir auf einen Parkplatz fahren.

Neugierig schaue ich mich um, kann aber nichts entdecken, das mir einen Anhaltspunkt geben würde, warum wir hier sind. Ich sehe nur das Meer, dass sich auf der anderen Seite des Gehweges erstreckt, der sich direkt vor uns befindet.

Doch dann sehe ich rechts von uns einen großen Hafen, in dem ich sogar ein paar Schiffe der Marine erkennen kann.

Obwohl ich seinen Blick auf mir spüre, sagt er nichts. Scott zieht den Schlüssel aus dem Zündschloss und steigt aus. Ehe ich mir wieder vor Augen halten kann, dass unser Zusammensein mit Sicherheit eine schlechte Idee ist, öffne ich ebenfalls meine Tür und schwinge meine Beine aus dem kühlen Auto.

Ich will gerade nicht darüber nachdenken. Wahrscheinlich handle ich total blauäugig, und jede andere meiner Kolleginnen hätte ihm einen Vogel gezeigt, aber ich kann und will es nicht. Falls es ernsthafte Konsequenzen für mich haben sollte, habe ich nach unserer Rückkehr immer noch genug Zeit, mich mit ihnen auseinanderzusetzen.

»Komm«, fordert Scott mich auf und wirkt dabei, als wäre er

ein kleiner Junge, der seine Geschenke öffnen darf. Ein breites Grinsen hat sich auf sein Gesicht geschlichen, und seine Augen werden von einem Funkeln erhellt. Ich kann die Nervosität in seiner Stimme hören, in der aber auch gleichzeitig Aufgeregtheit mitschwingt.

Scott greift nach meiner Hand, verschränkt seine Finger mit meinen und schlägt den Weg in Richtung Hafen ein.

Neugierig lasse ich mich von ihm führen, bis er schließlich vor einem riesigen Flugzeugträger stehen bleibt. Staunend stelle ich mich neben ihn.

»Wow«, entfährt es mir, während ich das Schiff mit offenem Mund anschaue.

Es ist wirklich gigantisch, größer, als ich mir so einen Flugzeugträger vorgestellt habe. Bei genauerem Hinsehen erkenne ich dort mehrere Menschen, die auf dem Deck herumlaufen, das Schiff betreten oder es gerade verlassen, und keiner von ihnen sieht so aus, als wäre er ein Soldat.

»Das ist die USS Midway. Nachdem sie ausgemustert wurde, hat man aus ihr ein Museum gemacht«, erklärt er mir.

»Ein Museum?«, frage ich ungläubig. Ich muss zugeben, dass ich davon noch nie etwas gehört habe. Aber bis vor wenigen Tagen hatte ich auch nicht vorgehabt, nach San Diego zu fahren, weswegen ich mich auch nie über irgendwelche Sehenswürdigkeiten schlau gemacht habe.

»Ich hoffe, dass es dir gefällt. Wenn nicht, können wir auch woanders hingehen. Wir müssen es uns nicht anschauen. Allerdings habe ich mir gedacht, dass es vielleicht interessant ist, da wir so etwas nicht in Los Angeles haben und man deswegen also nicht jeden Tag die Gelegenheit dazu hat.« Es dauert einige Sekunden bis seine Worte in meinem Kopf angekommen sind. Doch dann schaue ich ihn irritiert an, da ich mir sicher bin, dass ich Zweifel in seiner Stimme gehört habe.

»Das ist eine super Idee. Ich würde es mir gerne ansehen«, erwidere ich begeistert, da ich nicht will, dass er sich Sorgen macht.

Es fühlt sich komisch an, dass dieser sonst so selbstsichere Mann, der mit gemeinen Sprüchen um sich schlägt, so unsicher ist. Und irgendwie habe ich das Gefühl, dass ich nicht ganz unschuldig daran bin.

Ein glückliches Lächeln breitet sich auf seinem Gesicht aus. Dann greift er wieder nach meiner Hand, und zusammen gehen wir auf das riesige Ungetüm zu, das vor uns auf dem Wasser schwimmt.

Am Eingang gibt er dem Mann, der offenbar für den Einlass zuständig ist, unsere Eintrittskarten, was dafür sorgt, dass ich ihn fragend ansehe.

»Nachdem die Dame am Empfang mir diesen Tipp gegeben hatte, habe ich sie gebeten, mir zwei Karten zu besorgen.«

»Gebeten?«, frage ich skeptisch nach, da ich es mir kaum vorstellen kann.

»Auch ich kann das, und dabei habe ich mich gleich dafür entschuldigt, dass ich sie gestern so angefahren habe.«

Bei seinen Worten hebe ich verblüfft meinen Kopf und betrachte ihn mit einem Blick, als wäre er plötzlich ein anderer Mensch. Zu sagen, dass ich geschockt bin, wäre der falsche Ausdruck. Allerdings fällt mir beim besten Willen kein anderer ein.

Aber es macht mich glücklich zu wissen, dass er anscheinend doch anders kann und bei mir nicht nur eine Ausnahme gemacht hat.

Die nächsten zwei Stunden verbringen wir damit, uns das Schiff und die Flugzeuge anzusehen, die sich auf dem Deck befinden. Es ist ein wunderbares Gefühl, Zeit mit ihm zu verbringen. Scott lässt mich nicht eine Sekunde glauben, dass wir hier nicht zusammen sein dürfen.

Entweder hält er meine Hand mit seiner fest umklammert oder er legt mir seine Hand auf den Rücken, um mir den Vortritt zu lassen. Seine Aufmerksamkeit weckt den Eindruck in mir, als hätte er Angst, dass ich plötzliche verschwinde oder mich jemand entführt.

Wir lachen viel und albern herum. Wieder einmal beweist er mir, dass er ein ganz anderer Mann ist als der, den ich im Büro kennengelernt habe.

Aber das wirft auch wieder die Frage in mir auf, wieso er sich dort so verhält, wenn er doch eigentlich das komplette Gegenteil ist.

»Danke«, flüstere ich, als wir wieder zu seinem Wagen gehen.

»Das habe ich gerne gemacht. Ich freue mich, dass es dir gefallen hat«, erklärt er mir, weicht dabei aber meinem Blick aus.

Er schaut an mir vorbei, als wäre hinter mir etwas, was seine Aufmerksamkeit anzieht, aber als ich mich ebenfalls in die Richtung drehe, erkenne ich nichts.

Ruckartig bleibe ich stehen und ziehe dabei an seinem Arm, so dass auch er stehen bleiben muss. Scott dreht sich zu mir um und sieht mich erwartungsvoll an, doch ich erkläre es ihm nicht. Stattdessen gehe ich zwei Schritte auf ihn zu und stelle mich auf die Zehenspitzen, um ihn auf die Wange küssen zu können. Doch in dem Augenblick, in dem ich seine Haut berühren will, dreht er seinen Kopf so zu mir hin, dass ich seine Lippen treffe.

Ein elektrischer Schlag durchfährt meinen Körper. Als ich das Missgeschick bemerke, will ich mich zurückziehen, doch Scott lässt mich nicht entkommen. Seine Hände legen sich auf meine Hüften, und er zieht mich mit starken Armen so dicht an sich heran, dass ich mich nicht mehr aus seinem Griff winden kann.

Aber das will ich auch gar nicht. Ich genieße die Nähe zu diesem Mann viel zu sehr. Sie gibt mir etwas, das ich vorher noch nie gespürt habe. Ich fühle mich sicher in seinen Armen. Mir kommt es so vor, als würde er spüren, was ich gerade brauche und wonach ich mich sehne.

Als er sich ein Stück von mir entfernt, ringe ich nach Atem. Mein Kopf ist wie leergefegt, aber anstatt meine Gedanken zu sortieren, konzentriere ich mich auf den Mann, der vor mir steht.

»Scott«, flüstere ich. Ich habe das Bedürfnis irgendetwas zu sagen, irgendetwas zu tun. Nur weiß ich leider nicht was. Er setzt so viele Gefühle in mir frei, dass ich Zeit brauche um sie zu sortieren und mir darüber klarzuwerden, was das für mich heißt.

Als könnte er meine Verwirrtheit sehen, zieht er mich an sich und schlingt die Arme um meinen Körper.

»Ich weiß«, flüstert er dicht an meinem Ohr. Dabei streift sein heißer Atem meine Haut.

Mein Kopf ruht an seiner Schulter und meine Hände haben sich auf den Bund seiner Jeans gelegt.

Immer wieder gehen Menschen an uns vorbei, doch keiner von ihnen scheint uns zu beachten.

Eine Weile bleiben wir dort so stehen. Seine Umarmung beruhigt mich. Sie gibt mir Kraft.

»Lass uns verschwinden«, sagt er schließlich mit ruhiger Stimme.

»Okay«, stimme ich zu.

Während wir den restlichen Weg zu seinem Wagen hinter uns bringen, zieht Scott mich dicht an sich heran. Seine Hand liegt mit einem eisernen Griff auf meiner Hüfte. Er lässt keinen Zweifel daran, dass ich zu ihm gehöre.

Und noch bevor ich wieder daran denken kann, dass es nicht so ist, rufe ich mir die Worte von Brooke ins Gedächtnis und beschließe, es zu genießen.

»Hast du Lust, noch etwas spazieren zu gehen?«, fragt er mich, nachdem wir sein Auto erreicht haben.

»Sicher, es ist so schönes Wetter«, schiebe ich vor und hoffe dabei, dass Scott nicht merkt, dass ich nicht will, dass der Nachmittag mit ihm schon vorbei ist.

Scott hält mir die Autotür auf und fährt schließlich los, nachdem er sich neben mich gesetzt hat.

Zusammen fahren wir in ein Viertel, von dem ich annehme, dass es die Innenstadt ist. Nachdem er den Wagen in einem Parkhaus abgestellt hat, schlendern wir gemeinsam durch San Diego.

Im Großen und Ganzen geht es hier genauso hektisch zu wie

in Los Angeles. Trotzdem muss ich zugeben, dass die Stadt niedlicher ist als meine Heimat.

Es fühlt sich an, als wären wir ein richtiges Paar. Dabei weiß ich es besser.

Wir sind kein Paar und werden es auch niemals sein. Bei dem Gedanken daran schmerzt mein Herz.

Ich habe mir immer so einen Mann gewünscht. Einen Mann, der sieht, was in meinem Kopf vor sich geht, ohne dass ich große Worte darüber verlieren müsste, der weiß, was ich denke und dem ich nicht jede meiner Entscheidungen lange erklären muss.

11

Müde seufze ich und fahre mir dabei mit den Händen über das Gesicht, als ich am nächsten Abend im Schneidersitz auf dem Bett sitze. Vor mir liegen die Unterlagen, die Scott von seinem gestrigen Treffen mitgebracht hat.

Da alle Zahlen fein säuberlich aufgeschrieben wurden und dort stehen, wo sie hingehören, habe ich nur drei Stunden gebraucht, um die Aufstellungen durchzusehen. Scott hatte ebenfalls angekündigt, dass er ein paar Paragraphen durchgehen muss.

Ich bin mir sicher, hätte ich in den letzten drei Stunden nicht an Scott denken müssen, wäre ich doppelt so schnell fertig gewesen. Doch dieser Mann hat sich in meinem Kopf festgesetzt und macht keine Anstalten, von dort wieder zu verschwinden.

Als der Klingelton meines Handys ertönt und mir zeigt, dass jemand versucht mich zu erreichen, taste ich blind danach und bekomme es schließlich in einiger Entfernung von mir zu fassen.

»Ja?«, frage ich, nachdem ich das Telefonat angenommen habe, ohne vorher auf das Display zu schauen.

»Hi«, ertönt die gut gelaunte Stimme meiner Schwester Haley am anderen Ende der Leitung. »Wie geht's dir? Was machst du? Wie läuft es mit Scott?«, fragt sie mich, ohne einmal Luft zu holen.

Nachdem sie ihre Fragestunde beendet hat, strecke ich meine Beine von mir und lasse mich nach hinten in die Kissen sinken.

»Soll ich dir die Fragen in dieser Reihenfolge beantworten?«, entgegne ich und verdrehe dabei die Augen, weil ich weiß, dass sie vor allem die Antwort auf ihre letzte Frage interessiert. Aber genau das ist die Frage, die ich ihr nicht genau beantworten kann.

»Das ist mir egal.« Ich kann förmlich sehen, wie sie mit den Schultern zuckt und sich dabei ein freches Grinsen auf ihrem Gesicht bildet, da es eigentlich nicht der Fall ist.

»Mir geht es gut, und ich habe gerade ein paar Unterlagen durchgearbeitet. Das ist ja auch der Grund dafür, dass Scotts Vater mich hierher mitgeschickt hat«, gebe ich zurück, wobei ich mit Absicht noch nichts zu ihrer letzten Frage sage. Ich habe nämlich keine Ahnung, was ich darauf antworten soll.

Es ist kompliziert und schwierig.

Auch die letzte Nacht haben wir miteinander verbracht. Nachdem wir uns heute zu einem gemeinsamen Mittagessen mit dem Käufer, einem furchtbar unsympathischen Menschen, getroffen hatten, bei dem es nur um den juristischen Standpunkt ging, waren wir Eis essen und sind am Meer spazieren gegangen. Es war ein wunderschöner Nachmittag, den ich sehr genossen habe.

Scott benimmt sich in meiner Gegenwart vorbildlich, anständig, ja fast schon wie ein Gentleman. Aber egal wie sehr ich es genieße und mich darüber freue, seine ungeteilte Aufmerksamkeit in diesen Momenten zu haben, es macht mir auch Angst.

Wie wird es wohl werden, wenn wir wieder in Los Angeles sind? Diese Frage stelle ich mir schon seit unserem Besuch auf dem Schiff, aber die Antwort darauf kenne ich trotzdem nicht.

»Und was ist mit Scott?«, hakt sie nach wenigen Sekunden vorsichtig nach, als würde sie spüren, dass ich gerade über ihn nachgrüble.

»Was soll mit ihm sein? Er muss genauso arbeiten wie ich auch. Schließlich sind wir nicht zum Vergnügen hier, es ist und bleibt nun einmal eine Geschäftsreise«, erkläre ich ihr. Allerdings weiß ich, dass sie sich mit dieser Antwort nicht begnügen wird.

Ich an ihrer Stelle würde es auch nicht.

»Ich weiß, dass wir nicht die gleichen moralischen Vorstellungen haben wie unsere Eltern. Trotzdem haben sie es in den letzten Jahren geschafft, uns zu wenigstens ansatzweise anständigen Frauen zu erziehen.«

Bei ihren Worten entfährt mir ein leises Lachen. Haley weiß genauso gut wie ich, dass sie untertreibt. Wir haben komplett andere Vorstellungen von unserem Leben, als es sich unsere Eltern für uns wünschen.

»So kann man es auch ausdrücken«, erwidere ich und versuche den sarkastischen Unterton zu unterdrücken, der sich mit in meine Stimme geschummelt hat.

Allerdings dringt wenig später auch das Kichern von Haley durch die Leitung, und ich weiß, dass sie ihn bemerkt hat. »Okay, ich gebe zu, dass wir in vielen Dingen eine andere Sicht haben. Auf jeden Fall will ich damit sagen, dass es völlig in Ordnung ist, dass du dir Sorgen um deine berufliche Zukunft in der Firma machst. Das brauchst du mir nicht zu sagen. Mich würde es sogar wundern, wenn es nicht so wäre. Brooke und mir würde es genauso gehen. Aber denk auch daran, dass du nur einmal jung bist und du das genießen solltest, solange es geht. Und wer weiß, vielleicht soll es so sein und es ist der Anfang von etwas ganz Großem.«

Überrascht über ihre Worte richte ich mich ein Stück auf. Ich hatte heute Morgen zwar schon daran gedacht, als wir kuschelnd im Bett lagen, aber es aus ihrem Mund zu hören, ist noch einmal etwas ganz anderes.

»Ich weiß, Mama«, stöhne ich.

Kaum habe ich das letzte Wort ausgesprochen, höre ich schon wieder ihr Lachen.

»Ich bin froh, dass ich nicht eure Mutter bin. So viel Mist, wie ihr als Kinder immer verzapft habt.«

»Du meinst wohl, wie *wir* immer verzapft haben«, verbessere ich sie.

»Ist Scott privat denn auch so ein Arsch? Obwohl, ich glaube die Frage kann ich mir schenken. Wäre er es, würde es dir bestimmt nicht so gehen, wie es gerade der Fall ist. Allerdings könnte ich mir vorstellen, dass er in der einen oder anderen Situation gerne wieder einen bissigen Kommentar von sich geben würde. Schließlich macht er das die meiste Zeit des Tages«, korrigiert sie sich selber.

»Er ist kein Idiot, Kotzbrocken, oder wie man ihn auch sonst nennen will«, antworte ich ihr. »Er ist einfühlsam, aufmerksam, einfach phantastisch. Seitdem wir hier angekommen sind, haben wir die meiste Zeit zusammen verbracht. Es ist fast so, als würden zwei verschiedene Menschen in ihm stecken«, erkläre ich ihr.

»Wer weiß, vielleicht ist das ja so«, überlegt sie laut.

»Ich habe keine Ahnung«, flüstere ich und denke dabei an die letzte Nacht zurück. Zweimal haben wir miteinander geschlafen. Beim ersten Mal hatten wir uns noch unserer Lust hingegeben, während er sich beim zweiten Mal alle Zeit der Welt genommen hat, um meinen Körper zu erkunden und mich zu befriedigen. Er hat auf die wundervollste Art mit mir gespielt, die man sich nur vorstellen kann.

Irgendwie kann ich mir nicht vorstellen, dass er eine gespaltene Persönlichkeit hat. Ich habe eher den Verdacht, dass es einen anderen Grund für sein Verhalten gibt, und den würde gerne herausfinden.

»Er scheint also nur im Büro ein Kotzbrocken zu sein«, stellt sie fest.

Darauf sage ich nichts. Aber ich bin mir sicher, dass meine Schwester auch so weiß, dass sie ins Schwarze getroffen hat.

»Mach das, was dein Herz dir rät. Wäre nicht das erste Mal, dass du auf diese Weise handelst und es nicht bereust«, gibt sie mir einen Rat. »Ich wünsche euch auf jeden Fall viel Spaß. Den morgigen Tag habt ihr ja noch, bevor ihr abends zurückkommt und am Donnerstag wieder in den Alltag zurückmüsst.«

Noch während sie spricht, wird mir schwer ums Herz. Ich wusste, dass uns nur wenige Tage bleiben, in der wir die Zeit zusammen auskosten können. Aber ich habe nicht damit gerechnet, dass sie so schnell vorbeigehen. In diesem Fall würde ich kein Problem damit haben, wenn wir noch einige Tage hierbleiben würden.

»Sei nicht traurig darüber. Und lass einfach auf dich zukommen, was danach passiert.«

»Das bin ich nicht«, entgegne ich, obwohl ich weiß, dass es nicht die Wahrheit ist. Und Haley weiß es garantiert auch. Denn wenn ich es nicht wäre, dann würde ich mich mehr an der Unterhaltung beteiligen.

»Wenn du meinst«, flüstert sie in einem Ton, der mir zeigt, dass ich richtiggelegen habe.

»Ich muss noch ein paar Seiten durcharbeiten«, lüge ich ein zweites Mal in genauso vielen Minuten. Aber ich bin gerade mit meinen Gedanken ganz woanders, so dass ich nicht mehr mit ihr sprechen kann. In mir macht sich der Wunsch breit, mich an ihn zu lehnen, die Augen zu schließen und alles auszublenden.

Aber dem gebe ich nicht nach.

»Viel Spaß euch noch und melde dich, wenn du wieder zu Hause bist.« Mit diesen Worten beendet sie das Telefonat und überlässt mich meinen Gedanken.

Ich liebe meine Schwestern. Aber in diesen Augenblicken verfluche ich sie dafür, dass sie wissen, was in meinem Kopf vor sich geht, obwohl sie mich nicht einmal sehen. Manchmal wissen die beiden es sogar, bevor ich mir selber darüber klarwerden kann.

Ich unterbreche ebenfalls die Verbindung und schmeiße das Handy neben mir auf das Bett.

»Was mache ich nur?«, frage ich mich, wobei das Gesicht von Scott wieder vor meinem inneren Auge auftaucht.

Obwohl er mir nicht gegenübersteht, sorgt sein Lächeln dafür, dass mir warm ums Herz wird und ich ebenfalls lächeln muss.

Könnte ich eine geheime Beziehung zu diesem Mann haben? Und würde er das überhaupt wollen? Vor allem die letzte Frage will mir nicht mehr aus dem Kopf gehen. Obwohl wir nie darüber gesprochen haben und es auch nicht werden, stellt sich diese Frage in meinen Kopf.

Scott erschien mir seit unserem ersten Zusammentreffen nicht der Mann zu sein, der eine Freundin an seiner Seite haben will. Ich hatte eher den Eindruck, dass er sich das nimmt, was er will, und dann zur nächsten zieht. Und dabei den gleichen Kotzbrocken heraushängen lässt, wie es auch im Büro der Fall ist.

Und diese Vermutung hatte ich auch, nachdem ich das erste Mal mit ihm geschlafen hatte. Trotzdem habe ich es nicht bereut.

Aber er kann auch anders, und diese Seite an ihm gefällt mir, wahrscheinlich mehr, als es gut für mich ist. Verzweiflung regt sich in mir. Ich will gerade aufstehen und ein paar Runden in dem Zimmer drehen, als es leise an der Tür klopft.

»Ja?«, frage ich laut und versuche dabei, mir nicht anmerken zu lassen, wie verwirrt ich bin.

Ich starre auf die Tür, die im nächsten Moment aufgeht und den Blick auf Scott freigibt, der seinen Kopf durch den schmalen Spalt schiebt.

»Hi, wie sieht's aus bei dir?«, fragt er mich, während er sie noch ein wenig mehr öffnet und mit geschmeidigen Bewegungen hereinkommt.

»Ich bin fertig. Die Zahlen sehen gut aus. Die Firma scheint vielversprechend zu sein. Hätte der Besitzer sich nicht ein paarmal verkalkuliert und dadurch zu viel Geld verloren, wäre sie ernsthafte Konkurrenz für den Käufer.« Während ich spreche, geht Scott auf das Bett zu und setzt sich auf die Bettkante am Fußende.

»Das habe ich mir gedacht. Er will die Firma so schnell wie möglich verkauft haben, da wäre er schön blöd, wenn er falsche Zahlen angeben oder unvollständige Unterlagen abliefern würde. Auf diese Weise würde er den Verkauf nur hinauszögern und eventuell dafür sorgen, dass der Käufer zurücktritt.«

Mit großen Augen schaue ich ihn an, als seine Worte bei mir ankommen.

»Du hast es dir gedacht?«, frage ich ihn vorsichtig und versuche, dabei nicht zu ungläubig zu klingen. Mein Gesichtsausdruck wechselt von fragend zu verwirrt.

»Als Anwalt ist es von Vorteil, wenn man eine gute Menschenkenntnis hat. Außerdem habe ich mich lange genug mit dem Verkauf der Firma auseinandergesetzt, um zu wissen, dass sie jeden Tag weiter ins Minus rutscht.«

Während er spricht hebe ich meine Augenbrauen und schaue ihn skeptisch an.

»Und was mache ich dann hier?«

Eine Weile schaut er mich schweigend an. Je länger er es vorzieht, nichts zu sagen, umso größer wird meine Angst vor seiner Antwort. Mein Herz schlägt so sehr, dass ich mir sicher bin, dass er es hören kann, und meine Hände zittern.

»Ich habe keine Ahnung. Wahrscheinlich wollte mein Vater einfach sehen, ob wir beide uns zusammenreißen können, schließlich hat er bestimmt von unseren Streitereien in den letzten Tagen gehört«, seufzt er und reibt sich dabei über seinen Nacken. Ich kann sehen, dass es ihm schwerfällt, diese Worte auszusprechen, aber ich bin froh darüber, dass er es getan hat.

Mit einem aufmerksamen Blick, bei dem mir heiß wird, beobachtet er mich.

Da ich nicht weiß, was in seinem Kopf vor sich geht oder wie ich seinen Blick einordnen soll, ziehe ich fragend eine Augenbraue nach oben und lege meinen Kopf ein wenig schief.

Ein leises Lachen dringt über seine Lippen, während er mich weiterhin keine Sekunde aus den Augen lässt.

»Was?«, frage ich ihn, als er keine Anstalten macht, etwas zu sagen.

»Du bist wunderschön, Melody. Und unter anderen Umständen hätte ich dir das auch von der ersten Sekunde an gezeigt.«

»Scott ...«, wispere ich.

Wie soll ich mich darauf vorbereiten, dass sich unsere Wege morgen Abend wieder trennen, wenn er solche Dinge zu mir sagt?

Aus einem Reflex heraus lasse ich mich auf alle viere fallen und krabble über das Bett hinweg zu ihm, um meinen Kopf auf seine Schulter zu legen.

Eine Weile sitze ich neben ihm und atme seinen Geruch ein. Seine Finger liegen auf meinem Bein und fahren immer wieder über den dünnen Stoff meiner Leggings. Auf diese Weise sorgt er dafür, dass sich eine Gänsehaut auf meinem Körper bildet.

»Möchtest du noch etwas machen? Wir könnten ausgehen, oder einfach hierbleiben, wie du willst«, fragt er mich schließlich, nachdem er meine Hand in seine genommen hat.

»Nein«, antworte ich mit fester Stimme, obwohl ich ihn eigentlich dasselbe hatte fragen wollen. Aber da das unser letzter gemeinsamer Abend in San Diego ist, will ich mit ihm alleine sein. Morgen Abend werden wir uns bereits wieder auf dem Weg nach L. A. befinden.

»Lass uns schauen, was im Fernsehen läuft«, schlägt Scott vor und drückt mir einen sanften Kuss auf die Stirn.

»Möchtest du nicht noch etwas von der Stadt sehen?«, hake ich nach, obwohl es mich freut, dass er anscheinend kein Problem mit meinem Wunsch hat.

»Ehrlich gesagt nicht«, antwortet er mir und zuckt dabei gleichgültig mit den Schultern.

Noch bevor ich etwas erwidern kann, steht er auf und zieht mich an den Händen ebenfalls auf die Beine. Gemeinsam gehen wir auf die Tür zu, die noch immer offensteht, und betreten den Wohnbereich.

»Setz dich.« Mit diesen Worten zeigt er auf das Sofa.

»Hmmm«, mache ich nur und gehe eigentlich davon aus, dass er mir ebenfalls folgt.

Doch er tut es nicht. Stattdessen schaue ich ihm dabei zu, wie er zum Telefon geht und eine Nummer wählt. Es dauert einen Moment, doch dann erfüllt seine tiefe Stimme den kleinen Raum.

»Scott Baker aus Zimmer 658 hier. Ich würde gerne zwei Pizzen bestellen. Eine mit Schinken, Ananas und Pfirsichen und die andere mit Hähnchenfleisch. Und dazu eine Flasche Rotwein und eine Flasche Orangensaft.« Ich höre, wie jemand am anderen Ende der Leitung spricht, kann aber leider nicht verstehen, worum es geht. Nach ein paar Sekunden verabschiedet Scott sich wieder und legt das Telefon zurück.

Mit langsamen Schritten kommt er auf mich zu und lässt sich schließlich neben mich auf das Sofa fallen. Scott lehnt sich nach hinten in die Kissen und legt die Füße auf den Tisch vor uns.

Noch ehe ich reagieren kann, umgreift er meine Hüfte und zieht mich an sich. Mein Kopf sinkt auf seine Brust, während er mit der linken Hand nach der Fernbedienung greift, die auf dem kleinen Abstelltisch neben dem Sofa liegt.

Schweigend schaltet er den Fernseher an und sucht eine alte Serie aus.

»Weißt du eigentlich, dass dies das Normalste ist, was ich in den letzten Jahren getan habe?«, fragt er mich so leise, dass ich seine Worte kaum verstehen kann.

Gerne würde ich ihm sagen, dass ich es nicht weiß, genauso gerne, wie ich ihn nach dem Grund dafür fragen würde, aber ich traue mich nicht. Stattdessen schüttle ich meinen Kopf und lege meine Hand auf die Stelle, unter der sein Herz schlägt.

Stumm liegen wir so da und verfolgen die Serie, wobei ich allerdings kaum etwas mitbekomme. Meine Gedanken sind bei dem Gespräch mit meiner Schwester und ihren Worten.

Es könnte der Beginn von etwas ganz Großem sein!

Ja, das könnte es.

Dieser Mann verwirrt mich auf eine Art und Weise, wie es noch kein Mann vor ihm getan hat. Trotzdem kann ich ihm nicht nah genug sein. Bereits jetzt bin ich süchtig nach ihm. Und das hält mir das größte aller Probleme wieder einmal vor Augen:

Ich darf nicht so für ihn empfinden!

»Alles in Ordnung? Du bist so ruhig.« Kaum hat er ausgesprochen, hebe ich meinen Kopf ein Stück, um ihn besser betrachten zu können.

Seine Augen sind auf mich gerichtet und durchdringen mich. Obwohl ich vollständig bekleidet bin, fühle ich mich in diesem Moment nackter als jemals zuvor.

Er sieht so aus, als könnte er direkt in meinen Kopf schauen und dabei sehen, wie es mir geht und was ich denke.

In dem Moment, in dem ich ihm antworten will, wobei ich mir noch nicht sicher bin, ob ich ihm die Wahrheit sagen werde, hindert mich ein Klopfen an der Tür daran.

Dankbar für den Zeitaufschub, atme ich tief durch und klettere von ihm herunter, damit er die Tür öffnen kann. Bevor Scott sich in Bewegung setzt, dreht er sich noch einmal in meine Richtung. Ich sehe ihm an, dass er etwas sagen möchte, doch da es in der nächsten Sekunde noch einmal klopft, schluckt er seine Worte hinunter und steht auf.

Obwohl ich ihn nicht sehen kann, höre ich jedes Wort, was Scott von sich gibt. Seine tiefe Stimme jagt mir einen Schauer nach dem anderen über den Rücken. Ich könnte ihm stundenlang zuhören und es würde mir nicht langweilig werden.

Das zwischen uns ist nicht nur sexuelle Anziehungskraft, denn sonst könnte ich mich in seiner Gegenwart nicht so entspannen, wie es der Fall ist.

»Das Essen ist da«, verkündet Scott, als er wenige Sekunden später um die Ecke biegt und dabei einen Servierwagen vor sich herschiebt.

»Das riecht köstlich«, schwärme ich, als der Geruch des warmen Essens in meine Nase steigt. Genießerisch atme ich ein und merke, wie mir das Wasser im Mund zusammenläuft.

»Ich hoffe, es schmeckt auch so gut«, erklärt er und öffnet die Weinflasche, um den Inhalt in die beiden bereitstehenden Gläser zu füllen. Eins davon reicht er mir, während er das zweite in seiner Hand behält und sich wieder neben mich setzt.

»Auf dich«, flüstert er schließlich.

»Erzählst du mir auch den Grund, weshalb wir auf mich anstoßen?«, frage ich neugierig nach.

»Weil du einfach du selbst bist. Du verstellst dich nicht, und das ist eine nette Abwechslung. Außerdem sagst du das, was du denkst, und hast dabei auch keine Angst, mir die Meinung zu sagen.« Bei seinen Worten wird mir warm ums Herz. Ich habe zwar keine Ahnung, wieso er das sagt, aber ich werde das Gefühl nicht los, dass seine Worte für ihn eine große Bedeutung haben.

Anstatt etwas zu sagen nehme ich einen Schluck von dem Rotwein und greife nach einem Stück Pizza, nachdem er die Teller vor uns auf den Tisch gestellt hat. Dann lehne ich mich in die Kissen zurück und ziehe die Knie vor meine Brust.

Während des Essens schauen wir Fernsehen und ich erzähle Scott von meiner Familie.

»Ich muss zugeben, dass deine Oma eine interessante Persönlichkeit ist. Auch wenn sie nicht viel gesagt hat, aber ich habe die Blicke genau gesehen, mit denen sie mich beobachtet hat«, gibt er mit einem Grinsen im Gesicht von sich.

»Sie meint es nur gut«, verteidige ich sie, obwohl es dafür überhaupt keinen Grund gibt. Scott scheint ihr nicht böse deswegen zu sein. Es hat sich sogar ein amüsiertes Grinsen auf seine Lippen geschlichen.»In den letzten Jahren war sie mehr der Ansprechpartner für uns als unsere Eltern. Die beiden waren immer viel am Arbeiten«, erkläre ich ihm und zucke dabei mit den Schultern.»Aber ich gebe zu, dass sie eine ungewöhnliche Art hat. Mittlerweile trauen sich selbst die Handwerker kaum noch in ihr Haus«, füge ich lachend hinzu.

»Lass mich raten, sie haben süße Hintern?«, grinst er immer noch frech und wackelt dabei mit den Augenbrauen. Sein Verhalten sorgt dafür, dass ich anfangen muss zu lachen. Da ich gerade an meinem letzten Bissen Pizza kaue, nicke ich nur.

»Ich hätte dir ihren Spitznamen für dich nicht verraten dürfen.«

»Ach, ich finde es irgendwie cool. Und es freut mich, dass sie auf euch aufpasst.«

»Das tut sie«, erwidere ich.

»Komm her«, flüstert er wieder ernst, nachdem ich den letzten Bissen verschlungen habe.

Scott rückt ein wenig zur Seite, damit ich mich zwischen ihn und die Sofalehne legen kann. Kaum ist mein Kopf auf seine Schulter gesunken, werde ich von seiner Wärme zugedeckt und ich spüre, wie müde ich eigentlich bin.

Obwohl ich in den letzten beiden Nächten mit ihm an meiner Seite gut geschlafen habe, kommt es mir plötzlich so vor, als hätte ich seit Tagen kein Auge mehr zugemacht.

Nur mühselig kann ich mir ein Gähnen verkneifen. Ich will noch mehr Zeit mit ihm haben, an die ich mich erinnern kann, sobald wir wieder in Los Angeles sind und wir getrennte Wege gehen.

Doch ich schaffe es nicht, meine Augen offen zu behalten. Bereits nach wenigen Sekunden werden meine Augenlider schwerer und ich schlafe gut behütet in seinen Armen ein.

12

Als ich am nächsten Morgen wach werde und meine Augen öffne, sehe ich die Rückenlehne des Sofas vor mir. Es dauert einige Sekunden, bis ich so weit wach bin, dass ich mich wieder an die Ereignisse des gestrigen Abends erinnere. Zeitgleich spüre ich seine Hand auf meinem Bauch und seinen heißen Atem in meinem Nacken. Diese Geste hat etwas Beschützendes.

Ich lege meine Hand auf seine und fahre mit den Fingernägeln über seine Haut.

Vorsichtig, da ich nicht weiß, ob er noch schläft, drehe ich mich zu ihm um und ziehe die Decke, die über unseren Beinen liegt, ein Stück nach oben.

Meine Hände fahren über die Bartstoppeln, die seine Wange bedecken, und bleiben an seinem Kinn liegen. Mein Daumen berührt seine Unterlippe, bevor ich ihn sanft küsse. Nach wenigen Sekunden trenne ich mich wieder von ihm und schaue in seine geöffneten Augen.

»Ich wollte dich nicht wecken«, flüstere ich.

»Kein Problem«, erwidert Scott nur und lässt seine Hand unter mein Top wandern, um meinen Rücken zu streicheln.

Meine Hand, die eben noch an seinem Kinn lag, befindet sich nun auf seiner Brust, so dass ich jeden seiner Atemzüge spüren kann. Wir liegen ruhig nebeneinander und schauen uns in die Augen. Irgendwann bewege ich mein Bein ein Stück. Scott greift sofort danach und positioniert es so, dass es auf seiner Hüfte liegt.

»Scott, ich …«, beginne ich, doch er bewegt sich so, dass ich unter ihm liege und die Decke von uns rutscht. Als nächstes legt er mir einen Zeigefinger auf den Mund und bringt mich so zum Schweigen.

Eigentlich wollte ich ihm sagen, dass wir damit aufhören müssen, da wir schon in wenigen Stunden wieder zurück in Los Angeles sein werden. Doch jetzt bekomme ich die Worte nicht mehr über die Lippen.

»Ich weiß, was du sagen willst, und wahrscheinlich hast du sogar recht damit«, raunt er dicht an meinem Mund. »Aber wir haben noch ein paar gemeinsame Stunden.«

Mehr als ein Nicken bekomme ich angesichts seiner Worte nicht zustande.

Im nächsten Augenblick liegen seine Lippen auf meinen und vereinnahmen sie. Der Kuss ist heiß, leidenschaftlich und sorgt dafür, dass mein Höschen feucht wird. Meine Finger fahren unter sein Shirt und ziehen es nach oben, wobei ich seine Haut berühre und leicht über sie kratze.

Als er von meinen Lippen lässt, ziehe ich es ihm über den Kopf und befreie seine Arme von dem dünnen Stoff. Seine Zähne streifen meine Haut, als er sich küssend über meinen Hals bis zu meinen Schultern vorarbeitet. Scharf ziehe ich dabei die Luft ein.

Langsam schiebt er mir das Oberteil nach oben und zieht es mir ebenfalls über den Kopf. Dann wandert seine rechte Hand nach hinten und öffnet den BH, um auch ihn zur Seite zu schmeißen.

Eine Gänsehaut macht sich auf meinem Körper breit und die kühle Luft im Zimmer sorgt dafür, dass meine Nippel sich schmerzhaft aufrichten. Bereits im nächsten Moment legt er seine Lippen auf meine rechte Brust und fährt mit der Zunge über meine Brustwarze.

Ein lautes Stöhnen entfährt mir und ich biege meinen Rücken durch, um ihm noch näher zu sein. Das gleiche wiederholt er an meiner linken Brust, bis das Zimmer von meinem Stöhnen erfüllt wird.

Ich spüre, wie ich immer feuchter werde. Ungeduldig greife ich nach dem Gürtel seiner Jeans und öffne ihn, bevor ich ebenfalls die Knöpfe öffne und sie ihm mitsamt seiner Boxershorts über den Hintern ziehe.

Doch weiter komme ich nicht, denn Scott greift nach meiner Hand, hebt sie hoch und legt sie auf meine Brüste.

Stumm fordert er mich so auf, mich selber zu berühren. Ohne darüber nachzudenken, komme ich seinem Wunsch nach und nehme meine Nippel zwischen die Finger, um an ihnen zu spielen.

Mit einem dunklen Blick beobachtet er mich, während ich spüre, wie er meine Hose öffnet und sie weiter nach unten zieht, bis ich sie mir von den Füßen streifen kann.

»Scott«, bettle ich ihn an, doch er schenkt mir nur ein freches Grinsen, bevor er nach meinem Höschen greift und es mir ebenfalls herunterzieht.

Sanft streicht er von meinen Füßen immer weiter hinauf, bis er meine Mitte erreicht hat. Kaum spüre ich dort seine Finger, komme ich ihm entgegen und sehne mich danach, seine Zunge auf meiner geschwollenen Perle zu fühlen.

Doch er lässt mich los und steht auf, um sich ebenfalls die restlichen Sachen auszuziehen. Als ich seinen harten Ständer erkenne, der vor ihm in die Luft ragt, muss ich um Atem ringen und ich setze mich auf, um an den Rand des Sofas zu rutschen. Ich nehme ihn in die Hand und lasse meine Finger ein paarmal daran rauf und runter gleiten, bevor ich mich nach vorne beuge und ihn in den Mund nehme.

Ein Stöhnen dringt tief aus seiner Kehle herauf, als ich vorsichtig meine Zähne an seinem besten Stück entlanggleiten lasse.

Scott greift in meine Haare, um sie ein Stück nach hinten zu halten, während ich seinen Schwanz immer wieder so tief wie möglich in mir aufnehme. Dies treibt mich selber auch noch weiter an. Schon bald komme ich an den Punkt, an dem ich mich am liebsten selber berühren würde.

Der Druck zwischen meinen Beinen wird immer größer, weswegen ich meine linke Hand fallen lasse, um ihn wenigstens etwas zu lindern. Doch weit komme ich nicht.

In der Sekunde, in der ich über meine Klitoris fahre, entzieht sich Scott mir und schiebt meinen Oberkörper mit den Händen nach hinten, bis ich auf dem weichen Stoff zum Liegen komme. Dann lässt er sich ebenfalls auf die Knie sinken und presst seinen Mund auf die Stelle, an der ich ihn spüren will. Immer wieder leckt er mit der Zunge darüber, so dass ich schon bald kurz davorstehe, meinen Verstand zu verlieren.

Meine Hände krallen sich rechts und links in der Decke fest, auf der ich liege, während mein Kopf ein Stück nach oben geht, damit ich ihn besser dabei beobachten kann.

Immer schneller umspielt seine Zunge meine empfindliche Stelle und sorgt dafür, dass ich schon bald nicht mehr weiß, wo oben und unten ist. Als ich schließlich komme, stöhne ich laut und schreie seinen Namen hinaus. Ich bin mir sicher, dass man mich auf dem gesamten Stockwerk gehört hat.

Aber das ist mir egal. In diesem Moment nehme ich nur noch ihn wahr und mache mir keine Gedanken darüber, was andere eventuell denken könnten.

Langsam komme ich zu mir und auch meine Atmung normalisiert sich wieder. Aus halb geschlossenen Augen erkenne ich, dass Scott sich erhebt und nach seiner Hose greift. In der nächsten Sekunde entdecke ich die Geldbörse in seiner Hand und beobachte ihn dabei, wie er sie öffnet und etwas herauszieht.

Als ich das Knistern höre, weiß ich, dass er dabei ist, eine Kondomverpackung zu öffnen. Langsam öffne ich meine Lider noch ein Stück und sehe zu, wie er es sich über seinen steifen Schwanz rollt.

In der nächsten Sekunde umgreift er meine Hüften, zieht mich nach vorne und dringt mit einem Stoß in mich ein.

»Oh Gott«, entfährt es mir laut, während ich meine Beine ein Stück näher an meine Brüste ziehe, damit ich ihn noch tiefer in mir aufnehmen kann.

Immer wieder zieht er sich aus mir zurück, nur um wieder einzudringen. Bei jeder Bewegung wird er wilder und schneller. Für einen kurzen Moment öffne ich meine Augen und sehe, wie er seinen Kiefer anspannt. Er ist kurz davor die Kontrolle zu verlieren, aber mir geht es auch nicht anders.

Bei jedem Stoß treibt er mich weiter über die Klippe, bis ich es nicht mehr aushalte.

Meine Muskeln spannen sich an und um mich herum verschwindet alles. Der Orgasmus zieht sich so lange hinaus, bis ich einige Sekunden später spüre, wie auch er kommt.

Als ich wieder zu mir komme, habe ich das Gefühl, als hätte Scott alles aus mir herausgeholt, was ich ihm zu geben habe. Ich bin müde, aber auch glücklich.

»Leg dich hin«, flüstert er leise, nachdem er sich aufgerichtet und sich aus mir zurückgezogen hat. Mit einem fragenden Gesichtsausdruck komme ich seiner Aufforderung nach und lege mich wieder mit dem Kopf auf das Kissen, auf das er gerade noch gezeigt hat.

Bereits im nächsten Moment spüre ich, wie die Polster unter seinem Gewicht ein wenig nachgeben und er die Decke über unsere nackten Körper zieht. Er schließt mich in seine Arme und vergräbt dabei seine Nase in meinen Haaren.

Eigentlich habe ich vieles, was ich ansprechen will, eben weil wir morgen wieder in Los Angeles sein werden. Gerne würde ich ihn fragen, wie er es sich vorstellt, wie es nun weitergehen soll. Ich habe keine Ahnung, wie ich mich nach diesen Tagen und diesen Erlebnissen ihm gegenüber verhalten soll, sobald wir von Kollegen und den anderen Anwälten umgeben sind.

Alle werden uns wahrscheinlich genau im Auge behalten, weil sie denken, dass wir uns die ganze Zeit nur gestritten haben und uns auch jetzt jederzeit wieder an den Hals springen werden.

Aber ich sage nichts. Stattdessen streiche ich gedankenverloren über seine Brust und fahre mit dem Zeigefinger das Tattoo nach. Mir ist klar, dass ich dieses Thema irgendwann ansprechen muss, aber gerade bin ich nicht in der Lage dazu, mich über so etwas zu unterhalten.

»Ich muss nachher mit dem jetzigen Besitzer und dem Käufer die Firma besichtigen«, bricht Scott irgendwann das Schweigen zwischen uns.

»Soll ich dich begleiten?«, frage ich ihn. Aus irgendeinem Grund gefällt mir der Gedanke nicht, von ihm getrennt zu sein.

»Bleib ruhig hier. Ich habe keine Ahnung, wie lange es dauern wird. Außerdem muss ich ein paar juristische Dinge mit ihnen besprechen, die so ein Wechsel nun mal mit sich bringt. Das ist nur langweiliger Kram.«

Bei seinen Worten hebe ich meinen Kopf ein Stück und stütze ihn auf meiner Hand ab.

»Und was soll ich in der Zeit machen?«, erkundige ich mich in der Hoffnung, dass er noch irgendwelche Unterlagen für mich hat, die ich überprüfen soll.

Scott lehnt sich ein Stück nach vorne, bis sein Mund beinahe mein Ohr berührt.

»Für dich habe ich eine Überraschung«, flüstert er kaum hörbar.

Überrascht über seine Worte schaue ich ihn an. Doch Scott geht nicht weiter darauf ein. Stattdessen zieht er mich wieder an seine Brust und drückt mir einen Kuss auf die Stirn.

»Ms. Brown?«, fragt eine kleine Frau, als ich die Tür geöffnet habe. Sie trägt einen weißen Rock, der mit goldenen Mustern verziert ist. Auch auf dem ebenfalls weißen Shirt erkenne ich diese Muster. An den Füßen trägt sie schlichte weiße Sandalen, die ihr Outfit abrunden.

»Ja?«, erwidere ich vorsichtig. Dabei überlege ich, wer sie sein könnte, oder was sie von mir will.

Scott ist vor einer halben Stunde verschwunden und hat mich mit der Anweisung zurückgelassen, dass ich mir etwas Bequemes anziehen soll.

Allerdings hat er nicht gesagt, dass ich abgeholt werde, und mir auch sonst nicht den kleinsten Hinweis gegeben.

»Ich bin Maya und hier, um Sie für Ihren Termin abzuholen«, erklärt sie mir mit freundlicher und gleichzeitig kindlicher Stimme.

»Termin?« Ich kann nicht verhindern, dass sich ein zweifelnder und verwunderter Unterton in meine Stimme geschlichen hat.

»Mr. Baker hat veranlasst, dass Sie die nächsten Stunden in unserem Spa verwöhnt werden.«

»Was?«, frage ich mit viel zu lauter Stimme. Ich habe das Gefühl, als hätte ich mich verhört.

Hat sie das wirklich gesagt? Hat Scott wirklich einen Termin im Spa für mich gemacht, obwohl ich eigentlich neben ihm stehen und mir ebenfalls die Fabrik anschauen sollte?

Doch an ihrem Gesichtsausdruck erkenne ich, dass sie es ernst meinte.

»Sind Sie so weit?«, reißt sie mich von meinen Gedanken los.

Um wieder ins hier und jetzt zurückzufinden, schüttle ich den Kopf.

»Moment«, entgegne ich, gehe zurück ins Zimmer und greife nach meinem Schlüssel und dem Handy. Nachdem ich den Flur betreten habe, schließe ich die Tür hinter mir ab und folge der Frau zum Fahrstuhl. Dort drückt sie auf den Knopf für die oberste Etage.

Während der Fahrt halte ich unwillkürlich die Luft an. Als sich die Türen endlich wieder öffnen, kommt mir der Duft von Vanille und Rosen entgegen und ich höre leise Klavierklänge, die dafür sorgen, dass die Anspannung verschwindet.

»Wow«, flüstere ich, nachdem ich die kleine Kabine verlassen habe.

Ich befinde mich in einem großen Raum, in dem ein Anmeldetresen steht. Auf ihm befinden sich rechts und links jeweils ein Strauß Rosen und in der Mitte hängt von der Decke ein riesiger Kronleuchter. Es gibt mehrere Flure, die von diesem Raum abgehen und in denen ich ebenfalls Türen erkennen kann. In der rechten Ecke des Raumes stehen ein paar bequem aussehende Sessel, die um einen Tisch herum verteilt sind, auf dem Zeitschriften liegen. Die Wände wurden in einem dezenten Gelb gestrichen und an ihnen hängen Bilder, die man sonst nur in Modezeitschriften finden würde.

»Kommen Sie«, fordert Maya mich auf und geht voraus in einen der Flure. Ich folge ihr in den Raum, dessen Tür sie nun aufhält und entdecke einen großen schwarzen Lederstuhl. Er steht vor einem großen Spiegel, vor dem sich ein Tisch mit Kosmetikartikeln befindet.

»Zuerst können Sie sich ihre Kleidung ausziehen und in einen der Bademäntel steigen, die sich in der Umkleide befinden, dort finden Sie auch einen Bikini, den sie anziehen können. Danach kommen Sie einfach in diesen Raum«, erklärt sie mir und zeigt dabei auf eine Tür, die sich in der hintersten Ecke des Raumes befindet.

Immer noch sprachlos von der Überraschung schaffe ich es nicht, einen Ton herauszubekommen. Deswegen nicke ich nur und verschwinde in dem Zimmer, auf das sie gezeigt hat.

Nachdem ich durch die Tür durchgeschritten bin, finde ich mich in einem elegant eingerichteten Raum wieder. Eine Seite ist mit einem großen Spiegel ausgestattet, der von einem goldenen Rahmen eingefasst ist. Neben der Tür steht ein Sofa, und auf der gegenüberliegenden Seite befindet sich ein Kleiderschrank, der aus einem dunklen Holz gefertigt wurde. Alles sieht sehr elegant und teuer aus.

Da ich neugierig bin, gehe ich ohne zu zögern auf den Schrank zu und betrachte den Inhalt. Genau wie Maya es gesagt hat, entdecke ich einen Bademantel und Bikini und ziehe sie heraus. Bevor ich mich von meiner Trainingshose und dem Shirt trenne, atme ich noch einmal tief durch.

Ein paar Sekunden später stehe ich vor dem Spiegel und schaue mich an. Der Bikini, den ich trage, ist golden und passt perfekt. Es ist fast so, als hätte man ihn extra für mich angefertigt. Er schmiegt sich um meine Kurven und betont sie. Vor allem muss ich zugeben, dass mein Hintern in ihm schön zur Geltung kommt.

Ich greife nach meinem Handy und öffne das Textfeld, um Scott eine Nachricht zu schreiben.

Danke, aber das hättest du nicht machen müssen!

Schnell ziehe ich mir den Bademantel über und verlasse mit dem Handy in der Hand das Umkleidezimmer.

»Ich werde Ihnen zuerst eine Schlammpackung auf das Gesicht auftragen, als nächstes geht es zur Massage und dann können Sie in das Moorbad gehen«, begrüßt Maya mich, nachdem ich die Tür hinter mir geschlossen habe.

»Moorbad?« Ich komme mir selber wie eine Idiotin vor, weil Maya es sicher gewöhnt ist, es mit Frauen zu tun zu haben, die dieses Programm wöchentlich, wenn nicht sogar täglich, durchziehen.

Aber obwohl Haley mich während meines Studiums mehrmals gefragt hatte, ob ich so einen Nachmittag mit ihr verbringen will, um mich zu entspannen, habe ich es nie gemacht.

Jetzt bereue ich das allerdings, da ich keine Ahnung habe, wovon die Frau vor mir spricht.

»Es belebt ihren Körper und gibt Ihnen neue Energie«, erklärt sie mir und nickt dabei.

»Okay«, murmle ich verlegen und setze mich auf den Stuhl, auf den sie zeigt.

Zuerst bindet sie mir meine Haare hoch, damit sie mir nicht ins Gesicht hängen. Die nächsten Minuten sitze ich stumm auf dem Stuhl und spiele mit meinem Telefon. Ich warte auf eine Nachricht von Scott, aber er meldet sich nicht. *Wahrscheinlich hat er gar keine Zeit, sein Smartphone überhaupt in die Hand zu nehmen,* überlege ich, aber auch dieser Gedanke tröstet mich nur bedingt.

»Fertig«, verkündet die Kosmetikerin und legt den Pinsel wieder in das Schälchen. Kurz betrachte ich mich in dem Spiegel und finde, dass ich ein wenig an ein Schlammmonster erinnere, was mir ein kleines Lächeln entlockt.

»Kommen Sie«, fordert Maya mich auf und geht auf eine zweite Tür zu.

Drei Stunden später fühle ich mich wie neugeboren, als ich unser Zimmer wieder betrete. Meine Haut ist weich, und obwohl ich kein Make-up aufgelegt habe, habe ich genug Farbe im Gesicht, um auszusehen, als wäre ich geschminkt.

»Hi«, ertönt Scotts Stimme, sobald ich die Tür hinter mir geschlossen habe.

Da ich noch nicht mit ihm gerechnet habe, fahre ich erschrocken zu ihm herum und drücke mir dabei meine freie Hand auf die Brust. Als Scott meine Reaktion sieht, setzt er einen entschuldigenden Gesichtsausdruck auf und kommt auf mich zu.

»Sorry, ich wollte dich nicht erschrecken«, erklärt er mit einem entschuldigen Ausdruck in seinem Gesicht.

»Ist schon in Ordnung, ich hatte nur nicht damit gerechnet, dass du schon wieder da bist«, winke ich ab und versuche dabei meinen Puls wieder in den Griff zu bekommen. »Wie war der Termin?«, frage ich ihn, nachdem ich wieder zu Atem gekommen bin.

»Trocken«, erwidert er und schleicht sich dabei wie ein Raubtier an. Mir kommt es so vor, als würde er abwägen ob ich die Flucht ergreifen will oder nicht.

»Trocken?« Auf meinem Gesicht breitet sich ein belustigter Ausdruck aus.

»Jeder einzelne Vertragspunkt wurde noch einmal durchgesprochen und es kam nichts Neues hinzu. Solche Treffen dienen eigentlich nur der Abklärung, ob die Gegenseite auch nicht zurücktreten will«, klärt er mich auf und legt dabei seine Hände auf meine Hüften. Seine warmen Finger brennen sich auf meine Haut. Ihn so dicht bei mir zu spüren, nachdem wir uns die letzten Stunden nicht gesehen haben, lässt mein Herz höher schlagen. »Du siehst ausgeruht aus«, stellt er fest, nachdem er mich kurz gemustert hat.

»Das bin ich auch. Danke«, raune ich, stelle mich auf die Zehenspitzen und küsse ihn sanft auf den Mundwinkel, wobei ich meine Arme um seinen Hals schlinge.

»Du brauchst dich nicht zu bedanken. Ich habe es gerne getan. Und ich wette, dass es besser war als mein Termin.« Ich bin mir sicher, dass er es mir nicht zeigen will, aber ich sehe ihm an, dass es ihm unangenehm ist.

Ich lehne mich an ihn und kuschle mich an seinen warmen Körper. In seinen Armen fühle ich mich geborgen und sicher. Es ist fast so, als könnte mich nichts umwerfen oder die Ruhe, die zwischen uns herrscht, stören.

Wir leben in unserer eigenen kleinen Welt.

Als ich meinen Blick hebe und in seine Augen schaue, erkenne ich die Zuneigung darin.

»Wie soll es weitergehen?« Als ich die Frage ausspreche, weiche ich seinem Blick aus und löse mich von ihm. Ich will es nicht, kann ihm gerade aber auch nicht so nahe sein.

Da ich nicht weiß, was ich sonst machen soll, gehe ich zum Sofa und setze mich auf die weichen Polster. Ihm diese Frage zu stellen ist mir schwergefallen, aber in den letzten Stunden ist mir klargeworden, dass wir diese Unterhaltung führen müssen. Schließlich sind wir morgen bereits wieder in Los Angeles.

»Ich weiß es nicht«, antwortet Scott niedergeschlagen. »Ich hätte wahrscheinlich niemals etwas mit dir anfangen dürfen, aber ich konnte nicht anders. Ich kann und will mich nicht von dir fernhalten. Das gilt für jetzt genauso wie für die Zukunft. Deswegen bereue ich nichts.«

Bei seinen Worten hebe ich den Kopf und sehe, dass er vor mir auf die Knie gegangen ist. Er nimmt meine Hände in seine und drückt sie sanft. Aber auch damit kann er nicht die Unsicherheit vertreiben, die sich in mir breitmacht.

Unsicherheit in Bezug auf uns, da ich nicht weiß, ob eine Beziehung mit ihm überhaupt funktionieren kann. Und Unsicherheit im Hinblick darauf, wie meine Kollegen und Chefs reagieren, wenn sie davon erfahren.

»Ich werde einen Weg finden«, verspricht er mir und kommt mir dabei so nahe, dass er mich küssen kann.

Sanft berühren seine Lippen meine, was mir ein leises Seufzen entlockt. Ich lasse meine Stirn an seine fallen und schließe die Augen.

»Und wie?«, flüstere ich, obwohl ich seine Antwort bereits kenne.

Das Schweigen, dass sich nun zwischen uns ausbreitet zeigt mir, dass ich recht hatte.

Er weiß es nicht, und ich habe auch keine Ahnung.

13

Als ich am Donnerstag das Büro betrete, herrscht das gleiche rege Treiben wie in der letzten Woche. Während ich auf dem Weg zur Treppe an ein paar Schreibtischen vorbeigehe, erkenne ich, dass einige der Angestellten mich prüfend ansehen.

Mir braucht keiner zu sagen, was in ihren Köpfen vor sich geht. Ich weiß, dass sie sich fragen, wie sehr und über was Scott und ich uns in den letzten Tagen gestritten haben.

Trotzdem tue ich so, als hätte ich keine Ahnung, wieso sie mich so ansehen und schaue zwischen den einzelnen Schreibtischen hin und her. Dabei sehe ich, dass nicht alle in meine Richtung schauen, was mich erleichtert aufatmen lässt.

So gut es geht blende ich die Blicke aus, während ich weitergehe und die Stufen zu meiner Abteilung hochsteige.

»Hi«, begrüße ich Claire und Maria gut gelaunt, als ich vor meinem Schreibtisch zum Stehen komme und meine Tasche auf den Stuhl fallen lasse.

Ich habe noch nicht einmal ausgesprochen, als die beiden ruckartig ihre Köpfe in meine Richtung drehen und mich anschauen.

»Oh mein Gott, du hast es überlebt«, ruft Claire aus und springt dabei so heftig von ihrem Stuhl auf, dass dieser fast nach hinten kippt. Ich habe keine Chance mehr zu reagieren, da sie mich im nächsten Moment schon in ihre Arm geschlossen hat um mich fest an sich zu drücken.

»Was meinst du?«, entgegne ich, bevor es *Klick* bei mir macht. »Redest du von der Geschäftsreise?« Ich kann nicht verhindern, dass meine Stimme bei der Frage einen überraschten Ton annimmt.

»Jeder hier hat mit dir gelitten. In allen Abteilungen haben wir uns Sorgen um dich gemacht!« Ihre Worte überschlagen sich fast, so schnell redet sie, und das kräftige Nicken unterstreicht ihre Aussage.

»Was? Warum?« Verständnislos schaue ich sie an.

»Du bist neu im Büro und noch nicht so geübt im Umgang mit Scott wie die anderen, falls man das überhaupt sein kann. Obwohl ich zugeben muss, dass du ihm ein paar gute Kommentare an den Kopf geknallt hast.«

Während sie spricht, merke ich, wie meine Augen immer größer werden. Langsam dämmert es mir, dass sie die Befürchtung hatten, dass Scott mich zum Frühstück verspeist, was er in gewisser Hinsicht ja auch getan hat. Allerdings glaube ich nicht, dass sie damit meinte, dass er über mich herfällt und mich am ganzen Körper berührt.

»Ich hoffe, er hat sich benommen«, meldet sich nun auch Maria zu Wort.

Bei ihrem scharfen Ton zucke ich zusammen. Als ich zu ihr schaue erkenne ich, dass sie mich mit einem aufmerksamen Blick betrachtet, fast so, als würde sie in mich hineinkriechen wollen.

Bevor ich noch irgendetwas preisgebe, was ich besser für mich behalten sollte, drehe ich mich wieder weg und fahre den Computer hoch. Um zu verhindern, dass ich nicht das falsche sage, beiße ich mir auf die Innenseite meiner Unterlippe und suche fieberhaft nach den richtigen Worten.

»Nun erzähl schon: Wie war es mit unserem Kotzbrocken? Ich stelle mir ein paar Tage mit ihm am Stück schwierig vor«, dringt Claires ungeduldige Stimme an mein Ohr.

»Er hat seine Arbeit gemacht und ich meine. Dazwischen sind wir uns so gut es ging aus dem Weg gegangen«, antworte ich ihr und setze mich dabei auf meinen Stuhl.

Wenigstens ein Teil davon ist nicht gelogen.
Ich hasse es, wenn ich nicht die Wahrheit sagen kann. Aber ich bin mir sicher, dass sie mich für bescheuert erklären würde, wenn sie wüsste, dass wir die Zeit dazwischen miteinander verbracht haben. Und vor allem, was wir getan haben.

Aber nicht nur aus diesem Grund ziehe ich es vor, den Mund zu halten und zu einer Notlüge zu greifen. Sondern auch, weil ich die Blicke einiger meiner Kollegen auf mir spüre und das nicht jeden etwas angeht.

»Keine blöden Kommentare?«, fragt sie in einem überraschten Ton nach und sieht mich dabei aufmerksam an.

Kurz schaue ich in ihre Richtung und schüttle den Kopf, bevor ich nach meiner Tasche greife, um die Wasserflasche hinauszuziehen und auf den Tisch zu stellen.

»Wahrscheinlich hielt er es für das Beste, schließlich mussten wir es länger miteinander aushalten als nur ein paar Stunden«, füge ich noch hinzu und hoffe, dass sie keine weiteren Fragen stellt.

»Das kann ich mir bei ihm ja gar nicht vorstellen.« Ungläubig schüttelt sie den Kopf. Fast sieht sie so aus, als hätte sie ein Gespenst gesehen, aber ich kann ihre Reaktion verstehen. Mir kommen die letzten Tage selber wie ein Traum vor.

Ein Traum, der nun leider vorbei ist.

Als ich meinen Blick auf den Monitor vor mir wende, spüre ich, dass sich meine Brustwarzen aufrichten, bis sie schmerzhaft gegen meinen BH drücken. In meinem Magen beginnen die Schmetterlinge zu fliegen und mein Herz schlägt schneller.

Suchend blicke ich von meinem Bildschirm auf und schaue direkt in die Augen von Scott. Nachdem er mich gestern Abend zu Hause abgesetzt hatte, ist er selber nach Hause gefahren, zumindest habe ich das gedacht. Doch der Anblick, den er nun bietet, wirft die Frage auf, ob er in der letzten Nacht überhaupt geschlafen hat.

Sein Gesicht ist blass und er hat dunkle Ränder unter den

Augen. Die Haare stehen ihm wirr vom Kopf ab. Doch das ist nichts im Gegensatz zu dem, was ich an seiner Schläfe erkenne. Er sieht aus, als hätte er sich geprügelt. Ein dicker Bluterguss hat sich dort gebildet und einen dunkelroten Farbton angenommen, der mir sofort ins Auge fällt.

Bei dem Gedanken daran, dass er in eine Schlägerei verwickelt gewesen sein könnte, läuft es mir kalt den Rücken hinunter und Panik macht sich in mir breit.

»Ich glaube nicht, dass Sie fürs Quatschen bezahlt werden«, dröhnt seine tiefe Stimme durch den Raum. Obwohl alle seinen Ton gewöhnt sind, drehen sie sich doch kurz in seine Richtung, bevor sie die Augen verdrehen und sich wieder ihrer Arbeit widmen.

Aus Reflex öffnet sich mein Mund, doch noch bevor ein Ton herauskommen kann, schließe ich ihn schnell wieder und schlucke die Worte hinunter.

Würde ich mich jetzt besorgt über seinen Zustand zeigen, sorgte das wahrscheinlich für Gesprächsstoff. Und das ist das Letzte, was ich gerade will.

Aber trotzdem schaue ich ihn mit einem Blick an, der ihm klar zu verstehen gibt, dass ich wissen will, was passiert ist. Scott sieht kurz zu mir und schüttelt so unauffällig wie möglich den Kopf.

Noch bevor ich irgendetwas unternehmen kann, was mich als hysterische Freundin dastehen lassen würde, rufe ich mir in Erinnerung, dass wir beide unter Beobachtung stehen.

Er setzt sich in Bewegung und geht auf Maria zu. Ohne etwas zu sagen, legt er ihr ein paar Blätter vor die Nase, die verdächtig nach der Rechnung des Hotels aussehen.

Verwundert darüber, dass er sie ihr nicht vor die Nase knallt schaut sie ihn an.

»Kümmern Sie sich darum«, weist er sie in einem kühlen Ton an, den ich in den letzten Tagen nicht ein einziges Mal vermisst habe.

Maria hat keine Chance mehr, irgendetwas zu sagen, da er sich bereits in der nächsten Sekunde umdreht. Dabei streift sein Blick meinen. Ich spüre die Verbindung, die in den letzten Tagen zwischen uns bestanden hat. Es kommt mir vor, als wäre sie noch stärker, da es nun unser kleines Geheimnis ist.

Immer noch presse ich die Lippen zu einer dünnen Linie aufeinander, damit mir nicht doch die Frage herausrutscht, was mit seinem Gesicht passiert ist.

Ein unscheinbares Lächeln erscheint auf seinem Gesicht, was aber sofort wieder verschwindet. Dann dreht er sich um und verschwindet so schnell wie er gekommen ist.

Mit jedem Meter, den er zwischen uns bringt, wird mir immer schwerer ums Herz. Am liebsten würde ich ihm nachgehen, aber das kann ich mir gerade noch verkneifen.

»Was hat der denn gemacht?«, fragt mich Claire, als würde sie erwarten, dass ich die Antwort darauf kenne.

»Gestern Abend sah er noch normal aus«, erkläre ich ihr und versuche dabei so gleichgültig wie möglich zu klingen.

»Freundlichkeit ist eine Tugend«, raunt Maria, während sie eine Akte öffnet und sie bearbeitet.

Kurz schaue ich zu ihr, bevor mein Blick in die Richtung gleitet, in der Scott gerade verschwunden ist. Ein ungutes Gefühl macht sich in mir breit, das sich einfach nicht verdrängen lässt.

Seit unserer Ankunft haben wir es so gut es geht vermieden, miteinander zu sprechen. Aber das hat nichts daran geändert, dass ich seinen Blick auf mir gespürt habe, sobald er in meiner Nähe war. Ich habe sein Verlangen gespürt, was es mir schwergemacht hat, abweisend zu ihm zu sein.

Am Wochenende hatte ich zwischendurch die Hoffnung, dass er sich bei mir meldet, aber das hat er nicht getan. Stattdessen herrschte Funkstille zwischen uns, die mich ungeduldig werden ließ. Gestern Abend war ich sogar so weit, dass ich mich gefragt habe, ob ich seine Worte vielleicht falsch verstanden habe.

»Was?«, donnert seine arrogante Stimme mir nun entgegen, als ich am Montag vor Scotts Büro stehe, um ihn ein paar Unterlagen unterschreiben zu lassen.

Bei dem Klang seiner Stimme zucke ich kurz zusammen und zögere. Ich überlege mir sogar kurz, einfach wieder zu verschwinden, aber das ist kein Ausweg. Schließlich können wir uns nicht ewig aus dem Weg gehen.

Also überwinde ich mich und greife nach dem Türknauf.

Beruhige dich, Melody. Er ist dein Vorgesetzter, und du musst ihn etwas unterschreiben lassen. Deine persönliche Beziehung zu ihm ist gerade nicht wichtig!, ermahne ich mich selber, aber so wirklich funktionieren tut es nicht.

Langsam drehe ich den Griff, bis die Tür aufspringt und den Blick auf das Innere seines Büros freigibt. Obwohl ich noch keinen Schritt hineingegangen bin, entdecke ich Scott sofort. Er zieht mich magisch an.

Scott sitzt hinter dem Schreibtisch und hämmert mit einem finsteren Blick auf seiner Tastatur herum. Das laute Geräusch erfüllt den Raum.

»Entschuldigung«, flüstere ich, um ihn auf mich aufmerksam zu machen.

Als meine Stimme ertönt, hebt er ruckartig seinen Kopf. Es scheint mir, als würde er ein paar Sekunden brauchen, bis er merkt, wer da gerade in seinem Büro aufgetaucht ist. Doch dann lächelt er mich an und steht auf, um auf mich zuzugehen.

Doch während er die wenigen Schritte hinter sich bringt, fällt mein Blick auf seine Hände. Sie sind blutig an den Knöcheln. Außerdem sind sie ein wenig angeschwollen. Die Verletzungen sehen so aus, als wären sie noch nicht sehr alt.

Erschrocken über den Anblick ziehe ich scharf die Luft ein. Am liebsten würde ich seine Hände in meine nehmen und ihn fragen, was passiert ist, aber irgendetwas hält mich zurück.

Schnell rufe ich mir den Grund dafür in Erinnerung, dass ich hier stehe.

»Sorry«, murmle ich und halte dabei die Unterlagen fest in meiner Hand. »Ich wollte Sie nicht stören, aber diese Rechnungen müssen unterschrieben werden, damit sie heute noch raus können«, erkläre ich und halte ihm dabei die Mappe entgegen, die ich mitgebracht habe. Da die Tür noch immer offensteht, ist es das Beste, wenn ich ihn nicht darauf anspreche und die besorgte Freundin spiele, zumal ich das auch nicht bin.

Verwirrt betrachtet Scott mich, doch er sagt nichts. Er sieht so aus, als würde ich eine andere Sprache sprechen, die er nicht versteht.

Scott geht an mir vorbei, schließt die Tür und tritt hinter mich. Ihm wieder so nah zu sein zeigt mir, dass ich meine Gefühle in den Griff bekommen muss. Ich bin ihm hilflos ausgeliefert und das weiß er.

Als nächstes spüre ich, wie seine Fingerspitzen über meinen Hals fahren, bis sie auf meiner Schulter liegen bleiben. Sanft beginnt er, sie zu massieren, was dazu führt, dass ich mich ein wenig entspanne. Trotzdem ermahne ich mich, aufmerksam zu bleiben.

»Dreh dich um«, raunt er leise in mein Ohr, und sein heißer Atem streift meine Haut.

Tief durchatmend komme ich seiner Aufforderung langsam nach. Er steht direkt vor mir. Uns trennen nur noch wenige Zentimeter, und doch kommt es mir so vor, als wäre er gerade meilenweit von mir entfernt.

»Du brauchst dich nicht entschuldigen«, flüstert er und umfasst dabei mein Gesicht. »Von dir lasse ich mich gerne von der Arbeit abhalten.«

Kaum hat er seine Worte beendet, küsst er mich zärtlich. Ich spüre, wie ich bei dieser Berührung zerfließe und nichts mehr von mir übrigbleibt.

Doch ein winziger Teil meines Verstandes sagt mir, dass wir das nicht dürfen und schon gar nicht hier. Also reiße ich mich zusammen und trete einen Schritt zurück, wobei ich ihm die Unterlagen in die Hand drücke.

Ich gehe auf Distanz zu ihm. Und ich sehe an seinem Blick, dass er das nicht will. Ich will es ja selber nicht, aber es ist mit Sicherheit das Vernünftigste.

»Hier«, erkläre ich ihm und versuche meine Stimme dabei so fest wie möglich klingen zu lassen.

»Was ist los?«, fragt er forschend, nimmt die Mappe und wirft sie auf den Abstelltisch, der sich schräg hinter ihm befindet.

»Nichts«, antworte ich, obwohl es nicht stimmt.

»Diese Worte habe ich schon ein paar Mal von dir gehört und jedes Mal hat sich herausgestellt, dass sie nicht stimmten.« Seine Worte unterstreicht er mit einem skeptischen Blick.

Ich spüre, wie er seine Hand an meine Wange legt und schließe die Augen, so sehr genieße ich die Berührung von ihm.

In diesen wenigen Sekunden gibt es nur ihn und mich. Genauso, wie es bereits in San Diego der Fall gewesen war. Die Geräusche unserer Umgebung verschwinden und ich konzentriere mich nur noch auf den Mann vor mir.

»Sag es mir«, fordert er mich tonlos auf.

Als ich meine Augen wieder öffne sehe ich, dass er mich noch immer betrachtet. Jede noch so kleinste Regung nimmt er in sich auf. In meinem Hals bildet sich ein Kloß, den ich aber schnell hinunterschlucke, bevor er sich festsetzen kann.

»Ich weiß es nicht«, stöhne ich schließlich leise und weiche etwas vor ihm zurück. »Aber die gleiche Frage könnte ich dir auch stellen.« Bei meinen Worten zeige ich auf seine kaputten Hände, die er nun in der Hosentasche vergräbt, und hebe dann meine Hand an die Stelle seines Gesichts, an der man noch immer etwas von seiner Prellung sehen kann. Zwar verblasst sie langsam, aber das ändert nichts daran, dass sie da war.

»Ich versuche mir über ein paar Dinge klarzuwerden.«

»Und deswegen erscheinst du mit einem blauen Auge und zerschrammten Händen im Büro?«, fordere ich ihn heraus. Mir ist bewusst, dass ich gerade gemein bin, aber ich will wissen, was passiert ist, dass er solche Verletzungen bekommen hat.

»Es ist nichts«, entgegnet er bloß und zuckt dabei mit den Schultern.

Dabei klingt er so ruhig und gelassen, dass ich spüre, wie ich sauer werde.

»Warum sagst du es mir nicht einfach? Wovor hast du Angst? Du sagst Dinge und tust Dinge, die ich nicht einordnen kann, deswegen habe ich keine Ahnung, wo ich bei dir stehe, wie *wir* bei dir stehen«, erkläre ich ihm leise, aber mit fester Stimme, und zeige dabei mit dem Zeigefinger erst auf ihn und dann auf mich.

»Melody«, beginnt er, doch ich bringe ihn mit einem Kopfschütteln zum Schweigen.

Scott spannt den Kiefer an und zeigt mir so, dass es ihm nicht passt, wie ich mich verhalte. Mir passt es ja selber nicht, aber es kommt mir so vor, als würde mein Körper gerade ein eigenes Leben führen.

»Ich will nicht die nächste auf deiner Liste von Frauen sein, die du abserviert hast, weil du plötzlich merkst, dass es dir zu viel wird.« Mir ist nicht klar, wieso ich das laut gesagt habe, aber es entspricht der Wahrheit.

Seitdem wir aus San Diego zurückgekommen sind, hat er sich wie ein Idiot verhalten. Nichts war mehr von dem Mann übrig, der mich im Arm gehalten und geküsst hat. Er hat wieder mit wilden Sprüchen um sich geschlagen und dabei keine Rücksicht auf seine Mitmenschen genommen.

Aber dass er mir nicht sagt, wieso er diese Verletzungen hat, ist zu viel für mich.

»Wieso denkst du so etwas?«

»Weil ich dich sehe. Du machst jeden an, der dir über den Weg läuft, gehst mir aus dem Weg, so dass wir überhaupt nicht daran arbeiten können, eine gemeinsame Lösung für das Problem zu finden. Ich habe Angst davor, die Nächste auf der Abschussliste zu sein, weil ich weiß, dass es mir das Herz brechen würde.« Bei meinen Worten treten mir die Tränen in die Augen.

Noch im selben Moment wird mir klar, wieso ich so emotional reagiere.

Ich habe mich während unserer gemeinsamen Zeit in ihn verliebt. Ihm gehört mein Herz!

Unaufhaltsam rollen mir die Tränen über die Wangen, doch dies merke ich erst, als er sie mir mit dem Daumen zur Seite wischt.

»Oh nein, denk so etwas nicht einmal. Du wirst nie auf meiner Abschussliste stehen. Nie, hörst du?«, bekräftigt er mit fester Stimme, doch ich kann es nicht glauben, obwohl ich es wirklich gerne würde.

»Du weißt genauso gut wie ich, dass es nur eine Frage der Zeit ist«, erwidere ich leise und mache Anstalten, an ihm vorbei zu gehen. Doch Scott baut sich mitten im Weg auf.

»Das ist kompliziert.«

Gerne würde ich darauf etwas erwidern. Ich will ihm sagen, dass er es nicht einmal versucht und er so gar nicht wissen kann, ob es wirklich schwierig ist. Außerdem will ich ihm sagen, dass ich ihm helfen will, aber ich tue es nicht. Stattdessen schaue ich ihn traurig an.

Mir kommt es vor, als würden wir Stunden voreinander stehen, bis Scott einen Schritt zur Seite macht und mich vorbeilässt. Dabei erkenne ich aber den Kampf in seinen Augen. Er will es nicht tun, aber ich bin ihm dankbar dafür, dass er es macht.

In diesem Moment muss ich weg von ihm.

»Es tut mir leid«, flüstere ich und verlasse sein Büro, verlasse ihn.

Ich lasse den Mann, den ich liebe, stehen und schließe die Tür hinter mir.

Kaum stehe ich auf dem Flur, bahnen sich die Tränen erneut ihren Weg über mein Gesicht. Ich versuche, sie zurückzuhalten, aber vergeblich. Unaufhaltsam fließen sie und sorgen dafür, dass ich schon bald nicht mehr klar sehen kann.

Damit niemand auf mich aufmerksam wird, wische ich sie schnell zur Seite und gehe auf die Toilette.

Dort angekommen, schließe ich die Tür hinter mir ab und gehe auf das Waschbecken zu, wo ich das kalte Wasser aufdrehe und mir die Spuren meiner Tränen aus dem Gesicht wische.

Ich weiß nicht, ob es ein Fehler oder die richtige Entscheidung gewesen ist. Tatsache ist aber, dass ich aus dem Bauch heraus gehandelt habe, als ich die Kälte in seiner Stimme gehört habe, nachdem ich geklopft habe. In diesem Moment kam der ganze Mist der letzten Tage wieder hoch.

Dabei wollte ich ihm nur die Rechnungen geben und wieder aus seinem Büro verschwinden. Ich hatte nicht vorgehabt, mit ihm über unsere Beziehung zu sprechen, zumal wir überhaupt keine haben. In San Diego hatte er ja nur gesagt, dass er sich etwas einfallen lässt, aber nicht, wie diese Lösung für ihn aussehen könnte.

Es dauert ein paar Minuten, aber schließlich bin ich endlich wieder in der Lage, klar zu denken. Am liebsten würde ich meine Sachen nehmen und nach Hause fahren, aber das kann ich nicht. Ich muss mich meinen Kollegen stellen und kann nur hoffen, dass sie nichts von dem merken, was gerade in meinem Kopf vor sich geht. Genauso wie ich hoffe, dass Scott mir heute nicht mehr über den Weg läuft.

Mit langsamen Schritten und kraftlos gehe ich die Treppe nach oben.

»Ist alles okay?«, fragt Maria, nachdem ich mich wieder an meinen Platz gesetzt habe.

»Alles bestens«, antworte ich ihr, wobei es mir schwerfällt, nicht schon wieder zu weinen.

Aus dem Augenwinkel erkenne ich, dass sie mich noch ein paar Sekunden aufmerksam betrachtet, ehe sie sich ihrem Computer zuwendet.

Nichts ist in Ordnung, schreie ich ihr innerlich entgegen. *Ich habe gerade den Mann verlassen, den ich liebe, und das nur, weil keiner davon wissen darf und ich nicht weiß, ob wir das überhaupt schaffen können.*

Doch ich sage die Worte nicht. Ich schlucke sie hinunter und konzentriere mich auf meine Arbeit.

14

Seit meiner Trennung von Scott vor wenigen Tagen bin ich ihm so gut es ging aus dem Weg gegangen. Wenn wir uns doch mal über den Weg gelaufen sind, was nicht ganz zu vermeiden war, schließlich arbeiten wir in der gleichen Firma, bin ich ihm ausgewichen. Trotzdem habe ich seine Blicke auf mir gespürt, was dafür gesorgt hat, dass ich mich am liebsten an ihn gekuschelt hätte. Ich wollte von ihm hören, dass er mich will und sich ändern wird, dass wir eine Lösung für unser Problem finden. Und wenn ich ehrlich zu mir selber bin, dann will ich das noch immer hören, denn dieser Wunsch ist von Tag zu Tag nur stärker geworden.

Nun sitze ich meinen Eltern gegenüber am Esstisch und stochere lustlos in meinen Kartoffeln herum, während sich alle um mich herum angeregt unterhalten. Das Gelächter meiner Familie dringt an meine Ohren, doch ich reagiere nicht darauf.

»Melody, ist alles in Ordnung? Wirst du krank? Du bist so blass im Gesicht«, fragt mein Vater mich mit einem besorgten Ton in seiner Stimme.

»Mir geht es gut, Dad«, erwidere ich, wobei ich ihn kurz anlächle. »In den letzten Nächten habe ich nur nicht sehr viel geschlafen.«

Ich hoffe, dass das Thema damit abgehakt ist, doch als ich einen Blick auf meine Mutter werfe, sehe ich ihren fürsorglichen Blick, mit dem sie mich genau betrachtet.

»Geh abends früher ins Bett«, beginnt sie im nächsten Augenblick. »Wenn du bei der Arbeit nicht fit bist, wird sich das früher oder später auf deine Leistung auswirken. Und noch bist du in der Probezeit.«

Während sie gesprochen hat, habe ich mich wieder dem Inhalt meines Tellers gewidmet, doch nun hebe ich meinen Kopf wieder und schaue sie an.

Probezeit.

Das heißt nicht nur, dass ich gekündigt werden kann, sondern auch, dass ich das machen kann. Ich könnte einfach in das Büro meines Chefs gehen und ihm meine Entscheidung mitteilen.

Aber was hätte ich davon?

Ich müsste von vorne anfangen und dann entweder bei meinen Eltern oder bei einer meiner Schwestern einziehen, und das sind zwei Punkte, die ich nicht will.

Ich liebe meine Selbstständigkeit und will mich nicht wieder von ihnen abhängig machen.

Also bleibt mir nur die Hoffnung, dass die Sehnsucht nach Scott, die mich in den letzten Nächten wachgehalten hat, irgendwann weniger wird oder am besten ganz verschwindet.

Da aber schon der Gedanke an ihn reicht, um mir die Tränen in die Augen zu treiben, habe ich den Verdacht, dass es noch ein wenig dauern wird.

»Ihr braucht euch keine Sorgen zu machen. Ich werde eh direkt nach dem Essen nach Hause fahren, um mich hinzulegen«, erkläre ich ihr, damit ich mir nicht noch mehr gut gemeinte Ratschläge anhören darf.

Meine Mutter wirft mir noch einen prüfenden Blick zu, fast so, als würde sie vermuten, dass es noch einen anderen Grund gibt. In mir macht sie die Befürchtung breit, dass sie noch etwas sagt. Im nächsten Moment widmet sie sich allerdings wieder ihrem Essen, was mich leise seufzen lässt.

Bei dem Gedanken an Scott taucht sein Gesicht wieder vor meinem inneren Auge auf. Die Stellen, an denen er mich gestreichelt hat, beginnen zu kribbeln und verlangen nach ihm.

Kurz drehe ich meinen Kopf in die Richtung von Brooke und Haley und erkenne die tausend Fragezeichen in ihren Gesichtern. Damit sie nicht auf die Idee kommen und mich in der Gegenwart von unseren Eltern nach Scott fragen, schüttle ich den Kopf.

In den letzten Tagen bin ich ihnen aus dem Weg gegangen. Anrufe und Nachrichten von ihnen habe ich ignoriert, was auch zur Folge hat, dass sie nicht wissen, dass zwischen uns nichts mehr läuft.

Es war nicht der Start zu etwas ganz Großem!, denke ich traurig und atme dabei so unauffällig wie möglich tief durch, um die aufkommenden Tränen in den Griff zu bekommen.

Unweigerlich kommt mir der Gedanke in den Kopf, dass er in diesem Moment mit einer anderen im Bett liegt. Mit ihr genau die gleichen Dinge macht, die er auch mit mir gemacht hat.

Aber ich werde jetzt nicht vor meiner Familie zusammenbrechen. Deswegen schlucke ich die Traurigkeit hinunter und versuche mich auf die Gespräche zu konzentrieren, die um mich herum gehalten werden.

So ganz gelingen will es mir aber nicht.

»Wer ist das?«, fragt meine Oma, als es eine halbe Stunde später an der Tür klingelt.

»Keine Ahnung, auf jeden Fall jemand, der nicht weiß, dass wir Samstagmittag eigentlich nicht gestört werden wollen«, grummelt mein Vater, während er aufsteht und die Küche verlässt.

Kurze Zeit später höre ich, wie die Tür aufgeht und er mit jemandem ein paar Worte wechselt, doch leider kann ich nicht verstehen, wer der Besucher ist oder was sie sagen. Allerdings hört man die Tür nach wenigen Augenblicken wieder ins Schloss fallen, weswegen ich davon ausgehe, dass der Besucher verschwunden ist.

Doch als die Küchentür wieder aufgeht und mein Vater den Raum betritt, halte ich geschockt die Luft an.

Hinter ihm steht Scott!

Bereits auf den ersten Blick erkenne ich, dass er müde aussieht. Genauso müde, wie ich bin.

Was will er hier?, frage ich mich, während er ebenfalls hineinkommt und sich umsieht.

Als sein Blick mich trifft, erkenne ich die Kampfeslust darin, und ich weiß sofort, dass ich sein Ziel bin. Aber komischerweise macht mich der Gedanke daran an. Auf diese Art und Weise zeigt er mir, dass ich ihm etwas bedeute, und zwar mehr, als ich es selber angenommen habe.

»Melody, dein Chef ist da«, erklärt mein Vater und zeigt dabei auf Scott, der freundlich in die Runde lächelt, bevor er mich wieder ansieht.

»Er ist nicht mein Chef«, korrigiere ich ihn. »Sondern der Sohn meines Chefs.«

Kaum habe ich das ausgesprochen, kann ich hören, wie meine Mutter scharf die Luft einzieht. Kurz schaue ich in ihre Richtung und sehe gerade noch, dass sie Scott mit einem staunenden Blick begutachtet, bevor sie sich wieder fängt. Ich habe keine Ahnung, was ich davon halten soll, dass er es innerhalb weniger Sekunden geschafft hat, meine sonst so ruhige und gefasste Mutter auf seine Seite zu ziehen. Aber um ehrlich zu sein ist es mir auch egal, denn ich habe meinen eigenen Kampf zu führen.

»Ich störe Sie nicht lange«, erklärt er meiner Mutter.

»Kein Problem«, erwidert diese.

»Können wir kurz reden?«, fragt Scott nun mich und zeigt dabei auf die Tür, die sich hinter ihm befindet.

Für einen kurzen Moment denke ich darüber nach, ob ich ihm nicht einfach sagen soll, dass es Wochenende ist, aber wahrscheinlich würde ich mir sofort von meiner Mom anhören dürfen, dass ich etwas freundlicher zu ihm sein soll. Schließlich weiß sie nichts von dem, was zwischen uns vorgefallen ist, und wenn es nach mir geht, dann wird sie es auch nie erfahren.

»Sicher«, antworte ich deswegen und versuche meine Stimme

so gleichgültig wie möglich klingen zu lassen, aber ich habe keine Ahnung, ob mir das gelingt.

Leise schiebe ich meinen Stuhl ein Stück nach hinten und bedeute ihm, mir in den Garten zu folgen. Ich bin mir nämlich sicher, würde ich mich mit ihm im Haus unterhalten, würden alle lange Ohren bekommen. Egal worum es geht, ich will es nicht riskieren, dass einer etwas von unserem Gespräch mitbekommt. Nur zu genau ist mir bewusst, dass meine Familie und vor allem meine Schwestern, jeden einzelnen Schritt genau beobachten. Sie wollen sehen, ob wir uns aus einem Reflex heraus berühren oder er mich bei meinem Vornamen nennt. Umso dankbarer bin ich ihm, dass er es nicht tut.

Stattdessen geht er hinter mir her in den großen Außenbereich, der sich hinter dem Haus erstreckt. Er wird von einem hohen Betonzaun eingefasst, der neugierige Blicke abhält und so dafür sorgt, dass man seine Ruhe hat.

Überall stehen Obstbäume, und auf der rechten Seite gibt es ein großes Beet, in dem meine Eltern zahlreiche Obst- und Gemüsesorten selber anpflanzen.

Ohne auf Scott zu achten, der nun neben mir steht, gehe ich auf den Geräteschuppen zu, der sich auf der rechten Seite hinter der Garage befindet, und umrunde ihn.

»Melody«, beginnt er, nachdem er mir um die Ecke gefolgt ist. An dieser Stelle kann uns keiner mehr beobachten.

Scott steht zwar ein paar Schritte von mir entfernt, aber trotzdem spüre ich seine Gegenwart. Die Schmetterlinge in meinem Bauch vermehren sich von Sekunde zu Sekunde, so dass ich schon bald kaum noch einen vernünftigen Gedanken auf die Reihe bekomme.

»Woher weißt du, dass ich hier bin?«, unterbreche ich ihn, da ich mich auf irgendetwas anderes konzentrieren muss.

»Ich war erst bei dir zu Hause, aber da warst du nicht. Dann habe ich mich daran erinnert, dass du mir erzählt hast, dass dein Elternhaus in dieser Gegend ist. Auf jeden Fall dachte ich mir, dass ich mal mein Glück versuche. Also bin ich solange rumgefahren, bis ich deinen Wagen hier gesehen habe.« Scott vergräbt die Hände in den Hosentaschen und zuckt mit den Schultern, als wäre es das Normalste auf der Welt, mich in der ganzen Stadt zu suchen.

»Ich wollte mit dir reden«, fährt er fort, nachdem ich nichts darauf gesagt habe.

»Worum geht es?«

»Uns.« Seine schlichte Antwort raubt mir den Atem. »Die letzten Tage waren der Horror für mich. Zu wissen, dass du nur ein paar Meter von mir entfernt bist, ich mich aber von dir fernhalten muss. Schon vor unserer Reise dachte ich, dass es schwer war. Doch das war nichts im Vergleich zu den letzten Tagen. Jetzt, wo ich weiß, wie du dich anfühlst, wenn du kommst, wie es sich anfühlt, wenn du dich an mich kuschelst und mich küsst, oder wie es ist, dich in den Armen zu halten, wenn du schläfst …«, beginnt er seinen Satz und holt dann tief Luft. »Ich dachte, dass ich es ohne dich schaffe, aber dem ist nicht so. Die letzten Tage waren schwerer, als ich gedacht habe. Aber vor allem haben sie mir klargemacht, dass ich dich an meiner Seite haben will.«

Während er spricht, schaut er mich unverwandt an. Ich muss zugeben, dass es mir nicht anders erging, aber das sieht er mir wahrscheinlich genauso deutlich an, wie es mein Vater gesehen hat.

»Scott«, wispere ich, nicht fähig irgendetwas zu sagen.

»Melody, bitte, gib mir diese eine Chance, gib sie uns. Mir ist egal, ob wir es geheim halten oder nicht. Mir ist egal, ob ich meinen Ruf als *Kotzbrocken* verliere, wenn ich offen mit dir zusammen bin und dich so behandle, wie ein Mann nun einmal seine Freundin behandelt. Mann, mir ist sogar egal, was mein Vater und seine Partner dazu sagen. Ich brauche dich und will dich in meinem Leben.« Ich spüre, wie sich die Verzweiflung in ihm breitmacht, als er sich mit der rechten Hand über den Nacken fährt und dabei durchatmet.

Seine Worte bedeuten mir viel. Sie zeigen mir, dass er es wirklich ernst meint und mich nicht nur als Bettgespielin will. Genau das wollte ich in den letzten Tagen von ihm hören.

»Ich habe Angst«, flüstere ich, als ich merke, dass er auf eine Antwort von mir wartet.

»Wovor?«, fragt er mich und kommt dabei etwas näher. Er steht so dicht vor mir, dass ich meinen Kopf ein Stück nach hinten legen muss, um ihn betrachten zu können.

»Vor dem was passiert, wenn herauskommt, dass ich mit dem Sohn des Chefs schlafe.«

»Du schläfst nicht mit ihm, sondern führst eine Beziehung mit ihm«, korrigiert er mich und zwinkert mir dabei zu. »Wir können es für uns behalten«, erklärt er mir nun deutlich ernster. »Wenn du es willst, dann können wir diese Beziehung im Stillen führen. Außer uns beide geht sie niemanden etwas an. Aber mir ist es egal, ob alle wissen, dass wir zusammen sind oder nicht.«

Nachdenklich schaue ich ihn an. In seinem Gesicht sehe ich, dass er jedes Wort genau so meint, wie er es gesagt hat. Ich weiß nicht, wie ich reagieren soll, was ich machen soll.

Einerseits will ich ihm um den Hals fallen und ihn küssen. Andererseits habe ich Angst, dass uns irgendwann jemand aus dem Büro auf die Schliche kommt. Vor allem, weil es offensichtlich ist, dass er mich seit unserer Reise anders behandelt als die anderen. Selbst nach meiner Trennung von ihm war das noch der Fall gewesen.

»Ich weiß, dass es nicht einfach ist, aber zusammen können wir es schaffen. Du wirst niemals auf meiner Abschussliste stehen«, flüstert er. Seine Worte entlocken mir ein leises Lachen. »So gefällst du mir schon besser«, erklärt er mit fester Stimme und überwindet die restliche Distanz zwischen uns, um mich in seine Arme zu schließen.

Als sein Geruch in meine Nase steigt, seufze ich leise und lasse mich glücklich an ihn sinken. Es fühlt sich phantastisch an, nach den Tagen der Trennung wieder von ihm berührt zu werden und zu wissen, dass er mein ist, genauso wie ich sein bin.

»Ich bin noch nicht bereit dazu, es öffentlich zu machen«, sage ich. »Irgendwann werde ich es mit Sicherheit sein. Aber das wird Gerede im Büro geben, und deswegen würde ich es lieber noch etwas für mich behalten.«

»Das ist kein Problem«, stimmt er zu und beugt sich zu mir, um mich sanft zu küssen. Seine Lippen streifen meine nur, aber das reicht, damit ein Feuerwerk in mir entfacht wird.

»Du siehst müde aus«, erklärt er mit besorgter Stimme, nachdem er sich von mir getrennt hat und sein Blick auf mir ruht. »Mir ist in den letzten Tagen im Büro aufgefallen, dass du von Tag zu Tag blasser wurdest. Aber als ich vorhin hinter deinem Vater in die Küche gekommen bin, habe ich mich wirklich erschrocken.« Zärtlich streicht er mit der linken Hand über meine Wange.

»Ich habe in den letzten Nächten nicht sehr gut geschlafen«, erwidere ich und reibe mir dabei über mein Gesicht.

Scott erwidert nichts darauf, da er den Grund dafür kennt. Ich habe ihn vermisst und nun weiß ich, dass auch er mich vermisst hat.

»Ich hätte letztes Wochenende einfach zu dir kommen sollen. So hätte ich uns die letzten Tage ersparen können. Es tut mir leid.«

»Es ist auch meine Schuld, ich hätte dir einfach schreiben sollen«, werfe ich ein, da ich nicht will, dass er sich alleine die Schuld daran gibt.

»Sind deine Eltern wohl sehr sauer auf mich, wenn ich dich mitnehme?«, fragt er und grinst mich dabei frech an.

»Wir haben schon gegessen, deswegen wahrscheinlich nicht. Außerdem sind meine Schwestern und meine Oma ja noch hier und können ihnen Gesellschaft leisten.«

»Deine Oma schien erfreut darüber zu sein, mich zu sehen«, gibt er mit einem Grinsen im Gesicht von sich.

»Du bist ja auch ihr kleiner Knackarsch«, erwidere ich. Verzweifelt versuche ich, das Lachen aus meiner Stimme herauszuhalten, aber so ganz gelingen will es mir nicht.

»Komm«, fordert er mich auf, greift nach meiner Hand und gibt mir einen Kuss auf den Mundwinkel. Doch bevor ich hinter ihm hergehe, entziehe ich ihm meine Hand wieder.

»Ich glaube nicht, dass meine Eltern das verstehen würden«, erkläre ich ihm. Da ich nicht wissen will, was bei meinen Worten durch seinen Kopf geht, warte ich nicht, bis er sich gefasst habe, sondern gehe voran.

»Tut mir leid, Mom, aber wir haben ein Problem im Büro«, erkläre ich ihr, nachdem ich die Küche betreten habe. Ich spüre, dass Scott dicht hinter mich tritt und mit einer Hand über meinen Hintern fährt.

Erschrocken darüber halte ich unbewusst die Luft an, doch noch bevor jemand etwas bemerkt haben kann, habe ich mich wieder im Griff.

Überrascht schaut meine Mutter in meine Richtung, bevor sie zu Scott sieht.

»Mein Vater hat die halbe Belegschaft zusammengerufen«, erklärt er in einem Ton, bei dem sogar ich ihm glauben würde.

»Schade, aber es hat mich gefreut, Sie kennenzulernen«, entgegnet meine Mutter und reicht Scott die Hand.

»Wir werden uns bestimmt noch einmal wiedersehen.« Als ich mich zu ihm drehe, entdecke ich das freundliche Lächeln, das er meiner Mutter schenkt.

Als Antwort dringt ihr ein leises Kichern über die Lippen, was alle verwundert in ihre Richtung schauen lässt.

»Ich melde mich in den nächsten Tagen«, rufe ich meinen Eltern noch zu, bevor ich nach Scotts Arm greife und ihn hinter mir herziehe. Mit jeder Sekunde, die wir in diesem Haus verbringen, wird die Befürchtung größer, dass es noch peinlicher wird und meine Oma ihren Kosenamen für Scott zum Besten gibt.

Ich höre, wie mein Vater mir noch etwas nachruft, doch da ich in diesem Moment die Haustür hinter uns schließe, höre ich nicht mehr, was er mir sagen will.

Ich will nur noch von hier weg und allein mit ihm sein.

»Du hast es hübsch hier«, erklärt Scott, nachdem er sich eine halbe Stunde später in meinem Wohnzimmer umgesehen hat.

»Du hast bis jetzt noch nicht viel gesehen«, erinnere ich ihn und drehe kurz meinen Kopf in seine Richtung, während ich weiter vorangehe.

Ich hatte erwartet, dass es komisch sein könnte, einen Mann wie ihn in dieser Wohnung stehen zu sehen, aber so ist es nicht. Es fühlt sich richtig an, hier mit ihm zu sein und ihm dabei zuzusehen, wie er sich umsieht.

»Das muss ich auch nicht. Die Wohnung hat deinen Stempel.«

»Meinen Stempel?«, frage ich ein wenig skeptisch nach und ziehe dabei die Stirn ein wenig kraus.

»Genauso habe ich sie mir immer vorgestellt. Sie ist gemütlich und nicht zu überladen.«

»Danke«, murmle ich und streife mir dabei die Turnschuhe von den Füßen, wobei ich es nur mit Mühe schaffe, ein Gähnen zu unterdrücken.

»Lass mich das machen, ich werde mich um dich kümmern«, fordert Scott mich auf und streckt dabei seine Hand in meine Richtung aus. »Ich sehe dir doch an, dass du dich kaum noch auf den Füßen halten kannst.« Noch während er spricht, spüre ich, wie ich immer müder werde. Obwohl es erst drei Uhr am Nachmittag ist, habe ich das Gefühl, als wäre es mitten in der Nacht. Und das nur, weil ich in den letzten Nächten kaum beziehungsweise überhaupt nicht geschlafen habe.

Noch bevor ich etwas machen kann, greift er nach mir und befördert mich zum Sofa.

»Leg dich hin«, befiehlt Scott mir mit fester Stimme.

Nur zu gerne komme ich seinem Wunsch nach. Es tut gut,

dass er sich um mich kümmert und ich endlich ruhiger werden kann.

Kaum habe ich die Beine hochgelegt, öffnet er den Knopf meiner Jeans und zieht sie mir die Beine hinunter. »Ich glaube, so ist es bequemer«, raunt er, wobei er seinen heißen Blick über meine nackte Haut wandern lässt.

Obwohl ich am liebsten meine Augen schließen würde, macht sich eine unbändige Lust in mir breit. Doch Scott unternimmt keinen Versuch, sich mir zu nähern, auf jeden Fall nicht auf diese Weise. Stattdessen greift er nach der dünnen Decke, die über der Lehne des Sofas liegt, und breitet sie über mich aus.

»Ich bin sofort wieder da«, flüstert er leise und drückt mir noch einen Kuss auf die Stirn, ehe er verschwindet.

Glücklich darüber, von ihm umsorgt zu werden, kuschle ich mich noch tiefer in die weichen Kissen hinein und greife nach der Fernbedienung.

Da ich Scott die Wahl des Films überlassen will, schalte ich auf irgendeinen Sender. Kaum habe ich die Fernbedienung wieder aus der Hand gelegt, erscheint er mit einer Wasserflasche in der Hand.

Scott stellt sie auf dem Boden neben der Couch ab und streift sich sein Shirt über den Kopf und entblößt so seinen durchtrainierten Oberkörper. Bereits in der nächsten Sekunde schlüpft er zu mir unter die Decke und zieht mich an seinen warmen Körper.

Ein leises Seufzen dringt aus meiner Kehle.

»Zweifle nie an uns. Wir werden es schaffen«, gibt er mir mit deutlichen Worten zu verstehen, als würde er genau spüren, dass ich diese Worte gerade aus seinem Mund hören muss.

Ich liege direkt über der Stelle, an der sein Herz klopft. Und in diesem Moment weiß ich, dass es nur für mich schlägt.

15

Als ich am Montag das Büro betrete, fühle ich mich ausgeruht und fit. Den ganzen Sonntag haben Scott und ich auf dem Sofa verbracht. Aufgestanden sind wir nur, als er uns etwas zu Essen gemacht hatte. Dabei saß ich auf der Arbeitsplatte und habe ihn schweigend beobachtet, wie er mit nacktem Oberkörper und nur mit Boxershorts vor dem Herd stand und die Eier gebraten hat.

Vorhin sind wir sogar zusammen zur Arbeit gefahren, wobei ich Angst hatte, dass mich jemand in seinem Wagen sieht, und ich mich deswegen ein Stück kleiner gemacht habe. Scott hatte mir nur einen belustigten Blick zugeworfen, den ich mit einem Seufzen quittiert habe.

Doch wir hatten Glück, da niemand auf uns aufmerksam geworden ist.

»Guten Morgen«, begrüße ich Maria, die, wie jeden Morgen, schon an ihrem Schreibtisch sitzt. Claire hat mir einmal erzählt, dass sie immer die Erste im Büro ist und sie somit noch vor den Anwälten hier ist. Sogar die leitenden Angestellten würden erst später kommen, hatte sie betont.

»Guten Morgen, Kleines«, erwidert sie und schaut mich prüfend an. »Wie ich sehe, siehst du viel besser aus als in der letzten Woche. Also ist zwischen dir und deinem Freund wieder alles in Ordnung?« Bei ihrer Frage bleibe ich wie vom Donner gerührt stehen und schaue vorsichtig in ihre Richtung.

In diesem Moment gehen mir so viele Gedanken durch den Kopf, dass ich gar nicht weiß, wo ich anfangen soll. Panik, dass sie etwas mitbekommen hat, obwohl ich keine Ahnung habe, wie sie es gemerkt haben könnte, nimmt Besitz von mir.

»Freund?« Das Wort kommt mir nur vorsichtig und zögerlich über die Lippen, weil ich Angst habe, dass ich mich irgendwie verraten werde oder es zu offensichtlich ist, mit wem ich das Wochenende verbracht habe.

Beruhige dich, es ist nicht verboten, in festen Händen zu sein.

Sie kann nicht wissen, dass Scott derjenige ist, denke ich und versuche, das schnelle Schlagen meines Herzens in den Griff zu bekommen.

»Kindchen, du warst total durch den Wind in den letzten Tagen. So etwas passiert nur, wenn man sich mit seinem Freund streitet. Ich bin alt genug und habe genug Beziehungen hinter mir um zu wissen, wie man in dem Fall aussieht. Vor allem, wenn man seinen Partner wirklich liebt.« Bei ihren letzten Worten zwinkert sie mir zu.

Kurz überlege ich, ob es wirklich stimmt. Ja, ich stand neben mir und konnte mich nur schwer auf meine Arbeit konzentrieren, da ich mit meinem Gedanken immerzu bei Scott war, vor allem, wenn er nicht im Büro war. In dieser Zeit habe ich mich immer wieder gefragt, wo er ist und mit wem er sich trifft. So gut es ging habe ich versucht es zu verbergen, aber dass es dennoch so offensichtlich für meine Umwelt war, damit habe ich nicht gerechnet.

Von meinem Aussehen mal ganz zu schweigen.

Bis zu diesem Moment habe ich gedacht, dass es nur Scott aufgefallen ist, weil er mich genau beobachtet hat.

»Wir haben uns wieder vertragen«, erwidere ich nur und weiche dabei ihrem Blick aus.

»Das freut mich. Das Leben ist viel zu kurz, um sich zu streiten. Vor allem, weil ich gesehen habe, dass du mit deinem Freund eindeutig glücklicher warst.«

»Das stimmt«, gebe ich leise zurück und drücke ein paar Buchstaben auf meiner Tastatur, um das Passwort einzugeben.

Mit Scott an meiner Seite geht es mir eindeutig besser!

»Ms. Brown«, durchschneidet die scharfe Stimme von Scott im gleichen Augenblick den Raum.

Suchend hebe ich meinen Kopf und sehe, dass er nur ein paar Schritte von meinem Schreibtisch entfernt steht.

Als ich ihn erblicke, wie er an einem der Schreibtische lehnt, wird mein Mund trocken und in meinem Bauch beginnt es zu kribbeln, da ich immer noch das Gefühl von seinen Lippen auf meinen spüre.

»Ja?«, frage ich ihn.

Er hat die Hände vor der Brust verschränkt, so dass das Hemd sich um seine Muskeln herum spannt und meine Augen magisch von ihnen angezogen werden. Auf seine Lippen hat sich ein freches Grinsen gelegt.

»Wenn Sie fertig sind, würde ich gerne mit Ihnen in meinem Büro sprechen.«

Ich spüre die Blicke der anderen auf mir. Sie erwarten wahrscheinlich, dass ich mich gleich wieder mit ihm streite. Doch dieses eine Mal werde ich meinen Mund halten. Nach dem gestrigen Tag will ich mich nicht streiten, auch nicht zum Schein. Aber das ändert nichts daran, dass ich einen genervten Gesichtsausdruck aufsetze, als ich aufstehe und hinter ihm die Treppen nach unten gehe.

Mit kräftigen Schritten durchschreitet er den unteren Büroraum und geht auf den Flur zu, in dem sich seins befindet.

Nachdem ich durch die Tür getreten bin, schließt er sie hinter mir ab. In der nächsten Sekunde greift er nach meinen Händen und drückt mich mit dem Rücken an die Wand daneben. Ein überraschtes Keuchen entweicht mir.

Er steht so dicht vor mir, dass seine Brust meine bei jedem Atemzug streift.

»Wir dürfen das hier nicht«, erinnere ich ihn, obwohl ich es eigentlich gar nicht will. Die Gefahr, dass uns hier jemand erwischen kann, macht mich an, was ich aber nicht zugeben will.

Es ist der Reiz des Verbotenen, denn dass das hier verboten ist, darüber brauche ich nicht lange nachdenken.

»Wenn ich meine Freundin küssen will, dann mache ich das. Schließlich habe ich nur zugestimmt, dass ich dich nicht vor den anderen berühre. Sobald wir allerdings in diesem Raum sind, kann ich machen, was ich will, hier gibt es nur unsere Regeln. Du kannst dich sogar hier drinnen aufhalten, wenn ich nicht da bin, mir egal. Ich habe hier nichts zu verstecken.«

»Scott, was ist, wenn einfach jemand hereinkommt?«

»Ohne vorher anzuklopfen traut sich keiner hier herein, mach dir also keine Sorgen«, gibt er leise zurück und drückt seine warmen Lippen auf meine.

Ich will noch etwas erwidern, doch als seine Zunge über meine Unterlippe fährt, habe ich bereits wieder vergessen, was ich sagen wollte.

Als er auch noch mit der Nasenspitze über meine Halsschlagader fährt, stöhne ich leise und werde zu Wachs in seinen Händen.

»Die letzte Erinnerung, die ich an dich in diesem Raum habe, ist, wie du mich verlässt. Keine besonders schöne.«

»Scott«, seufze ich, da ich nicht an diese Minuten denken will. Das ist etwas, was ich kein zweites Mal erleben will.

Doch er geht nicht auf meinen Einwand ein, sondern fährt mit seiner linken Hand unter mein Top und streicht über meine Haut. Ich erzittere unter seiner Berührung.

In mir macht sich der Wunsch breit, ihm die Krawatte herunter zu reißen und sein Hemd zu öffnen. Doch als ich meine Hand hebe, löst sich Scott von mir und schiebt meinen Rock nach oben und mein Höschen zur Seite.

Mit dem Daumen streift er über meine empfindliche Stelle, was mir ein Stöhnen entlockt. Ich lasse meinen Kopf nach hinten an die Wand sinken und schließe meine Augen. Als ich seine Zunge dort spüre, zucke ich erschrocken zusammen und schaue hinunter.

Ich war so mit den Empfindungen beschäftigt, die er in mir

wachgerufen hat, dass ich gar nicht gemerkt habe, wie er vor mir auf die Knie gegangen ist.

Als er meinen Blick auf sich spürt, schenkt er mir ein freches Grinsen, bevor er mich weiter bearbeitet.

»Oh Gott«, dringt es mir über die Lippen. Ich greife in seine Haare und halte ihn so an der Stelle gefangen.

»Leise«, befiehlt er mir in einem neckischen Ton, der dafür sorgt, dass ich mir auf die Unterlippe beiße.

Es fühlt sich wundervoll an, was er mit mir macht.

Seine Zungenschläge werden immer schneller. Meine Muskeln spannen sich an und ich spüre, wie der erlösende Orgasmus immer näherkommt. Als er endlich über mich hinwegfegt, drücke ich mich ihm noch näher entgegen, während ich meine rechte Hand auf meinen Mund lege, damit ich keinen Ton von mir gebe.

Es fällt mir schwer, still zu bleiben, solange er das mit mir macht.

Mir kommt es vor, als würde dieser Orgasmus eine Ewigkeit andauern. Als ich wieder zu mir komme, sehe ich aus dem Augenwinkel, wie Scott aufsteht und sich dicht vor mich stellt. Dann spüre ich meinen eigenen Geschmack auf meiner Zunge.

Der Kuss ist heiß und leidenschaftlich. Er zeigt mir, wie sehr er mich begehrt und mich will, und ich kann nicht anders, als dieses Verlangen zu erwidern.

Nachdem er den Kontakt zwischen uns beendet hat, lasse ich erschöpft meinen Kopf an seine Brust sinken und versuche, meinen Puls wieder in den Griff zu bekommen. Mir fehlt gerade jede Kraft um alleine zu stehen.

Aber Scott hält mich fest, bis ich mich wieder gesammelt habe.

»Daran erinnere ich mich lieber.«

Bei seinen Worten schummelt sich ein leichtes Lächeln auf mein Gesicht.

»Ich liebe deinen verträumten Blick, wenn du gerade gekommen bist«, flüstert er und küsst mich sanft.

Meine langen Fingernägel krallen sich in seinem Hemd fest, da ich Angst habe, dass meine Beine sonst unter mir nachgeben würden.

»Scott, ich meine es ernst. Wenn uns jemand gehört hat ...«, beginne ich, doch er legt seinen Zeigefinger auf meinen Mund und bringt mich so zum Schweigen.

»Wir sind hier so abgeschieden, dass kaum jemand vorbeiläuft. Mein Vater und seine Partner sitzen die meiste Zeit in ihren Büros«, beruhigt er mich. »Und da mich alle für einen Kotzbrocken halten, kommt auch keiner hier rein, der nicht wirklich etwas von mir will.«

Dies ist nun schon das zweite Mal, dass er mir zeigt, dass er den Spitznamen kennt, den er von meinen Kollegen bekommen hat.

Allerdings kommt es mir nicht so vor, als würde es ihn stören. Das Gegenteil scheint eher der Fall zu sein: Ich höre einen gewissen Stolz in seiner Stimme.

Wieder kommen mir seine Worte in den Kopf, dass er diesen Job überhaupt nicht machen will. Ich bin neugierig, das kann ich nicht verheimlichen, doch ich entscheide mich dazu, dass ich ihn nicht hier danach fragen werde. Ich bin mir nicht ganz sicher, wie er darauf reagieren wird. Als ich ihn auf seine Wunden angesprochen hatte, hatte ich mich schließlich von ihm getrennt. Und wenn wir uns schon deswegen streiten, dann will ich dabei keine Zeugen haben.

»Ich muss zurück an die Arbeit«, wispere ich als mir einfällt, dass ich noch überhaupt nicht mit der Arbeit begonnen habe.

Ich hatte noch nicht einmal das Programm geöffnet, da hatte er mich schon abgefangen und in sein Büro verschleppt, allerdings finde ich das nicht besonders schlimm.

Ich genieße jede einzelne Sekunde mit ihm, auch wenn wir uns in seinem Arbeitsraum verstecken müssen.

»Ich habe später ein Geschäftsessen. Aber ich werde nach Feierabend auf dich unten warten«, erklärt er mir.

Als Antwort nicke ich nur. Dann richte ich meine Kleidung und drücke ihm einen Kuss auf die Lippen. Es fällt mir schwer, ihn zu verlassen, aber mir ist klar, dass sich alle fragen werden, wo ich bleibe, wenn ich noch länger bei ihm bin.

»Bis später«, raune ich, schlüpfe durch die Tür auf den Flur und werfe ihm einen letzten Blick zu, bevor ich sie hinter mir schließe. Dort bleibe ich erst einmal stehen und begutachte meine Klamotten um sicher zu gehen, dass auch alles wieder am richtigen Fleck ist.

Erst als ich mir sicher bin, dass man mir nicht mehr auf den ersten Blick ansieht, was Scott und ich gerade noch gemacht haben, gehe ich zurück.

Mit jedem Schritt, den ich mich meiner Abteilung nähere, werde ich nervöser. Meine Beine sind so stark am Zittern, dass ich Angst habe, dass sie jeden Augenblick unter mir nachgeben. Langsam steige ich die Stufen nach oben und gehe dort zu meinem Schreibtisch.

Nachdem ich mich auf meinen Stuhl gesetzt habe, sehe ich, dass Maria kurz in meine Richtung schaut. Deswegen versuche ich, einen genervten Ausdruck auf meine Gesichtszüge zu zaubern, was mir aber nicht gelingt, da ich noch immer den Blick vor Augen habe, mit dem Scott mich bedacht hat.

Falls sie etwas bemerkt haben sollte, sagt sie nichts. Stattdessen wendet sie sich wieder ihrer Arbeit zu, wofür ich dankbar bin.

Sieben Stunden später verlasse ich den Fahrstuhl in der Tiefgarage und gehe in die Richtung, in der Scott heute Morgen seinen Wagen abgestellt hat. Ich habe extra gewartet, bis die meisten das Büro verlassen hatten und mich solange noch mit irgendwelchen Aufgaben beschäftigt, die eigentlich auch hätten bis morgen warten können. Aber ich wollte sichergehen, dass niemand sieht, wohin ich gehe.

Nachdem ich um die Ecke gebogen bin, hinter der Scott seinen Wagen geparkt hat, sehe ich, wie er an der Motorhaube gelehnt dasteht und auf mich wartet. Die Krawatte hat er abgenommen und die obersten beiden Knöpfe seines Hemdes sind geöffnet. Die Beine hat er voreinander verschränkt und sein Blick ist auf das Handy gerichtet, dass er in den Händen hält. Erst als das Klackern meiner Schuhe sich ihm nähert, hebt er den Kopf.

Langsam trete ich an ihn heran, während er mich von oben bis unten mustert, als würde er sichergehen wollen, dass mir in den letzten Stunden, in denen er nicht im Haus war, nichts passiert ist. Dann breitet sich ein glückliches Lächeln auf seinem Gesicht aus.

»Wie war Ihr Geschäftsessen, Mr. Baker?«, frage ich ihn, nachdem uns nur noch wenige Schritte voneinander trennen.

»Ich muss zugeben, dass ich Mühe hatte, mich zu konzentrieren, da meine Freundin mich immer abgelenkt hat.«

»Es gibt doch nichts Schlimmeres als Frauen, die ihren Männern immerzu irgendwelche Nachrichten schicken, ob sie sich lieber die roten oder die blauen Schuhe kaufen sollen«, gebe ich in einem ernsten Ton zurück und verdrehe dabei die Augen.

»Ehrlich gesagt weiß ich nicht einmal, wann sie das letzte Mal einkaufen war. Vor Kurzem habe ich sie ins Spa geschickt«, erklärt er mir, während er einen Gesichtsausdruck aufsetzt, der mir wohl zeigen soll, dass er darüber nachdenkt. »Aber wie dem auch sei, sie hat mir keine Nachrichten geschickt. Es reicht, dass sie mir ohne Unterbrechung im Kopf herumgeht.«

Kurz bleibe ich noch stehen, doch dann gehe ich mit langsamen Schritten auf ihn zu.

»Und diesen Nachmittag hat sie wirklich sehr genossen«, flüstere ich und zwinkere dabei einmal.

Ein leises Lachen erfüllt die fast komplett leerstehende Tiefgarage.

»Lass uns verschwinden, damit ich dich endlich küssen kann«, flüstert er mit geheimnisvoller Stimme, die mir einen Schauer über den Rücken jagt.

Ich kann nicht verhindern, dass die Bilder von dem, was wir heute Morgen in seinem Büro getan haben, vor meinen Augen erscheinen. Am liebsten würde ich ihm jetzt die Arme um den Hals schlingen, doch diesen Wunsch schiebe ich energisch zur Seite.

Schnell schaue ich mich noch einmal um und gehe auf die Beifahrerseite seines Autos, um einzusteigen.

Auf dem Weg zu meiner Wohnung legt er die Hand auf mein Bein und streicht immer wieder zärtlich darüber. Ich lehne meinen Kopf an die Lehne hinter mir und drehe mich so zu ihm, dass ich ihn besser beobachten kann. In mir macht sich eine große Freude darüber breit, dass wir auch den heutigen Abend gemeinsam verbringen werden, denn ich will ihn nicht gehen lassen.

»Wieso hattest du eigentlich deine Sachen im Auto?«, frage ich ihn, als ich mich daran erinnere, wie ich ihn gestern gefragt hatte, ob er sich nicht umziehen muss.

»Ich hatte gehofft, dass du uns noch eine Chance gibst, und deswegen habe ich ein paar Sachen eingepackt. Ich wollte mich einfach nicht noch einmal von dir trennen, wenn ich die Zeit auch mit dir gemeinsam verbringen kann.« Während er spricht zuckt er mit den Achseln.

Bei seinen Worten kommen mir wieder seine Wunde im Gesicht und seine kaputten Finger in den Sinn. Jetzt sieht man nichts mehr davon, aber das ändert nichts daran, dass ich gerne wissen will, was da passiert ist.

»Woher hattest du die Verletzungen?«, rutscht es mir schließlich heraus, nachdem ich die Frage für ein paar Minuten für mich behalten konnte.

Scott hält an einer roten Ampel und sieht mich an. In seinen Augen erkenne ich den Kampf, denn er mit sich selber führt, aber ich weiche ihm nicht aus.

»Ich will jetzt nicht darüber sprechen. Das würde mir nur die Laune verderben«, erklärt er mir und fährt wieder an.

»Scott, bitte. Erzähl es mir«, bettle ich und hoffe, dass ich ihn weich bekomme.

Einige Minuten fährt er schweigend durch die Straßen. Erst, als er an der nächsten roten Ampel hält, dreht er sich wieder zu mir und umgreift meine Hände mit einem festen Griff.

»Irgendwann werde ich es dir erklären. Aber ich kann gerade einfach nicht darüber sprechen.« Während er spricht schaut er mich mit einem durchdringenden Blick an.

Ich hole tief Luft und verarbeite seine Worte. In dem Auto hat sich eine unangenehme Stille ausgebreitet, die mich fast erdrückt.

Schweigend nicke ich und gebe ihm so zu verstehen, dass ich seine Antwort akzeptiere, er aber jederzeit mit mir darüber sprechen kann. Aber das ungute Gefühl, dass er irgendetwas Wichtiges vor mir geheim hält, will nicht verschwinden und setzt sich fest.

Allerdings beschließe ich, dass ich ihn nicht weiter danach fragen werde. Ich bin mir sicher, wenn er darüber reden will, dann wird er es machen.

Als wir wenige Minuten später den Parkplatz erreichen, der zu meinem Wohnhaus gehört, erkenne ich meine Schwestern, die vor der Tür stehen und bereits auf mich warten. Leise seufze ich bei dem Anblick, doch Scott lässt nicht zu, dass sich schlechte Laune in mir breitmacht. Er parkt den Wagen neben meinem und schaut mich mit einem durchdringenden Blick an.

»Das Letzte, was ich will, ist dich von deiner Familie fernzuhalten.«

»Das weiß ich«, gebe ich schnell zurück, da ich nicht will, dass er einen falschen Eindruck bekommt.

»Sie sollen mich nicht hassen, weil sie denken, dass ich dir keine Zeit lasse, um dich mit ihnen zu treffen. Schon als ich dich abgeholt habe, um mit dir nach San Diego zu fahren, habe ich gemerkt, dass ihr Freundinnen seid, sonst hätten sie dich bestimmt nicht so gut verteidigt.«

Ich kann nichts dagegen tun, dass ich lachen muss.

»Sie sind eh schon in deinem Fanclub, weil du einen Knackarsch hast«, kläre ich ihn auf, werde aber sofort wieder ernst. »Es ist nur so, dass ich mich nach den letzten Stunden und Tagen schon darauf gefreut habe, mit dir alleine zu sein.«

»Ich glaube nicht, dass sie bei dir schlafen wollen.« Mit diesen Worten zieht er den Schlüssel aus dem Schloss heraus und steigt aus.

Ein letztes Mal atme ich tief durch und folge ihm dann.

Nachdem Scott auf meiner Seite des Wagens angekommen ist, greift er nach meiner Hand und drückt sie aufmunternd, bevor er sich in Bewegung setzt und auf meine Schwestern zugeht, die uns aufmerksam beobachten.

»Hi«, begrüße ich die beiden und schließe sie in meine Arme, nachdem wir sie erreicht haben.

Aus dem Augenwinkel sehe ich, dass Scott ein paar Schritte von uns entfernt stehen bleibt und zu uns schaut.

Ich will schon den Mund aufmachen, um ihm zu sagen, dass er herkommen soll, als Brooke etwas sagt.

»Erst dachten wir, dass du dich weigerst die Tür aufzumachen, schließlich steht dein Wagen hier. Aber dann haben wir uns überlegt, dass du dafür ja eigentlich keinen Grund hast und haben uns gedacht, dass du vielleicht unter der Dusche stehst und die Klingel nicht gehört hast«, erklärt sie und deutet dabei in die Richtung von Scott, der mittlerweile hinter mir steht.

Er legt seine Hände auf meine Hüften und gibt mir so zu verstehen, dass er bei mir ist. Die Wärme seines Körpers brennt sich auf meine Haut und lenkt mich ab, aber sie gibt mir auch ein Gefühl der Geborgenheit.

»Du kennst meine Arbeitszeiten«, kontere ich und lasse die beiden nicht aus den Augen. Sie wiederum schauen zwischen Scott und mir hin und her, als wären wir irgendein Ausstellungsstück im Museum.

»Es freut mich, dass wir Sie auch sehen«, erklärt Haley mit

einem strahlenden Grinsen auf dem Gesicht, das vor allem in Scotts Richtung geht.

»Scott«, erwidert er und drückt meine Hand. Er lässt keinen Zweifel daran, dass er genau hier sein will, trotzdem fühlt es sich komisch an, mit ihm und meinen Schwestern vor der Haustür zu stehen und zu quatschen.

Die beiden sehen Scott mit einem Blick an, als hätte er ihnen gesagt, dass er irgendein Wunderheiler oder so etwas ist.

»Was wollt ihr? Ist irgendetwas passiert?«, frage ich sie und ziehe so die Aufmerksamkeit der beiden wieder auf mich.

»Du hattest gestern dein Handy aus und deswegen dachten wir uns, dass wir heute mal vorbeischauen. Wir bleiben auch nicht lange«, schwört Haley und hält dabei ihre Hände nach oben.

»Kommt rein.« Während ich spreche, lasse ich Scotts Hand los und suche in meiner Handtasche nach dem Schlüssel. Doch kaum halte ich ihn zwischen meinen Fingern, nimmt Scott ihn mir ab und öffnet die Tür.

»Nach euch«, erklärt er und gibt mir einen Kuss auf die Schläfe, als ich an ihm vorbeitrete.

16

»Nachdem ihr verschwunden seid, hat Mom uns ausgefragt, wieso dein Chef bei ihnen auftaucht, anstatt dich einfach anzurufen«, klärt Brooke mich auf, nachdem wir uns auf das Sofa gesetzt haben.

Scott ist gerade im Schlafzimmer verschwunden, um sich, wie ich schätze, umzuziehen. Ich bin froh darüber, dass er uns für ein paar Minuten alleine gelassen hat. So hat er mir die Gelegenheit dazu gegeben ihnen zu erzählen, wieso ich mich in den letzten Tagen so rar gemacht habe.

»Und was hast du gesagt?«, frage ich nach und ziehe dabei meine Füße unter meinen Hintern und spiele mit einem losen Faden, der an einem Kissen hängt.

»Dass wir keine Ahnung haben, was ja schließlich auch stimmt.« Bei der Antwort meiner Schwester atme ich tief durch, und dann bricht alles aus mir heraus. Ich kann nicht vermeiden, dass mir dabei die Tränen in die Augen steigen, von denen sich auch ein paar einen Weg über meine Wangen suchen.

Der Gedanke an die wenigen Tage, in denen wir getrennt waren, schmerzt noch viel zu sehr, als dass ich einfach so darüber sprechen könnte.

Schnell wische ich sie zur Seite und spreche mit möglichst fester Stimme weiter.

Während ich erzähle, habe ich wieder sein Gesicht vor Augen, das mich schon in jeder ruhigen Minute in der letzten Woche verfolgt hatte. Den verzweifelten Gesichtsausdruck, mit dem er mich zum Bleiben überreden wollte. Aber ich spüre auch die Angst, die ich vor einer Woche verspürt habe, dass er mich irgendwann eh fallen lassen wird und die Gewissheit, dass es einfacher für mich ist, wenn ich das selber erledige.

Eine Woche.

Sieben Tage ist es erst her, und doch habe ich es in dieser kurzen Zeit geschafft, durch die Hölle zu gehen, und Scott hat mich wieder herausgeholt.

»Es war eine Kurzschlussreaktion«, erkläre ich ihnen, nachdem ich geendet habe.

»Das erklärt auf jeden Fall, wieso du so fertig warst und nicht mehr ans Telefon gegangen bist.« Haleys Stimme ist ruhig, doch sie schafft es nicht, mich zu beruhigen.

»Er hatte sich das ganze Wochenende nicht gemeldet und dann, in Verbindung mit seiner gefühlskalten Stimme und all den Verletzungen, sind einfach alle Sicherungen bei mir durchgebrannt. Dabei weiß ich, dass dieser Ton nicht für mich bestimmt war«, schniefe ich leise, damit Scott, der sich nur wenige Meter von mir entfernt befindet, nicht darauf aufmerksam wird.

»Deine Reaktion ist verständlich. Den Meisten wäre es wahrscheinlich so gegangen«, erwidert Brooke und lehnt sich dabei ein Stück nach vorne, um sich auf den Oberschenkel abstützen zu können.

»Aber wieso hast du nicht mit uns darüber gesprochen?«, fragt mich Haley.

»Ich konnte es einfach nicht. Ich wollte nicht darüber reden oder nachdenken. Eigentlich wollte ich das nur noch vergessen und irgendwie weitermachen.«

»Es ist eine schwierige Situation für euch, das war es von Anfang an. Erst habt ihr euch nur gestritten, dann kam die Leidenschaft von einer Sekunde auf die andere, und nun müsst ihr es geheim halten. Dass da auch mal die Nerven mit dir durchgehen, ist total normal. Es wird auch in den nächsten Tagen und

Wochen sicherlich nicht einfach für euch werden. Wie lange es genau dauern wird, weiß ich nicht, aber ihr habt schon mal den richtigen Weg eingeschlagen, indem ihr darüber gesprochen habt und es gemeinsam angehen wollt«, versucht Brooke mich wieder aufzubauen.

Aber so ganz gelingen will es nicht, denn die Angst vor dem, was passieren wird, sobald alle davon erfahren, dass ich mit Scott zusammen bin, verschwindet nicht. Und ich habe das Gefühl, dass es noch ein wenig dauern wird, bis ich wirklich sagen kann, dass es mir egal ist.

Allerdings habe ich auch Angst davor, es nicht zu tun und es deswegen noch schwieriger für uns zu machen. Auch daran könnte dieser Versuch scheitern.

»Der richtige Zeitpunkt, an dem ihr sagt, wir wollen es allen zeigen, wird noch kommen, und bis dahin genießt die Ruhe. Es müssen nicht einmal Mom und Dad wissen, obwohl ich sagen muss, dass vor allem unsere Mutter sehr begeistert von ihm war«, stimmt Haley ihr lachend zu.

»Nicht so sehr wie Oma«, falle ich mit ein.

Die Worte meiner Schwestern helfen mir, damit ich wieder in der Lage bin, alles etwas klarer zu sehen. Sie zeigen mir, dass ich nicht alleine bin und sie hinter Scott und mir stehen.

Aus dem Augenwinkel sehe ich, wie er in der Tür erscheint und sich gegen den Rahmen lehnt. Er trägt eine schwarze Trainingshose und ein ebenfalls schwarzes Shirt. Ruckartig drehe ich meinen Kopf ganz zu ihm hin, so dass ich alles in mir aufnehmen kann. Anscheinend haben auch meine Schwestern ihn bemerkt, denn sie sind schlagartig ruhig und schauen in die gleiche Richtung wie ich auch.

Scott scheint ihre Blicke überhaupt nicht zu merken, denn er hat nur Augen für mich. Es ist ein wunderbares Gefühl zu wissen, dass ich an erster Stelle für ihn stehe. Ein Gefühl, dass ich schon zu lange nicht mehr gespürt habe.

»Du kannst dich ruhig zu uns setzen, wir beißen nicht«, fordert Brooke ihn heraus, nachdem es einige Sekunden still im Raum war.

»Ich will euch nicht stören«, entgegnet er und zeigt dabei mit einem Kopfnicken in die Richtung der Küche.

»Das tust du nicht«, erwidert sie sofort und schüttelt kräftig den Kopf.

Scott wirft einen prüfenden Blick in meine Richtung und setzt sich erst in Bewegung, als ich ebenfalls nicke und so die Aussage meiner Schwester bekräftige.

Er kommt zu mir und lässt sich so dicht neben mich auf das Sofa sinken, dass er seinen Arm um meine Schulter legen kann. Wie von alleine lasse ich mich an ihn sinken und entspanne mich langsam.

Es ist egal, was letzte Woche war. Das Einzige was zählt ist, dass er jetzt bei mir ist, halte ich mir vor Augen.

»Na gut, wir werden auch mal verschwinden«, ertönt Haleys Stimme, während sie nach ihrer Tasche greift und aufsteht. »Wir wollen euch Turteltäubchen nicht stören. Außerdem höre ich mein Sofa bereits nach mir rufen.«

»Bleibt doch hier und esst mit uns«, unternimmt Scott einen Versuch, die beiden doch zum Bleiben zu überreden. Ich bin nicht sicher, ob ich ihm zustimmen soll oder nicht. Einerseits freue ich mich darüber, dass die drei sich verstehen und nicht anzicken, andererseits möchte ich aber auch alleine mit ihm sein. Also beschließe ich, dass ich die drei das untereinander klären lasse.

»Wir wollten nur nachschauen, ob alles in Ordnung bei euch ist. Schließlich wart ihr am Samstag so schnell verschwunden, dass wir keine Zeit mehr hatten, unter sechs Augen mit unserer Schwester zu sprechen«, winkt sie ab.

»Wir telefonieren«, verkündet nun Brooke, die ebenfalls aufsteht. »Bleibt sitzen, wir finden schon den Weg hinaus.«

»Ich melde mich bei euch«, verspreche ich den beiden.

»Bis dann!«, ruft Brooke und verschwindet aus dem Wohnzimmer. Haley wirft mir noch einen kurzen Blick zu, ehe sie ebenfalls aus meinem Sichtfeld verschwindet.

Stumm bleibe ich neben Scott auf dem Sofa sitzen, bis ich höre, wie die Tür geöffnet und nach kurzer Zeit wieder geschlossen wird.

»Ich habe euer Gespräch mitbekommen«, beginnt er und streicht dabei mit dem Daumen über meinen Arm.

Bei seinen Worten verspanne ich mich, weil mir klar wird, dass er in diesem Fall auch meinen kleinen Zusammenbruch mitbekommen hat, den ich eigentlich vor ihm geheim halten wollte.

»Ich will nur, dass du weißt, hätte ich geahnt, dass du vor meiner Tür stehst, hätte ich nicht so geredet. Aber mein Vater ging mir schon die ganze Zeit auf die Nerven wegen einer Gerichtsverhandlung und ein paar anderen Dingen. Ich war einfach davon ausgegangen, dass er es wäre.«

Bei seinen Worten drehe ich mich zu ihm herum und betrachte ihn. Ich kann erkennen, dass er nicht glücklich darüber ist, dass ich nur deswegen einen Schlussstrich gezogen habe. Aber es war ja nicht nur aus diesem Grund, er hatte mir aber den Rest gegeben.

»Es tut mir leid«, flüstere ich.

»Ich kann dich verstehen. Wirklich. Aber auch ich muss mich bei dir entschuldigen.«

Fragend hebe ich eine Augenbraue, da ich keine Ahnung habe, wovon er spricht.

»Ich musste einfach meinen Kopf frei bekommen und versuchen, eine Lösung zu finden. Dabei wollte ich das Wochenende mit dir verbringen. Wäre ich für dich da gewesen, so wie ich es wollte, wäre der ganze Scheiß nie passiert.«

Eine Weile schaue ich ihn ausdruckslos an. Dann hebe ich meine Hand, um sie an seine Wange zu legen, und streiche sanft darüber, bevor ich mich nach vorne beuge und ihm einen zärtlichen Kuss gebe.

»Lass uns nicht mehr davon sprechen. Ich will es einfach nur noch hinter mir lassen.«

Zustimmend nickt Scott.

»Ms. Brown. Ich hatte in den letzten Tagen so viele Termine außer Haus, dass ich Sie seit der Rückkehr noch gar nicht fragen konnte, wie die Reise mit meinem Sohn gelaufen ist.« Mr. Baker tritt zu mir in den Fahrstuhl und schaut mich freundlich an.

Er trägt wie immer einen tadellosen Anzug, der seinem Gegenüber zeigt, dass er Macht und Geld hat und man sich am besten nicht mit ihm anlegen sollte.

Sein selbstsicheres Auftreten sorgt dafür, dass ich noch mehr Angst vor seiner Reaktion habe, wenn er erfährt, dass zwischen Scott und mir etwas läuft. Schließlich kann er mich einfach herauswerfen.

»Gut, danke«, antworte ich ihm ebenfalls freundlich, aber vor allem darauf bedacht, nichts falsch zu machen, und drücke den Knopf für die Tiefgarage. »Allerdings muss ich zugeben, dass wir etwas überrascht darüber waren, dass wir uns ein Zimmer teilen mussten.« Obwohl sich herausgestellt hatte, dass es von Vorteil gewesen war, dass wir es mussten, war der Schock am Anfang doch groß gewesen. Im Nachhinein muss ich aber sagen, dass wir jetzt nicht an der Stelle stehen würden, an der wir uns befinden, wenn wir getrennte Zimmer gehabt hätten.

Trotzdem lasse ich es mir nicht nehmen, es dem Senior noch einmal unter die Nase zu reiben.

»Es tut mir leid. Aber leider hat das Hotel da etwas durcheinandergebracht. Ich selber habe es erst an dem Montag nach Ihrer Ankunft erfahren«, entschuldigt er sich bei mir.

»Kein Problem«, erwidere ich.

»Ich hoffe, dass mein Sohn sich benommen hat.«

Als die Worte meines Chefs bei mir ankommen, hebe ich kurz meinen Blick und schaue ihn an.

»Ich bin gut mit ihm klargekommen«, antworte ich und hoffe,

dass er bei meinen Worten nicht merkt, wie gut wir miteinander ausgekommen sind.

»Das freut mich.«

Schweigend fahren wir weiter hinunter, bis wir die Eingangshalle erreicht haben.

»Ich wünsche Ihnen noch einen schönen Feierabend«, verabschiedet sich mein Chef von mir und lächelt mich dabei ein letztes Mal freundlich an.

»Danke, Ihnen auch«, erwidere ich und schaue ihm nach, wie er in der Menge verschwindet.

In mir macht sich Erleichterung breit, als er den Aufzug verlässt und die Türen sich schließen. Mit ihm zu sprechen fühlt sich komisch an, da ich eine Beziehung mit seinem Sohn führe und er nichts davon weiß.

Zum ersten Mal seit dem Wochenende frage ich mich, ob wir es nicht wenigstens unseren Eltern sagen sollten. Schließlich wissen es meine Schwestern doch auch. Doch ich entscheide mich dagegen.

Wenn Scott das will, wird er es mir mit Sicherheit sagen. Er wird schon seine Gründe dafür haben.

Als der Aufzug in der Tiefgarage hält und sich die Türen öffnen, erblicke ich sofort meinen Wagen. Er steht alleine und verlassen zwischen einigen anderen geparkten Autos, dessen Besitzer ich nicht kenne.

Es ist komisch, ohne Scott nach Hause zu fahren, aber da er mir versprochen hat, dass er direkt nach seinem letzten Termin zu mir kommt, habe ich etwas, auf das ich mich freuen kann.

»Ist etwas passiert?«, frage ich meine Mutter und meine Oma, nachdem ich vor der Haustür gehalten habe und ausgestiegen bin.

Genauso wie meine Schwestern vor wenigen Tagen stehen auch sie nun vor meiner Tür und warten auf mich.

Jetzt bin ich froh, dass Scott nicht dabei ist und es mir so erspart bleibt, Rede und Antwort zu stehen.

»Ich wollte dich nur daran erinnern, dass ich in zwei Wochen meinen Geburtstag feiere«, begrüßt mich meine Oma und schließt mich kurz in ihre Arme.

»Sehe ich so aus, als ob ich den vergessen würde?«, erwidere ich, obwohl ich mir in Gedanken mehrere Arschtritte verpasse.

In den letzten Tagen lief alles so kreuz und quer in meinem Leben, dass ich überhaupt nicht mehr daran gedacht hatte, dass meine Oma bald Geburtstag hat. Dabei habe ich ihn noch nie vergessen.

»Du schienst mir in den letzten Tagen immer ein wenig durch den Wind zu sein, deshalb habe ich deiner Mutter gesagt, sie soll eben vorbeifahren, bevor sie mich zu Hause absetzt, damit ich dich daran erinnern kann. Und bei der Gelegenheit wollte ich dir auch gleich sagen, dass du deinen Freund mitbringen sollst.«

Ich will gerade Luft holen, doch nun verschlucke ich mich an meiner eigenen Spucke. Einige Sekunden versuche ich das Husten in den Griff zu bekommen, so dass ich nicht über die Worte meiner Großmutter nachdenken kann. Als ich mich jedoch beruhigt habe, kommt die Bedeutung in meinem Kopf an.

»Woher willst du wissen, dass ich einen Freund habe?«, frage ich nach und werfe dabei einen vorsichtigen Blick in die Richtung meiner Mutter. Sie scheint ebenso überrascht über die Worte zu sein, denn ich kann sehen, dass sie etwas blass um die Nase geworden ist und sie ihre Mutter mit großen Augen und offenem Mund anschaut.

Wahrscheinlich fragt sie sich gerade, wieso sie nichts davon gemerkt hat und macht sich Vorwürfe, weil es sogar meine Oma gemerkt hat.

Ich hingegen versuche herauszufinden, wann und mit welcher Handlung ich mich verraten habe. Als einzige Antwort kommt mir das Essen letzte Woche bei meinen Eltern in den Sinn, von dem Scott mich abgeholt hat.

Aber das würde auch heißen, dass sie genau weiß, mit wem

ich zusammen bin, und darüber will ich gar nicht so genau nachdenken.

»Wenn man sich so verhält, wie es in der letzten Zeit bei dir der Fall war, ist man für gewöhnlich verliebt.« Während sie spricht zwinkert sie mir verschwörerisch zu.

»Mach dir keine Sorgen«, entgegne ich also knapp. »Ich werde deine Feier schon nicht vergessen.«

»Und vergiss den Knackarsch auch nicht zu Hause.«

»Mutter«, ruft meine Mom in schrillem Ton, von dem ich mir sicher bin, dass man ihn sogar drei Straßen weiter noch hören konnte. Erschrocken zucke ich zusammen und verziehe ein wenig das Gesicht.

»Ach, beruhig dich! Hier sind doch keine kleinen Kinder«, erwidert sie nur und schließt mich noch einmal in die Arme.

Knackarsch.

Mit diesem einen Wort hat meine Oma mir gezeigt, dass sie genau weiß, was hier läuft und ich mit meiner Vermutung richtig gelegen habe. Nun muss ich mir nur noch überlegen, ob ich glücklich darüber sein soll oder nicht.

»Keine Sorge, deine Schwestern haben nichts verraten, und ich werde es sicherlich auch noch nicht deinen Eltern sagen. Das sollen die beiden schön selber herausbekommen. Sie sind doch diejenigen, die immer damit prahlen, dass sie genau wissen, was in dem Leben ihrer Töchter vor sich geht«, raunt sie mir zu, als sie mich noch ein weiteres Mal umarmt.

»Und woher weißt du das?«, flüstere ich in ihr Ohr.

»Ich habe Augen im Kopf.«

Mit diesen Worten löst sie sich von mir und geht zurück zu dem Auto meiner Mutter.

»Sie macht mich fertig«, stöhnt diese nun und schaut meiner Oma nach.

»Ich finde es nicht schlimm«, erkläre ich und zucke dabei mit den Schultern. Meine Mom wirft mir einen ermahnenden Blick zu, den ich aber nicht weiter beachte.

Schon seit ich denken kann, versucht meine Mutter meine Oma einigermaßen in den Griff zu bekommen, weil sie der Meinung ist, dass eine Frau in ihrem Alter sich anders benehmen sollte. Doch mich stört es nicht und ich weiß, dass es Haley und Brooke nicht anders geht.

»Na gut, ich muss jetzt etwas essen. Es war ein langer Tag für mich«, erkläre ich ihr und mache Anstalten, an ihr vorbei auf die Haustür zuzugehen.

»Sagst du mir wenigstens noch, wer dein Freund ist und seit wann ihr zusammen seid?«, startet meine Mutter einen Versuch, es zu erfahren. Aber ich werde mich davor hüten ihr auf die Nase zu binden, dass ich den Sohn meines Chefs liebe, vor allem da ich keine Ahnung habe, ob er die gleichen Gefühle für mich hat wie ich für ihn.

Dass er etwas für mich empfindet weiß ich, aber ob es wirklich Liebe ist, oder vielleicht einfach nur Lust und Begierde weiß ich nicht.

»Vielleicht auf der Feier«, antworte ich ihr und umarme sie kurz. Ohne meine Mom weiter zu beachten, trete ich vor die gläserne Haustür, schließe sie auf und gehe in den kühlen Flur hinein.

Bei jeder Bewegung spüre ich den Blick meiner Mutter im Rücken. Mir ist klar, dass sie eine Antwort haben will, aber von mir wird sie heute keine bekommen.

Deswegen lasse ich die Tür hinter mir ins Schloss fallen, ohne sie ein weiteres Mal anzusehen und gehe die Treppe nach oben.

Kaum habe ich meine Wohnungstür hinter mir geschlossen, überkommt mich Müdigkeit. Damit ich nicht einschlafe, beschließe ich, die Zeit bis Scott auftaucht zu nutzen und duschen zu gehen.

Als ich eine halbe Stunde später das Wasser ausstelle, höre ich die laute Klingel durch meine Wohnung schallen. Ich lasse meinen Blick an mir herunter wandern. Da ich noch immer nass bin, tropfe ich die Fliesen voll, und um meinen Körper habe ich mir nur ein Handtuch geschlungen, was die wichtigsten Körperstellen verdeckt.

Aber da ich davon ausgehe, dass Scott vor der Tür steht, beschließe ich, dass es egal ist. Also verlasse ich barfuß das Bad und gehe zum Türöffner und betätige ihn.

Meine Tür öffne ich einen kleinen Spalt, so dass ich gerade einmal den Kopf hinausstecken kann um zu schauen, ob er es wirklich ist.

Kaum ist die Haustür aufgesprungen, höre ich Scotts schwere Schritte auf dem Boden im Flur und sehe wenige Augenblicke später, wie sein Kopf erscheint.

Er sieht müde aus, ist der erste Gedanke, der mir durch den Kopf schießt, als ich ihn erblicke. Seine Haare stehen wirr vom Kopf ab und sind noch ein wenig nass, und auf seinem grauen Shirt erkenne ich Schweißflecken. Da er dazu eine schwarze Trainingshose trägt, gehe ich davon aus, dass er beim Sport war.

Als sein Blick mich streift, kann ich allerdings verfolgen, wie die Müdigkeit schlagartig aus seinem Körper verschwindet. Seine Augen werden dunkel, während sie immer wieder über meinen Körper wandern, der nur von einem Handtuch bedeckt ist.

Mir wird heiß, obwohl ich noch immer nass bin und die kalten Fliesen unter meinen Füßen spüre. Ohne ein Wort von sich zu geben, schiebt er mich rückwärts in die Wohnung hinein und schließt mit dem Fuß die Tür hinter sich. Aus dem Augenwinkel sehe ich, wie er seine Tasche neben die Tür wirft, bevor er mit beiden Händen meine Hüften umfasst.

Ich habe keine Chance, ihn wenigstens zu begrüßen, da er in der nächsten Sekunde meine Lippen mit seinen bedeckt. Er nimmt mich ein und gibt mich nicht wieder frei.

Stöhnend öffne ich meinen Mund, als seine Zunge um Einlass bittet. Unsere Zungen umfahren sich und beginnen einen erotischen Tanz.

»Scott«, stöhne ich, während er das Handtuch öffnet. Mit seinen großen Händen umgreift er meine Brüste und drückt sie.

Erregt lasse ich meinen Kopf in den Nacken fallen und drücke meinen Oberkörper noch weiter nach vorne. Scott senkt seinen Kopf und nimmt meine Brustwarzen in den Mund.

Meine Finger wandern unter sein Shirt und ziehen es ihm mit einer flüssigen Bewegung aus. Dann lasse ich meine Hände über seinen Oberkörper fahren, bis sie an dem Bund seiner Hose ankommen. Ich kralle mich daran fest und ziehe sie ihm mitsamt seiner Boxershorts ruckartig über den Hintern nach unten.

Sie rutscht über seine Beine nach unten, bis er sie mit den Füßen zur Seite treten kann.

Als nächstes spüre ich, wie sich seine Hände in dem weichen Fleisch meines Pos vergraben und er mich hochhebt. Mit den Fingernägeln halte ich mich an seiner Schulter fest, während meine Beine seine Hüften umschlingen, damit ich nicht hinunter falle.

Scott drückt mich gegen die Wand und hält mich dort mit seinem Gewicht gefangen. Sein Mund befindet sich überall gleichzeitig. Auf meiner Schulter, meinen Brüsten, meinem Hals, meinem Mund und meinem Ohr. Schon bald weiß ich nicht mehr, wo oben und unten ist.

Sein harter Schwanz fährt immer wieder über meine geschwollene Perle und drängt sich an meine Öffnung. Ein lautes Stöhnen entfährt mir, als er plötzlich in mich eindringt.

Immer wieder stößt er tief in mich. Bei jedem Stoß bearbeitet er meinen G-Punkt und sorgt dafür, dass meine Atmung immer abgehackter kommt.

Als ich spüre, wie der erlösende Orgasmus über mich hinwegfegt, schließe ich meine Augen und lasse mich fallen. Ich vertraue auf Scott, dass er mich auffängt und mich nicht fallen lässt.

Jede einzelne Sekunde genieße ich und merke, wie auch Scott wenige Augenblicke später kommt und seinen Samen in mich pumpt.

Als mein eigener Orgasmus abschwächt, geben meine Muskeln erschöpft nach, so dass ich mich nicht länger an ihm festhalten kann. Aber das ist auch gar nicht notwendig.

Scott hält mich sicher auf seinen Armen. Er trägt mich in das Schlafzimmer und legt mich dort unter die Decke.

Leider legt er sich aber nicht zu mir, sondern setzt sich auf die Bettkante und streicht mir mit der Handfläche über das Gesicht.

»Ich muss zugeben, dass ich nicht damit gerechnet habe, so empfangen zu werden.«

»Das war auch eher Zufall. Ich stand nämlich gerade unter der Dusche«, erkläre ich ihm.

»Duschen muss ich auch. Ich bin direkt nach dem Training zu dir gefahren. Als ob ich es geahnt hätte, dass du mir in diesem Outfit die Tür öffnest.«

Bei seinen Worten muss ich leise lachen.

Mit ihm herumzualbern gehört mit zu den schönsten Dingen, die ich mir vorstellen kann. Seine lockere und fröhliche Art sorgt dafür, dass jeder Ärger und alle Probleme verschwinden und ich mich nur noch auf ihn konzentriere.

In San Diego hatte ich noch die Befürchtung, dass dieses Gefühl vergänglich sei. Ich hatte Angst, dass er merkt, dass er es nicht will. Aber diese Augenblicke beweisen mir immer wieder aufs Neue das Gegenteil.

Er will mich und er will uns, und dafür lohnt es sich zu kämpfen.

17

Schlaf heute Nacht bei mir.

Als ich die Mail lese, die mich am nächsten Tag erreicht, schnappe ich überrascht nach Luft. Ich sitze vor meinem Schreibtisch und versuche mich eigentlich auf die Abrechnung von mehreren Akten zu konzentrieren, doch Scott schickt mir schon seit ein paar Minuten immer wieder Mails, in denen steht, wie sehr er sich schon auf heute Abend freut. Aber er fordert mich auch auf, ihm noch ein weiteres Mal die Tür im Handtuch zu öffnen, weswegen er Mühe hat, keinen Ständer zu bekommen.

Hör auf mir hier zu schreiben. Ich muss mich auf meine Arbeit konzentrieren.

Schnell schicke ich die Nachricht ab, bevor noch jemand an meinem Schreibtisch vorbeigeht und einen Blick auf meinen Bildschirm wirft. In den letzten Tagen haben wir uns immer WhatsApp-Nachrichten geschickt, aber dass er mir nun E-Mails schickt, lässt mich nervös werden. Obwohl es auch nicht weniger auffällig ist, wenn ich alle paar Minuten auf mein Handy schaue, weil ich wieder eine neue Nachricht bekommen habe.

Mach dir keine Sorgen.
Bitte, komm heute Abend mit zu mir.

Wieso reden wir nicht in der Mittagspause darüber?

Schnell schicke ich die Nachricht ab, aber als ich meinen Kopf hebe, erkenne ich, dass Maria mich die ganze Zeit beobachtet hat.

»Pass auf dich auf. Es gibt einige Tratschtanten im Büro. Ich finde es aber super«, erklärt sie mir.

»Wovon redest du?«

»Von dir und dem Junior.«

Bei ihren Worten bekomme ich große Augen. Panisch schaue ich mich um, um mich zu vergewissern, dass uns niemand zuhört, aber alle haben die Blicke auf ihre Bildschirme gerichtet und sind in ihre Arbeit vertieft.

Als nächstes wende ich mich wieder ihr zu und lehne mich nach vorne, damit ich nicht so laut sprechen muss.

»Seit wann weißt du es?«, frage ich sie.

»Seitdem ihr aus San Diego wieder da seid. Die Blicke, mit denen ihr euch beobachtet, sind nicht zu übersehen. Ganz davon abgesehen habe ich euch nicht mehr streiten hören, was vor allem bei Scott ein Wunder ist.«

Ich spüre, wie mir das Blut ins Gesicht schießt. Eigentlich hatte ich gedacht, dass es nicht so leicht herauszufinden ist, aber wie ich nun merke, habe ich mich da getäuscht.

Unsicher, was ich dazu sagen soll, schaue ich mich im Raum um.

Wissen sie es auch?

»Ich glaube aber nicht, dass die anderen etwas bemerkt haben«, beantwortet sie meine unausgesprochene Frage. »Aber trotzdem würde mich mal interessieren, wann ihr es gemerkt habt?«

Stumm nicke ich in die Richtung des Kopierraums und gebe ihr so zu verstehen, dass sie mir folgen soll. Wenn wir uns hier darüber unterhalten, ist mir die Gefahr zu groß, dass uns jemand belauscht.

»Es war nicht geplant«, platzt es schließlich aus mir heraus, nachdem Maria die Tür hinter sich geschlossen hat.

»Wann ist es das jemals?«, fragt sie mich.

Bei ihren Worten fahre ich mir über den Nacken und versuche die Ruhe zu bewahren. Aber das ist nicht so einfach, wie man es sich vielleicht vorstellt.

»Hast du deswegen zugestimmt, ihn auf der Reise zu begleiten?«

»Eigentlich wollte ich es überhaupt nicht. Mir war von Anfang an klar, dass er mich nicht ausstehen kann, zumindest habe ich das gedacht. Aus diesem Grund habe ich versucht, die Anwälte noch vom Gegenteil zu überzeugen«, erzähle ich ihr und versuche mir dabei nicht anmerken zu lassen, wie fertig ich deswegen bin.

»Und von wem ging der erste Schritt aus?«

»Von ihm. Kaum hatten wir unser Zimmer betreten, war ganz anders. Nicht eine Sekunde hat er daran einen Zweifel gelassen, dass er will, dass es mir gut geht.«

Maria schaut mich einige Sekunden nachdenklich an.

»Ihr passt gut zusammen und du scheinst ihn wirklich im Griff zu haben. Eigentlich habe ich immer gedacht, dass ich das bei ihm niemals erleben werde. Aber es freut mich, dass du mich vom Gegenteil überzeugen konntest.«

Maria schafft es mit ihren Worten, mich zum Lächeln zu bringen.

»Ihr solltet euch dringend darüber unterhalten, wie es weitergehen soll. So etwas werdet ihr nicht für immer verheimlichen können. Irgendwann wird es herauskommen. Gerede wird es so oder so geben. Aber lass die Mädels reden, die meinen, dass sie sich das Maul zerreißen müssen. Es geht sie nichts an. Das Wichtigste ist, dass ihr glücklich seid.«

Kurz lasse ich mir ihre Worte durch den Kopf gehen, dann nicke ich. Ich weiß, dass Maria recht hat, aber ich weiß auch, dass ich noch nicht so weit bin, diese Beziehung zu ihm öffentlich zu machen.

»Ich weiß«, murmle ich betreten und weiche ihrem Blick aus.

»Es ist doch so: Ihr könnt auf Dauer nur eine Chance haben, wenn ihr euch nicht verstecken müsst.«

Ich hebe meinen Kopf und schaue Maria an. Leider muss ich zugeben, dass sie recht hat. Seine Liebe vor anderen zu verstecken ist eine große Belastung und ich weiß nicht, ob wir das schaffen können.

Seufzend lasse ich mich gegen den Tisch sinken, während mein Kopf nach vorne in die Hände fällt. In mir wirbeln die Gedanken herum, so dass ich kaum noch ein vernünftiges Wort formen kann. Ich spüre, wie sich mir der Magen umdreht und mir schlecht wird.

»Ihr seid ein hübsches Paar und ich wünsche mir für euch, dass ihr es schafft«, erklärt sie mir mit mütterlicher Stimme, bevor ich höre, wie die Tür geöffnet und wenig später wieder geschlossen wird.

Eine fast schon unheimliche Stille hat sich in dem kleinen Raum ausgebreitet. Nur das Ticken der großen Wanduhr, die über dem Kopierer hängt, ist zu hören.

Mit den Gedanken bin ich bei Maria und ihren Worten. Außerdem denke ich an Scott und frage mich, was er wohl gerade macht. Aber ich denke auch an die vielen Gespräche, die Scott und ich miteinander geführt haben und beschließe, dass die Zeit der Geheimnistuerei vorbei ist, und das gilt auch für ihn.

Ich will wissen, was er mir verheimlicht.

Mit festen Schritten durchquere ich den kleinen Raum und verlasse ihn, um direkt auf meinen Schreibtisch zuzugehen.

Ja, ich würde gerne deine Wohnung sehen. Mal schauen, ob sie genauso gut zu dir passt, wie meine zu mir.

Ohne darüber nachzudenken, schicke ich die Nachricht ab.

»Du machst das Richtige. Irgendwann werdet ihr eh darüber sprechen müssen«, flüstert Maria, nachdem sie einen Blick in meine Richtung geworfen hat.

Ja, das weiß ich. Allerdings hatte ich gehofft, dass wir noch ein paar Wochen Zeit haben würden.

Die nächsten Stunden gehen nur langsam vorbei. Immer wieder schaue ich auf die Uhr. Quälend langsam bewegt sich der Minutenzeiger. Auch Claire schafft es nicht in unserer Mittagspause, mich auf andere Gedanken zu bringen. Ein paarmal fragt sie mich, was mit mir los ist, aber ich will nicht darüber sprechen.

Als es endlich so weit ist und ich meinen Computer hinunterfahren kann, atme ich fast schon erleichtert darüber tief durch. Eigentlich habe ich meinen Job immer gerne gemacht, aber heute will ich zu Scott und mit ihm alleine sein.

An diesem Abend warte ich auch nicht darauf, dass die anderen das Büro verlassen, sondern quetsche mich noch mit in den Aufzug.

Die Fahrstuhlfahrt in die Tiefgarage dauert viel zu lange. Nervös und hibbelig trete ich von einem Bein auf das andere, während ich die Digitalanzeige über meinem Kopf nicht aus den Augen lasse.

Ich bin mir sicher, dass dies die längsten Sekunden in meinem Leben sind. Es kommt mir beinahe so vor, als würde er Stunden brauchen. Als er endlich das leise *Ping* von sich gibt und die Türen sich öffnen, strömen auch alle anderen heraus.

Als eine der Letzten verlasse ich die Kabine und drehe mich in die Richtung, in der ich Scott vermute. Allerdings entdecke ich ihn nicht. Stattdessen erspähe ich nur seinen Wagen, der alleine in einer abgelegenen Ecke steht.

Langsam gehe ich auf den Wagen zu und schaue mich dabei um. Ich erwarte schon fast, dass Scott sich irgendwo versteckt, oder irgendwo mit einem der anderen Anwälte steht und sich unterhält, aber ich kann ihn nicht entdecken.

Unschlüssig bleibe ich vor der Motorhaube stehen und schaue dabei von rechts nach links. Mir ist klar, dass es wahrscheinlich merkwürdig aussieht, wenn ich vor seinem Wagen stehen bleibe, aber das ist mir egal. Davon abgesehen habe ich auch keine Ahnung, wo ich sonst auf ihn warten soll. Wenn ich mich etwas entfernt hinstelle habe ich Angst, dass ich ihn übersehe.

Ich sinke gegen die Motorhaube und halte dabei meine Tasche in beiden Händen vor den Beinen. Obwohl das Auto etwas abseits steht, laufen trotzdem ein paar der anderen Angestellten an mir vorbei. Neugierig begutachten sie mich, doch ich versuche einen möglichst sauren Gesichtsausdruck aufzusetzen, damit sie denken, ich würde mich gleich wieder mit Scott streiten.

Sollen sie doch denken was sie wollen, schießt es mir durch den Kopf.

Als die Tiefgarage sich immer mehr leert und ruhiger wird, werfe ich einen ungeduldigen Blick auf die Uhr. Seit zwanzig Minuten stehe ich nun schon hier und warte.

Ein ungutes Gefühl macht sich in mir breit.

Hoffentlich ist ihm nichts passiert, denke ich, doch da gehen die Türen des Aufzugs erneut auf und geben den Blick auf Scott frei.

Ich werde von Erleichterung gepackt, die dafür sorgt, dass ich ein paar Zentimeter kleiner werde und meine angespannten Muskeln sich lockern.

»Ich frage mich gerade, welcher Anblick heißer ist. Du, wie du mir nur mit einem Handtuch bekleidet die Tür öffnest, oder wie du auf der Motorhaube meines Wagens sitzt.«

Bei seinen Worten laufe ich rot an. Aber ich werde auch hellhörig. Irgendetwas an seinem Ton ist anders als sonst.

»Was ist los?«, frage ich ihn, ohne auf seine Worte einzugehen. Ich kenne ihn gut genug, um an seiner Stimme zu hören, wenn er sich mal wieder mit seinem Vater gestritten hat, denn das ist in den letzten Tagen oft genug passiert.

»Nichts«, antwortet er mir und stellt sich so dicht vor mir hin, dass sein Geruch in meine Nase steigt. Seine Hände umgreifen mein Gesicht, als er mich küsst. Ich spüre die Verzweiflung und die unterdrückte Wut, die von ihm ausgeht.

»Ich liebe dich, Melody«, kommt es ihm über die Lippen, nachdem er sich von mir gelöst hat. Dabei steht er mir noch immer so nah, dass sein Atem über die Haut meines Gesichts streicht.

Bei seinen Worten schnappe ich nach Luft. Sie überraschen mich, aber gleichzeitig freue ich mich auch darüber. Erleichterung macht sich in mir breit, weil er genauso für mich empfindet wie ich für ihn.

Eine Weile ist es ruhig. Im Hintergrund höre ich, wie ein paar Angestellten zu ihren Autos gehen, aber darauf achte ich nicht. In dieser Sekunde zählt nur der Mann, der vor mir steht und mich keine Sekunde aus den Augen lässt.

»Ich liebe dich auch«, flüstere ich und versuche dabei, die Tränen zurückzuhalten, die sich in meinen Augen gebildet haben.

Doch vergeblich. Bereits in der nächsten Sekunde rollen sie mir ungehindert über die Wange hinunter.

Ich sehe, wie Scott seine Hand hebt und sie wegwischt, dann zieht er mich in seine Arme.

Eine Ewigkeit stehen wir an der gleichen Stelle, während es um uns herum immer leiser wird.

»Lass uns verschwinden.«

Scott wartet meine Antwort nicht ab, sondern befördert mich zur Beifahrerseite, öffnet die Tür für mich und hilft mir beim Einsteigen.

Doch bevor er sie wieder schließt, geht er vor mir in die Hocke und küsst mich sanft auf den Mundwinkel. Erst dann geht er einen Schritt zur Seite und wirft die Tür zu.

Die Fahrt verbringen wir schweigend. Scott hält meine Hand mit seiner fest umklammert, als würde er Angst haben, dass ich gleich aus dem Auto springe. Er scheint mit irgendetwas zu kämpfen, aber solange er mir nicht sagt, was los ist, kann ich ihm nicht helfen.

Beruhigend streiche ich immer wieder mit dem Daumen über seine Haut, doch es bringt nichts.

»Wir sind da«, verkündet er schließlich, nachdem er in die Auffahrt zu einem Apartmenthaus gefahren ist und dort den Wagen in eine große Garage lenkt. Neugierig schaue ich mich um.

Wir sind nicht mehr mitten in der Stadt, sondern befinden uns in der Nähe des Meeres. Die Einfahrt ist von bunten Blumen umgeben und ist mit Kieselsteinen aufgeschüttet, die knirschen, sobald man mit dem Auto über sie hinweg fährt.

Nachdem er den Wagen ausgestellt hat, steige ich aus. Scott kommt sofort zu mir und ergreift wieder meine Hand, um mich an den anderen parkenden Fahrzeugen vorbei zu den Treppen zu führen.

Schweigend folge ich ihm, obwohl ich so viele Fragen an ihn habe. Aber das hier ist nicht der richtige Moment, um ihm diese zu stellen.

Stattdessen gehe ich zusammen mit ihm in der zweiten Etage auf eine der Türen zu und warte darauf, dass er sie aufgeschlossen hat.

Mein Mund öffnet sich ein Stück, nachdem die geöffnete Tür den Blick auf den Raum dahinter frei gegeben hat.

Die Wände sind weiß, während die grauen Fliesen einen Kontrast wiedergeben. An den Wänden hängen Kunstwerke, die ein Vermögen gekostet haben müssen, und an der rechten Wand steht eine glänzende Garderobe.

Fragend ziehe ich meine Augenbrauen hoch und werfe Scott einen Blick zu, als ich an ihm vorbeigehe und die Wohnung betrete. Neugierig schaue ich mich um entdecke eine Tür, die in das Wohnzimmer führt. Die Wände und der Boden sehen genauso aus wie im Flur, nur dass hier die Möbel einen dunklen Braunton haben und so aussehen, als würde man sie nicht oft benutzen. Eine Glastür führt nach draußen auf den Balkon, und daneben an der Wand hängt ein großer Fernseher.

»Du hast es hübsch hier. Allerdings muss ich sagen, dass ich mir deine Wohnung ein wenig anders vorgestellt habe«, gebe ich zu, nachdem ich mich umgedreht habe.

Scott steht mit verschränkten Armen in der Tür und beobachtet mich aufmerksam.

»Wie denn?«, fragt er mich, stößt sich ab und kommt ein paar Schritte auf mich zu.

»Chaotischer?«, antworte ich ihm und zucke dabei mit den Schultern. »Auf jeden Fall nicht so elegant.«

»Ich gebe zu, dass ich selten hier bin.« Dicht vor mir bleibt er stehen und schaut mich durchdringend an.

»Wieso werde ich das Gefühl nicht los, dass du mir irgendetwas sagen willst?«

Scott sagt nichts dazu, sondern legt seine Hände auf meinen Rücken und beugt sich zu mir hinunter. Er küsst mich leidenschaftlich, weshalb ich sofort vergesse, worüber wir uns noch vor wenigen Sekunden unterhalten haben.

Ich schlinge ihm meine Arme um den Hals und schaue ihn verträumt an.

»Lass uns ins Schlafzimmer gehen. Dort ist es gemütlicher.«

Scott wartet meine Antwort überhaupt nicht ab. Er führt mich zurück in den Flur und in den nächsten Raum. Links von mir befindet sich ein großes und gemütlich aussehendes schwarzes Bett. Auf der rechten Seite erkenne ich eine Kommode, über der sich ebenfalls ein Fernseher befindet. Auf dem Boden sind seine Sportsachen und verschiedene Paar Schuhe verteilt. Außerdem kann ich ein paar seiner teuren Anzüge erkennen, die kreuz und quer überall verteilt sind.

»Das bist schon eher du«, erkläre ich mit einem Grinsen auf dem Gesicht, während ich mir meine Sandalen ausziehe und meine Tasche auf den Boden fallen lasse.

»Da habe ich ja noch einmal Glück gehabt. Möchtest du etwas essen? Ich habe zwar nicht viel hier, aber ich könnte uns ein paar Sandwiches machen.«

»Gerne«, erwidere ich in der gleichen Sekunde, in der mein Magen ein leises Geräusch von sich gibt.

»Mach es dir gemütlich. Ich bin gleich wieder da.« Mit diesen Worten dreht er sich um und verschwindet aus dem Zimmer.

Ein paar Sekunden bleibe ich an der Stelle stehen und schaue mich im Zimmer um. Dann gehe ich auf das Bett zu und lasse meine Finger über den weichen Stoff der Bettwäsche fahren.

Eigentlich hatte ich gehofft, dass, wenn ich irgendwann seine Wohnung sehe, ein paar der Rätsel, die er mir aufgibt, verschwinden würden, aber dem ist nicht so. Stattdessen bin ich mir sicher, dass mir noch mehr Fragezeichen im Gesicht stehen als vorher.

Das Wohnzimmer und der Flur passen überhaupt nicht zu Scott. Es sieht eher so aus, als hätte er einen Inneneinrichter gehabt, obwohl er sich aus so etwas eigentlich überhaupt nichts macht.

Das Schlafzimmer hingegen passt zwar von der Einrichtung zu den restlichen Zimmern, allerdings spiegelt es auch seinen Charakter wieder.

In Gedanken versunken streife ich mir mein Top und meine Hose vom Körper und greife nach seinem Shirt, dass am Fußende des Bettes liegt. Sein Geruch hüllt mich ein, als ich es mir über den Kopf ziehe. Kurz schließe ich meine Augen und erinnere mich daran, wie ich es das erste Mal getragen habe.

Seufzend krabble ich auf das Bett und schlüpfe unter seine Decke. Ich muss zugeben, dass es merkwürdig ist, in seinem Schlafzimmer zu sein, nachdem wir die letzten Abende in meiner Wohnung verbracht haben.

Aber ich bin froh darüber, hier zu sein. An keinem Ort wäre ich lieber als hier.

In der Sekunde, in der ich nach der Fernbedienung greife, erscheint er mit zwei Tellern in der Hand in der Tür. Als er mich erblickt, kommt er auf mich zu, stellt sie auf dem Nachttisch ab und hockt sich so auf das Bett, dass er mich betrachten kann.

»So gefällst du mir am besten«, erklärt er mit fester Stimme.

»Wie?«

»In meinem Bett, mit nichts Weiterem bekleidet als mit meinem Shirt«, antwortet er auf meine Frage und zupft dabei an dem Stoff.

Ich lehne mich zu ihm und küsse ihn sanft.

»Was ich dir vorhin in der Tiefgarage gesagt habe, wollte ich eigentlich nicht. Also ich wollte es schon, aber nicht so. Eigentlich hatte ich vorgehabt abzuwarten, bis du genau an diesem Ort bist, aber nach dem ganzen Mist, der heute passiert ist, hatte ich einfach das Bedürfnis, es dir zu sagen.«

Scott greift nach meiner Hand und spielt mit dem Ring, den ich trage.

»Ich hätte nie gedacht, dass ich jemanden lieben könnte, aber du hast etwas in mir geändert und das in der Sekunde, in der du in mich hineingerannt bist.«

Mir kommt wieder die Erinnerung an die ersten Worte, die wir miteinander gewechselt haben, in den Kopf.

»Und trotzdem hast du mich angemault«, gebe ich mit einem kleinen Lächeln zu bedenken.

»Du kannst dir nicht vorstellen, wie leid mir das tut. Aber ich konnte nicht anders. Auch in den Tagen danach. Eigentlich wollte ich mich mit dir unterhalten, dich zum Lachen bringen, denn glücklich gefällst du mir am besten. Ich liebe den Klang deines Lachens genauso sehr, wie du dabei das Gesicht verziehst. Ich liebe dich, Melody.«

»Wieso hast du mir das nicht früher gesagt?«

»Ich konnte es nicht.«

Ihn so fertig zu sehen, macht mich wiederum fertig. Es ist komisch, einem Mann, der sich normalerweise von niemandem auf der Nase rumtanzen lässt, dabei zuzusehen, wie er mit der Fassung ringt.

»Ich liebe dich, Scott«, erwidere ich und lasse meinen Kopf an seine Schulter sinken.

18

»Ich werde nicht dabei zuschauen, wie mein Sohn sich seinen eigenen Weg verbaut«, dringt eine laute Stimme an mein Ohr und reißt mich aus dem Schlaf.

Verschlafen reibe ich mir über die Augen und schaue mich in dem schwach beleuchteten Zimmer um. Die Erinnerung an das Gespräch mit Scott kommt mir wieder in den Sinn, doch ich bin mir sicher, dass das nicht der Grund dafür ist, dass ich wach geworden bin.

Als ich auf die Seite schaue, auf der Scott vorhin noch lag, sehe ich, dass sie leer ist.

»Stattdessen willst du lieber sehen, dass dein einziges Kind einen Job macht, in dem es nicht glücklich ist? Aber ich vergaß, es geht dabei nicht um mich, sondern nur um dich und das, was du für das Richtige hältst«, höre ich nun die aufgebrachte Stimme meines Freundes aus dem Nebenzimmer.

Vorsichtig, um nicht gegen ein Möbelstück zu laufen taste ich mich vor, bis ich vor der Tür zum Stehen komme, die einen Spalt breit geöffnet ist. Das Licht, das im Flur brennt, scheint ein wenig herein, weshalb ich die Umrisse der Möbel erkennen kann.

»Du bist ein guter Anwalt, dir fehlt nur der Feinschliff. Irgendwann wirst du eine Frau kennenlernen, und was willst du ihr dann bieten? Ein Leben in der Kriminalität? Glaub mir, mein Sohn, das macht keine Frau mit.«

Als ich die Stimme erkenne reiße ich die Augen auf.

Mein Chef steht irgendwo in der Wohnung und streitet sich mit seinem Sohn.

Seine Worte sorgen dafür, dass ich erschrocken nach Luft schnappe. Schnell, um die beiden Männer nicht auf mich aufmerksam zu machen, schlage ich mir die Hände vor den Mund.

»Nur, weil ich keine Lust habe, Tag für Tag an diesem scheiß Schreibtisch zu sitzen und Probleme zu lösen, die andere sich eingehandelt haben, heißt das nicht, dass ich ein Verbrecher werde«, gibt Scott nun mit fester Stimme von sich.

»Jeder, der so etwas macht, rutscht früher oder später da rein.«

Zu hören, wie mein Chef so auf seinen Sohn losgeht, macht mich sauer, obwohl ich keine Ahnung habe, wovon die beiden eigentlich sprechen.

Ich hatte ja schon öfter in der letzten Zeit mitbekommen, dass die beiden sich gestritten haben, aber es nun mitanzuhören, ist etwas völlig anderes.

Scotts Worte kommen mir wieder in den Sinn.

Das ist nicht der Job, den ich machen will. Und plötzlich ergeben sie Sinn für mich.

»Denk immer daran, wenn du kündigst, hast du gar nichts mehr. Die Wohnung gehört deiner Mutter und mir. Ich werde dich rausschmeißen, wenn du dich wirklich gegen die Firma entscheidest.«

»Stimmt, ich lebe dann nicht mehr in einer Protzwohnung, die eigentlich nur dafür gut ist, irgendwelche Protzpartys mit den Söhnen deiner Freunde zu feiern. Die teuren Anzüge, in denen ich mich eh nie wohlgefühlt habe, kannst du mir auch nehmen. Aber eine Sache wirst du von mir nie bekommen.«

Bei seinen letzten Worten halte ich gespannt die Luft an.

»Du meinst deinen Wagen?« Ich höre den belustigten Unterton, mit dem sein Dad die Frage stellt und der dafür sorgt, dass meine Wut noch weiter hochkocht.

»Ich rede von meiner Freundin«, kontert Scott mit fester Stimme.

»Deine Freundin? Seit wann hast du denn eine Freundin?«

Während die Worte meines Chefs durch die ansonsten ruhige Wohnung dröhnen, mache ich die Tür ein Stück auf und betrete barfuß den Flur. Mir ist klar, dass ich nichts weiter als Scotts Shirt trage, aber ich habe das Gefühl, als würde Scott mich in diesem Moment dringend brauchen. Ich will ihm beistehen und ihm zeigen, dass ich hinter ihm stehe.

Kurz schaue ich mich um und erkenne die Schatten der beiden in einem Raum, der sich nur wenige Schritte von mir entfernt befindet.

»Wenn man bedenkt, wie du dich immer verhältst, kannst du froh sein, dass du überhaupt eine abbekommen hast, egal, ob sie es nur auf dein Geld abgesehen hat.«

Ich muss mich zusammenreißen, um ihm nicht entgegen zu schreien, dass Scott bei mir ganz anders ist und ich nicht auf das Geld seiner Familie aus bin. Um ehrlich zu sein, habe ich in den letzten Tagen nicht ein einziges Mal daran gedacht.

Doch ich tue es nicht. Stattdessen trete ich in den Türrahmen und schaue zu Scott. Augenblicklich sieht er mich. Er trägt nur eine weite Trainingshose, die tief auf seinen Hüften sitzt. Mit großen Augen sieht er zu mir hinüber.

Damit auch sein Vater auf mich aufmerksam wird, räuspere ich mich leise.

Erschrocken zuckt er zusammen und dreht sich herum. Als er mich entdeckt, weiten sich seine Augen. Ich sehe ihm an, dass er damit nicht gerechnet hat.

Da sind wir schon zwei, denn ich habe auch nicht mit Ihnen gerechnet, denke ich und schaue ihn dabei ausdruckslos an, bevor ich meinen Mund öffne.

»Mr. Baker«, begrüße ich ihn freundlich.

»Was ...?«, beginnt er, bringt seinen Satz jedoch nicht zu Ende, da in diesem Moment Scott seine Hand nach mir ausstreckt.

Ich gehe ein paar Schritte an seinem Vater vorbei und ergreife sie, so dass Scott mich an seine Seite ziehen kann.

»Ich glaube, du kennst Melody«, erklärt Scott. Ich kann hören, dass es ihm schwerfällt, ruhig zu bleiben, aber das kann ich verstehen. An seiner Stelle würde es mir auch nicht anders ergehen. Sein Vater steht uns mit offenem Mund gegenüber. Irgendetwas an seiner Haltung sagt mir, dass er es nicht gewohnt ist, sprachlos zu sein.

Und das freut mich.

»Sie? Ihr?«, fragt er schließlich, nachdem er uns einige Sekunde betrachtet hat.

»Ja«, antworte ich ihm und schlinge meine Arme um Scotts Hüften, um meine Worte zu unterstreichen. Ich lasse keinen Zweifel daran, dass ich zu seinem Sohn gehöre, genauso, wie Scott zu mir gehört.

»Ich liebe sie«, erklärt der Mann, den ich liebe, und umgreift mich dabei ein wenig fester. Freude darüber, dass er es nicht nur mir, sondern auch seinem Vater sagt, macht sich in mir breit. Es fühlt sich an, als würden wir es offiziell machen, dass wir ein Paar sind, und das ist ein wunderbares Gefühl.

Das Glück, dass wir uns gefunden haben, sorgt dafür, dass ich von innen heraus strahle.

Immer noch verblüfft schaut sein Vater in meine Richtung, bevor sein Blick auf den von Scott trifft.

Ich spüre, wie angespannt Scott ist. Sein ganzer Körper zittert. Unsicher schaue ich zwischen Vater und Sohn hin und her. Sie sagen nichts, starren sich aber gegenseitig an, als würden sie nur darauf warten, dass einer etwas Falsches sagt oder macht, damit der andere einen Grund hat, sich auf ihn zu stürzen.

»Überleg es dir genau«, gibt sein Vater in einem arroganten Ton noch von sich, bevor er sich umdreht und verschwindet.

Nachdem die Tür hinter ihm ins Schloss gefallen ist, ist es ruhig in der Wohnung. Scott starrt auf die Stelle, an der er gerade noch stand, während ich meine Hand an seine Brust gelegt habe und ihn beobachte.

»Was meinte dein Vater damit?«, frage ich ihn und versuche dabei so selbstbewusst wie möglich zu klingen, was mir aber nicht gelingt. Ich bin mir sicher, dass Scott die Angst in meiner Stimme genau hört.

Es dauert noch einige Sekunden, bis er den Kopf senkt und mich anschaut. Dabei fährt sein Daumen immer wieder über meinen Rücken, fast so, als würde er sich vergewissern wollen, dass ich auch wirklich da bin.

»Scott, wenn du willst, dass das hier wirklich funktioniert, dann musst du mir alles erzählen«, bettle ich und weiche dabei einen Schritt zurück.

Noch immer schaut er mich an, ohne etwas zu sagen. In mir macht sich die Befürchtung breit, dass er es mir nicht sagen wird. Die Worte seines Vaters gehen mir nicht mehr aus dem Kopf. Immer wieder denke ich daran, dass er seinen Sohn kriminell genannt hat.

»Du willst es also wirklich wissen?«, fragt er mich schließlich und bricht so die ohrenbetäubende Stille, die sich zwischen uns ausgebreitet hat.

»Ich liebe dich, Scott. Deswegen will ich es natürlich wissen.«

»Du wirst mich danach hassen.« Kaum hat er ausgesprochen, zieht er mich wieder an sich und küsst mich. »Zieh dich an«, flüstert er, nachdem er sich von mir getrennt hat.

Prüfend schaue ich in seine Augen, aber da erkenne ich nichts, was darauf schließen lässt, was er mir zeigen will.

»Okay.«

Kaum habe ich ausgesprochen, drehe ich mich um und gehe in das Schlafzimmer. Dort suche ich meine Sachen zusammen, die ich vorhin einfach auf den Boden geschmissen habe. Obwohl ich endlich wissen will, was er mir verschweigt, habe ich es nicht eilig.

Eine merkwürdige Ruhe hat sich über mich gelegt, da ich nicht glaube, dass er mir irgendetwas Schlimmes zeigen wird.

Als ich den Flur betrete sehe ich, dass Scott bereits vor der Tür steht und auf mich wartet. Er trägt noch immer seine Trainingshose und hat sich nur ein Shirt angezogen. Den Schlüssel, den er in der Hand hält, dreht er zwischen seinen Fingern herum.

Er will gerade seinen Arm nach dem Türgriff ausstrecken, da greife ich nach seiner Hand und halte ihn so davon ab. Ohne etwas zu sagen, stelle ich mich auf die Zehenspitzen und küsse ihn. Erst als ich mir sicher bin, dass wir beide nicht die Nerven verlieren werden, löse ich mich von ihm und nehme seine Hand in meine. Ich spüre, dass ihm das, was er mir zeigen will, wichtig ist. Schon alleine aus diesem Grund kann ich nicht verstehen, wieso er so unsicher ist.

Gemeinsam gehen wir hinunter zu seinem Wagen und steigen ein.

Während Scott durch das nächtliche Los Angeles fährt, schaue ich aus dem Fenster und versuche herauszufinden, wo er mich hinbringt.

Ein paarmal biegt er noch rechts und links ab, bevor er vor einem großen Gebäude stehen bleibt, dass verlassen im Dunkeln liegt.

Ohne auf Scott zu warten steige ich aus und schließe die Tür leise hinter mir. Es sieht aus, als würden wir vor dem Hintereingang des Gebäudes stehen, denn hier gibt es nichts, was darauf schließen lässt, wo wir uns befinden. Kein Schild und auch kein Briefkasten, an dem ein Name steht.

Als ich mich ein Stück umdrehe sehe ich, dass Scott bereits vor dem Wagen steht und auf mich wartet.

»Du machst es ganz schön spannend«, erkläre ich ihm und versuche dabei gute Laune zu verbreiten.

»Es fühlt sich merkwürdig an, dich hier her zu bringen, wo ich mich immer austobe.«

Noch bevor ich auch nur den Mund öffnen kann, um etwas zu sagen, zieht er mich hinter sich her auf die Tür zu und schiebt seinen Schlüssel ins Schloss.

Ein leises Klicken ertönt, als er ihn herumdreht, und schließlich springt die Tür quietschend auf. Der Raum, der sich auf der anderen Seite befindet ist dunkel, so dass ich nicht sehen kann wie groß er ist, oder was sich darin befindet.

Zusammen mit Scott gehe ich einige Schritte hinein, bevor das Licht flackernd über mir anspringt.

Es dauert einen Moment, bis ich mich an die plötzliche Helligkeit gewöhnt habe, doch dann erkenne ich verschiedene Sportgeräte, die überall in der großen Halle verteilt sind.

»Trainierst du hier?«, frage ich ihn, während ich meinen Blick von rechts nach links wandern lasse.

»Ja.« Ein Wort, mehr nicht. Aber dennoch sorgt es dafür, dass ich mich ruckartig zu ihm umdrehe.

Scott geht an mir vorbei und legt dabei seine Hand auf meinen Rücken, um mir zu signalisieren, dass ich mitkommen soll. Zusammen suchen wir uns einen Weg an all den Geräten vorbei, bis wir vor einer Treppe im hinteren Bereich des Raumes stehen bleiben.

Ich höre, wie er ein letztes Mal tief durchatmet, bevor wir die Treppen hinaufsteigen. Oben angekommen, schaltet er erneut ein Licht ein. Was ich hier sehe lässt mich vor lauter Schreck den Atem scharf einziehen.

Direkt vor mir befindet sich mehrere Boxsäcke, die von der Decke hängen, und ihm hinteren Bereich entdecke ich sogar einen Boxring.

»Boxen?«, frage ich ihn erstaunt, als mir klargeworden ist, was er mir damit sagen will.

Ich drehe mich einmal im Kreis, um alles in mir aufzunehmen, doch etwas anderes befindet sich hier oben nicht.

»Da vorne ist der Beweis dafür«, antwortet Scott und zeigt auf eine Wand, die sich links von uns befindet. Ich bemerke mehrere Bilder an ihr, die mich neugierig nähertreten lassen.

»Ernsthaft?« Ich kann nicht verhindern, dass meine Stimme sich wie die eines kleinen Kindes anhört, als ich mir die Fotos anschaue.

Auf ein paar von ihnen erkenne ich Scott. Er steht im Boxring mit einem anderen Mann, oder er ist von vielen Frauen umzingelt, die alle seine Aufmerksamkeit haben wollen.

Aber auf allen Bildern sieht er so glücklich aus, wie ich ihn im Büro noch nie gesehen habe.

»Deswegen hat dein Vater also so ein Theater gemacht«, stelle ich fest, nachdem ich mich ihm wieder zugewendet habe.

»Er kann es nicht ertragen, dass ich lieber im Ring stehe, als vor dem Schreibtisch zu sitzen. Deswegen haben wir uns auch in der letzten Zeit so viel gestritten. Meistens ging es nur um den Sport.«

»Dabei scheinst du doch Erfolg zu haben«, erkläre ich ihm und zeige mit dem Daumen auf die Bilderrahmen hinter mir.

Scott folgt meinem Blick und zuckt ein paar Sekunden später bloß mit den Schultern.

»Und was ist mit deinen Verletzungen? Mit der kaputten Hand und der Wunde im Gesicht?«

Die nächsten Augenblicke sind die längsten in meinem Leben. Ich schaue Scott dabei zu, wie er auf den Ring zugeht und sich davor auf einen Stuhl fallen lässt.

Unschlüssig stehe ich da und überlege, ob ich ihm folgen soll oder besser nicht, entscheide mich aber dafür, dass wir nur dann eine Chance haben werden, wenn ich die ganze Geschichte kenne und nichts mehr zwischen uns steht.

Und dazu gehört auch, dass er mir sagt, was es damit auf sich hat.

Also setze ich mich in Bewegung und ziehe ihn auf die Füße, nachdem ich bei ihm angekommen bin.

»Du kannst es mir ruhig sagen«, ermutige ich ihn.

»Nachdem wir aus San Diego wiedergekommen sind, war ich die meiste Zeit hier. Abends nach dem Training bin ich noch einen trinken gegangen mit ein paar Freunden. Beim ersten Mal sind wir in eine Schlägerei geraten.«

»Und beim zweiten Mal?«, hake ich nach, als ich merke, dass er keine Anstalten macht weiter zu sprechen.

»Das war ein Trainingsunfall.«

Bei seinen Worten schaue ich in die Richtung des Ringes. Ich weiß, dass dieser Sport gefährlich ist, allerdings habe ich noch nie jemanden kennengelernt, der ihn liebt.

»Scott ...«, beginne ich, doch er gibt mir keine Chance den Satz zu Ende zu sprechen.

»Ich weiß, dass du jemanden verdienst, der dir ein sicheres Leben geben kann. Eins, bei dem er abends zu Hause ist und mit dir auf dem Sofa liegen kann. Und dieser Mann will ich sein. Und wenn ich dafür mit dem Boxen aufhören muss, dann werde ich das tun.«

Bei seinen Worten spüre ich, wie meine Augen immer größer werden.

Hat er das gerade wirklich gesagt?, frage ich mich mehrmals, doch das sind genau die Worte gewesen, die ich verstanden habe.

Scott hat wirklich gesagt, dass er mit dem aufhört, was er gut kann, nur um der Mann zu sein, von dem er denkt, dass ich ihn verdient habe.

»Ich liebe dich, Scott. Nicht deinen Job, oder wie dein Vater meinte, euer Geld. Sondern dich. Mir ist egal, was du machst, ich will nur, dass du glücklich bist. Und wenn es dich glücklich macht, jede Woche in so einem Ding zu stehen und zu kämpfen, stehe ich voll und ganz hinter dir«, verspreche ich ihm.

Verblüfft schaut er mich an.

»Aber ich habe nichts. Wenn ich meinem Vater die Kündigung vor die Nase halte, werde ich nicht einmal mehr eine Wohnung haben.«

»Aber ich habe eine, du ziehst einfach zu mir. Aber sag mir bitte eins.«

»Was willst du wissen?«

»Wird es immer so sein wie auf den Bildern? Ich meine, dass du von Frauen umzingelt bist? Ich weiß nämlich nicht, ob ich das nicht so gut finden würde.« Ich kann nicht verhindern, dass sich Eifersucht in meine Stimme mitmischt.

»Am Anfang wird es vielleicht so sein. Aber ich werde keinen Zweifel daran lassen, dass du die Frau bist, die ich liebe. Und dass du die Einzige bist, mit der ich jeden Abend ins Bett gehen werde.«

Kaum hat er seinen Satz beendet, zieht er mich an sich und küsst mich leidenschaftlich.

»Ich liebe dich«, flüstere ich, nachdem er seinen Kopf ein wenig zurückgezogen hat.

»Ich dich auch.«

Mir ist bewusst, dass wir noch einen weiten Weg vor uns haben, aber ich bin mir sicher, dass wir es schaffen werden. Wir haben uns, und nun stehen keine Geheimnisse mehr zwischen uns.

19

Nervös laufe ich in dem Fahrstuhl hin und her. Nachdem wir das Wochenende damit verbracht haben, seine Wohnung leer zu räumen und alles in meine zu bringen, ist heute der Tag gekommen, den ich am liebsten noch ein wenig vor mir hergeschoben hätte.

Aber es bringt nichts. Wir müssen das nun hinter uns bringen, und je schneller wir es hinter uns haben umso besser ist es.

Scott ist vor mir losgefahren, um seinem Vater die Kündigung zu überreichen, und auch ich werde heute meinen Platz in der Kanzlei für jemand anderen räumen. Da sein Vater weiß, dass ich die Frau an der Seite seines Sohnes bin, habe ich keine Lust, dass er in den nächsten Wochen seine schlechte Laune an mir auslässt. Gestern Abend habe ich bereits ein paar Bewerbungen losgeschickt.

Ein letztes Mal atme ich tief durch, bevor die Türen sich öffnen.

Keiner beachtet mich, als ich an den Schreibtischen vorbeigehe und die Treppen zu meiner Abteilung raufgehe.

»Ich dachte schon, du kommst gar nicht mehr. Du bist doch sonst so pünktlich«, begrüßt Claire mich, nachdem ich meine Tasche auf meinen Platz habe fallen lassen.

Auch Maria schaut in meine Richtung, allerdings aus einem anderen Grund.

»Habt ihr darüber gesprochen?«, fragt sie mich und kommt somit sofort zur Sache. Fragend schaut Claire zwischen uns hin und her.

Als Antwort nicke ich nur und ziehe dabei den Umschlag mit meiner fristlosen Kündigung aus der Tasche.

»Ich werde kündigen, und er wird auch die Firma verlassen«, erkläre ich ihr und halte zum Beweis den Umschlag in die Luft.

Ich sehe ihr an, wie sie überrascht nach Luft schnappt.

»So habe ich das am Freitag eigentlich nicht gemeint.«

»Das weiß ich«, erkläre ich Maria und lächle sie dabei an.

»Aber es hat sich in den letzten Tagen so ergeben, dass wir zu dem Punkt gekommen sind, dass es das Beste ist.«

»Kündigen? Er? Worüber redet ihr? Ich verstehe nur Bahnhof«, zieht Claire nun meine Aufmerksamkeit auf sich.

Mein Herz beginnt zu rasen, als mir klar wird, dass ich ihr nun die Wahrheit sagen muss.

Jetzt oder nie, denke ich, während ich mir im Kopf die richtigen Worte zusammensuche. Doch so ganz gelingen will es mir nicht, weswegen ich mich dafür entscheide, es kurz und schmerzlos zu machen.

»Scott und ich sind ein Paar«, erkläre ich ihr mit fester Stimme, während sich auf meinem Gesicht ein glückliches Lächeln breitmacht.

Es tut gut, endlich mit der Wahrheit nicht mehr hinter dem Berg zu halten.

»Scott? Der Junior? Du meinst den Kotzbrocken?«, entfährt es ihr mit ungläubiger Stimme. Während sie mich das fragt, sehe ich, dass ein paar meiner Kollegen neugierig ihren Kopf heben und in unsere Richtung schauen.

Als Antwort nicke ich nur.

»Oh mein Gott! Seit wann?« Mit großen Augen sieht Claire mich an.

»Gefunkt hat es schon vor der Geschäftsreise zwischen uns«, erkläre ich ihr. »Aber in San Diego ist eines zum anderen gekommen.« Ich weiche ihrem Blick nicht aus.

In ihren Augen erkenne ich keine Verurteilung dafür, dass ich ihn liebe, sondern lediglich, dass sie ein wenig braucht, bis sie meine Worte verarbeitet hat. Dann grinst sie mich allerdings an und kommt auf mich zu, um mich zu umarmen.

»Wow, damit habe ich nicht gerechnet. Ihr habt euch doch nur gestritten, allerdings weiß ich jetzt, wieso ihr euch seit der Rückkehr so schön aus dem Weg gegangen seid. Er wäre zwar nicht meine erste Wahl als Partner, aber wenn ihr euch liebt, dann ist doch alles in Ordnung. Deswegen muss doch keiner von euch kündigen. Um ehrlich zu sein, könnte es sogar interessant werden, ein Liebespaar im Büro zu haben.«

Lachend wackelt sie mit den Augenbrauen, so dass ich genau weiß, was ihr gerade durch den Kopf gegangen ist.

»Es hat auch nichts damit zu tun.«

»Aber womit dann?«

Ich will gerade ansetzen, um etwas zu erwidern, als die lauten Stimmen von Scott und seinem Vater die Ruhe durchbrechen.

Gleichzeitig schauen Claire, Maria und ich in die Richtung und sehen, wie Scott als Erster die obere Etage erreicht und sein Vater ihm wenige Sekunden folgt.

»Ich hätte es wissen sollen, dass aus dir nichts wird«, schreit sein Vater ihm entgegen, so dass Scott mitten in der Bewegung anhält und sich zu ihm umdreht.

»Oh, aus mir ist etwas geworden, nur nicht das, was du erwartet hast.« Bei seinen Worten halte ich gespannt die Luft an.

Schon an meinem ersten Tag haben sie sich in dem Büro seines Vaters gestritten. Aber es ist das erste Mal, dass sie es vor den Angestellten machen.

Eine unangenehme Ruhe hat sich im Raum ausgebreitet. Kurz reiße ich meinen Blick von den beiden los und erkenne, dass nun auch die Letzten in der Abteilung Vater und Sohn aufmerksam beobachten.

Langsam und mit geschmeidigen Bewegungen setzt Scott sich in Bewegung und bleibt nur wenige Zentimeter von seinem Vater entfernt stehen.

Gebannt halte ich die Luft an. In dem Raum ist es so leise, dass man eine Stecknadel auf den Boden fallen hören könnte.

Sein Vater wendet den Blick ab und schaut zu mir. Auch ich lasse ihn nicht aus den Augen und gebe ihm so zu verstehen, dass ich sein Verhalten seinem Sohn gegenüber nicht gut finde.

»Und was ist mit Ihnen?«, fragt er schließlich, macht aber keine Anstalten sich mir zu nähern.

Wahrscheinlich hat er Angst, dass Scott ihm eine knallen würde, stelle ich fest. Und so wie er aussieht halte ich diese Möglichkeit gar nicht für ausgeschlossen.

»Was soll mit mir sein?«

»Haben Sie keine Meinung dazu?«

»Ich glaube, dass ich Ihnen bereits am Freitag klargemacht habe, dass ich hinter Scott stehe«, antworte ich in einem ruhigen Ton, obwohl es tief in mir brodelt. »Und kündigen werde ich übrigens auch.«

Bei meinen letzten Worten klappt sein Mund auf.

Doch ich achte nicht darauf. Stattdessen gehe ich, mit dem Umschlag in meiner Hand, auf ihn zu und strecke ihm diesen entgegen.

Ein paar Sekunden lang betrachtet er mich, als würde er sichergehen wollen, dass es auch wirklich mein Ernst ist. Doch dann hebt er zögerlich seine Hand und nimmt ihn mir ab.

Während sein Vater den Umschlag öffnet und den Brief herausnimmt, legt Scott seinen Arm um mich und zieht mich an den Hüften näher zu sich heran.

Mir ist klar, dass jeder zu uns sieht, der sich gerade in unserer Nähe befindet, aber das ist mir egal. Von mir aus sollen sie sich doch nachher das Maul zerreißen, so viel sie wollen.

»Sie kündigen?«, fragt er mich nun mit verwunderter Stimme.

»Jip.«

»Ich habe Sie eigentlich für schlauer gehalten.«

Bei den Worten meines ehemaligen Chefs zucke ich ein wenig zusammen.

259

»Schlauer? Als was?«, frage ich ihn, bin mir dabei aber nicht sicher, ob ich darauf überhaupt eine Antwort haben will.

»Sie werfen Ihre Karriere wegen ihm weg?«, fragt er mich und zeigt dabei auf seinen Sohn.

»Ich werfe sie nicht weg«, widerspreche ich ihm. »Um ehrlich zu sein, bin ich mir sicher, dass ich mit meinen Noten schnell einen neuen Job finden werde.«

Eine Zeitlang schaut er zwischen seinem Sohn und mir hin und her. Ich lege meine Hand auf Scotts Brust und spüre seinen schnellen Herzschlag, merke, dass er aufgeregt ist.

Ohne sich von uns zu verabschieden oder etwas anderes zu sagen, dreht sein Vater sich im nächsten Moment auf dem Absatz herum und verschwindet.

»Wow«, murmelt Claire in die Stille hinein. »Damit habe ich nicht gerechnet.«

Bei ihren Worten drehe ich mich zu ihr herum. Sie steht noch immer vor meinem Schreibtisch und schaut uns an, als würde sie träumen.

Ich löse mich von Scott, gehe auf sie zu und umarme sie kurz.

»Schreib mir. Wir können uns mal treffen und etwas zusammen machen«, schlage ich vor, nachdem ich meine Tasche über meine Schulter gehängt habe.

»Sicher werden wir das machen.« Mit diesen Worten umarmt sie mich und hält mich für einige Sekunden an sich gedrückt.

»Ich wünsche euch alles Gute«, erklärt nun Maria mit fester Stimme, die sich zu uns gestellt hat, nachdem Claire mich wieder freigegeben hat. »Ihr zwei habt es wirklich verdient.«

Auch sie schließt mich noch einmal in ihre Arme.

Ich lächle sie noch einmal an, bevor ich zurück zu Scott gehe und seine ausgestreckte Hand ergreife. Sein Blick trifft meinen und ich erkenne die Liebe, die er für mich empfindet.

»Ich hoffe, ihr seid mir nicht böse, dass ich nicht immer der Freundlichste war«, erklärt Scott nun und erntet dafür leises Lachen.

»Man sieht sich«, rufe ich den beiden Frauen zu, die ich in den letzten Wochen in mein Herz geschlossen habe. Hand in Hand gehen wir gemeinsam die Treppe hinunter und schreiten durch den unteren Raum, wo wir ebenfalls die Aufmerksamkeit aller auf uns ziehen. Zusammen verlassen Scott und ich das Büro.

»Ich verspreche dir, dass du es nicht bereuen wirst. Ich liebe dich«, erklärt Scott mir, als wir hinaus in die Sonne treten. Dabei dreht er sich zu mir herum.

»Das weiß ich. Ich liebe dich auch.« Nachdem ich den Satz beendet habe, stelle ich mich auf die Zehenspitzen und küsse ihn.

Ein Jahr später

Wie gebannt schaue ich zu, wie Scott seinem Gegner im Ring geschickt ausweicht. Obwohl es nicht der erste Kampf ist, den ich in den letzten zwölf Monaten gesehen habe, bin ich jedes Mal mit den Nerven am Ende, wenn er in den Ring steigt.

Ja, zwölf Monate! In dieser Zeit ist eine Menge passiert.

Es hat zwar fünf Wochen gedauert, bis ich eine neue Stelle gefunden habe, aber so lange haben wir von den Ersparnissen gelebt, die Scott während seiner Tätigkeit als Anwalt angehäuft hatte. Dafür habe ich nun einen klasse Job bei einem großen Autokonzern, bei dem ich das Doppelte verdiene wie in der Kanzlei.

Mit Claire und Maria treffe ich mich noch immer. Von ihnen weiß ich auch, dass Scotts Vater wochenlang sauer war wegen unserer Kündigungen, und immer wieder betont hat, dass er keinen von uns je wieder einstellen würde. Nicht, dass wir vorhatten, dort wieder zu arbeiten.

Dementsprechend ist es auch nicht verwunderlich, dass wir von Scotts Eltern nichts mehr gehört haben. Und um ehrlich zu sein, bin ich darüber auch froh. Ich habe keine Ahnung, wie Scott darauf reagieren würde, wenn seine Eltern sich noch einmal bei ihm melden, aber glücklich wäre er darüber sicher nicht.

Nun sehe ich mit großen Augen dabei zu, wie Scott mit der rechten Hand ausholt und seinem Gegner einen Kinnhaken verpasst. Der andere Mann geht sofort zu Boden und bleibt dort bewegungslos liegen.

Während der Schiedsrichter ihn auszählt, halte ich wie gebannt die Luft an. Ich beobachte ihn dabei, wie er aufsteht, Scotts Arm nach oben hält und ihn somit zum Gewinner des Kampfes erklärt.

Tosender Applaus bricht los und lautes Gebrüll erfüllt die Halle. Begeistert springe ich von meinem Sitz auf und rufe immer wieder mit den anderen seinen Namen.

Ich beobachte ihn dabei, wie sein Trainer ihm gratulieren will, doch Scott dreht sich in diesem Moment in meine Richtung und zeigt mir mit einer Kopfbewegung, dass ich zu ihm kommen soll.

Geschickt, da ich es nicht zum ersten Mal mache, klettere ich in den Ring und falle ihm vor Freude um den Hals.

»Ohne dich hätte ich das niemals geschafft«, flüstert er mir ins Ohr, während alle um uns herum weiter schreien und toben.

»Ich liebe dich«, flüstere ich und küsse ihn leidenschaftlich.

»Ich dich auch. Lass uns meinen Sieg feiern, und dann geht es direkt zum Flughafen und ab in den Urlaub.«

Glücklich lächle ich ihn an. Scott hat mir in dem letzten Jahr nicht einmal das Gefühl gegeben, dass der Sport ihm wichtiger wäre als unsere Beziehung. Immer stand ich an erster Stelle bei ihm, wofür ich ihn noch mehr liebe. Zusammen haben wir es geschafft, und das ist erst der Anfang eines langen und glücklichen Lebens.